中野くんと坂上くん（下）

エムロク

角川文庫
24035

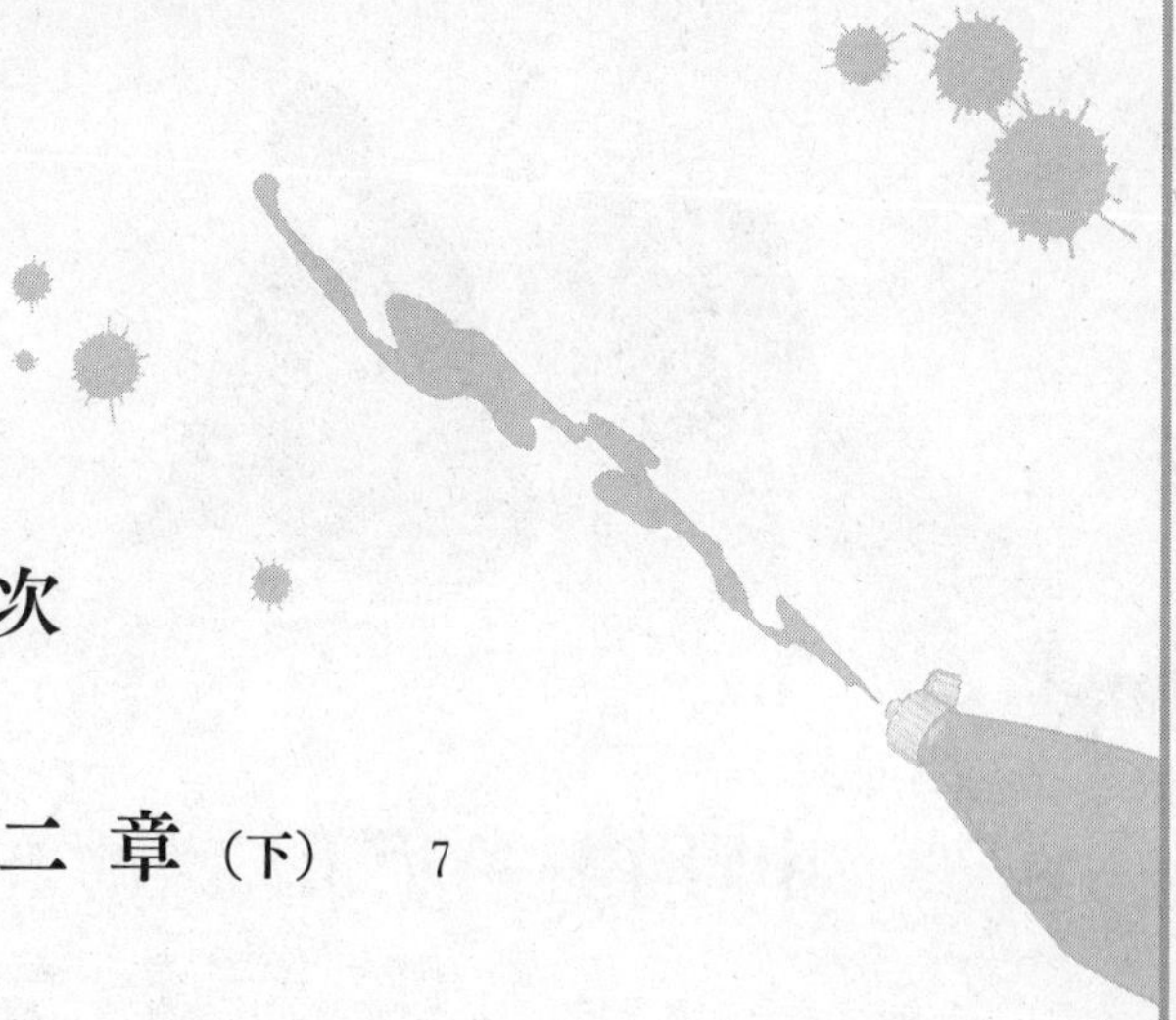

目次

NAKANO KUN TO SAKAGAMI KUN

CHARACTERS

中野《なかの》 湊《みなと》

アラフォー会社員。
ロシアの大富豪の死亡後、後継者候補のひとりであることが判明して命を狙われるようになり、平凡な日常が一変する。

坂上《さかがみ》

任務で中野の命を奪いに来たが、組織を裏切り彼を護っている殺し屋。通称「K」。幼い頃に中野と出会っている。

冨賀《とみが》

「冨賀屋酒店」経営者。坂上＝「K」専属の情報屋という裏の顔を持ち、彼に心酔している。

クリス

マシュマロのような見た目ながらも腕利きのシステム屋。冨賀、アンナとともに坂上を助けている。

アンナ

坂上の協力者のひとりである武器商人。グラマラスな美女で、ヒカルを気に入っている。

イラスト／yoco

新井大和《あらいやまと》

警備会社と称する団体から派遣された凄腕のエージェント。
ガードの任務で中野の職場に潜入し、同僚を演じていた。

落合《おちあい》 輝《ひかる》(ヒカル)

新井の後輩エージェント。かつて、研修の一環として
中野とつき合っていた。負けん気が強く、闘争心の塊。

可南子《かなこ》

中野の母。過去にアレクセイの問題解決人(フィクサー)を
務め、彼の愛人でもあった。

中野譲二《なかのじょうじ》

中野の叔父。中野が中学生の頃に
彼を引き取り、育てていた。

後継者候補と関係者たち

アレクセイ・ミトロファノフ

中野の実父でロシアの新興財閥実業家(オリガルヒ)。
莫大な遺産と巨大な事業の承継を懸けた争続ゲームを遺し、
騒動を引き起こす。

ヴェロニカ・スルツカヤ

アレクセイの正妻。息子のセルゲイを後継者にするため、
桁違いの報酬で殺し屋を雇いライバルたちの抹殺を企む。

セルゲイ・ミトロファノフ

ヴェロニカの息子で、中野の異母弟にあたる存在。
後継者候補のひとり。

エレオノーラ・アレンスカヤ

アレクセイの愛人。ヴェロニカの奸計により、
後継者候補の幼い息子とともに死亡。

第二章（下）

1

走っていた時間は、そう長くはなかった。体感的には十分前後といったところか。

中仕切り越しに見えるフロントガラス《フェンス》の景色は、古い商店街の名残をとどめる住宅地で、さほど広くはない道路の両脇に小規模な集合住宅や戸建て住宅、こぢんまりとした店舗が並んでいる。

中野《なかの》を乗せたフルサイズバンは、通りの一角にある木造モルタル風の建物の前で停車した。

壁全体に無数のひび割れが走る直方体の二階建ては、もとは一階が何かの店舗、二階が住居だったんだろう。とうの昔に廃業したらしい佇《たたず》まいには、いづみ食堂と同じ時代の匂いが沁《し》みついていた。

一旦《いったん》クルマを降りた運転手が、古びたシャッターを開けて戻ってきた。

廃業後は倉庫かガレージにでも使っていたのか、出入口の建具はなく、中はがらんとした空間になっている。そこへ尻《しり》から進入した馬鹿デカいバンが丸ごと収まると、中野に銃を向けていた坊主頭が億劫《おっくう》そうに身体を起こしてバックドアを開けた。

銃身のひと振りで促されて車外に出た途端、黴《かび》と埃《ほこり》の匂いが纏《まと》わりついてきた。

打放しコンクリートの薄汚れた床。隅のほうに僅《わず》かな廃材が積まれているほかは何もなく、左手の壁際に階段がある。照明器具は全て外され、運転手が入口のシャッターを閉めたあとは、隣家が迫る窓からぼんやりと射し込む陽光だけが光源となった。

これはきっと、二階に連れていかれるんだろう。てっきりそう思っていたら、銃口に誘導されて中野が向かったのは、安っぽい合板で塞《ふさ》がれた階段下収納の前だった。

果たして、扉の向こうはお仕置き部屋——ではなく、地下へ降りる階段になっていた。狭い、暗い、急勾配《こうばい》の三拍子揃って、自宅の押入れといい勝負だ。

「みんな地下室が好きだね」

「音が外に漏れないからな」

放るような声とともに、階下《した》にうらぶれた灯《あか》りが点《つ》いた。照明のない一階と違い、地下室は現役で使われているのかもしれない。

銃で背中を押し遣《や》られて階段を下りながら、中野は後ろの男に尋ねてみた。

「ところで日本語上手だよね、あんた。やっぱりあれ？　四十八時間でペラペラになれたりするような秘密の習得法みたいなのが実在すんの？」

「————」

反応はない。

後ろについてくるのは坊主頭ひとりで、運転手は見張り役でも務めるのか、ガレージに残っていた。

　地下も一階に負けず劣らず殺風景な空間だった。

　床の真ん中にポツンと一脚、ダイニングチェア風の古い椅子が置かれている。奥の壁際にも同じものが数脚ある以外は、怪しげな道具が並ぶテーブルも天井から吊《つ》るすためのフックも見当たらないから、少なくともハードな拷問はされずに済みそうだ。

　中央の椅子に座った中野は、指示されて自ら結束バンドで木製の脚とアームレストに両足首と左手首を固定した。ひんやりとした座面の冷たさが、打放しコンクリート特有の寒さとともに尻から沁《し》みてくる。

　残る右手は坊主頭が拘束した。男は、全ての結束バンドを念入りに締め直してから部屋の隅の椅子を一脚引き摺《ず》ってくると、背凭《せもた》れをこちらに向けて目の前に置き、座面を跨《また》いで正面から対峙《たいじ》する形で座り、笠木《かさぎ》に両腕を引っかけて唐突にこう言った。

「ティーナがお前とデキてるって噂は本当なのか」

「は？」

　中野は数秒、正面にある顔を見返した。

　無精髭《ぶしょうひげ》の仏頂面に、天井の蛍光灯が煤《すす》けた陰影を落としている。薄いブルーグレイの虹彩《こうさい》に囲まれた昏《くら》い瞳孔《どうこう》が、言いようのない圧力を孕《はら》んでこちらを凝視していた。

「えっと、どこの店の女の子？」

どこの店だろうが心当たりはないけど一応訊《き》いてみた。

「女じゃない。お前を護《まも》ってる殺し屋だ」

「そんな女子っぽい名前の殺し屋は知らないし、殺し屋じゃなくてもそんな名前の知り合いはいないよ」

「女子っぽい――？」

眉間《みけん》に不可解を刻んだ坊主頭は、すぐに気を取り直した様子で口調を改めた。

「なら、お前らにも馴染《なじ》みのある呼び名で言おうか。K、とな」

「さぁ、俺がそんな名前で呼んでる殺し屋もいないね」

「お前がどんな名前で呼ぶ殺し屋ならいるんだ？」

「殺し屋なんかいないし、いてもあんたに教えてやる義理なんかある？　ていうか何だっけ、ティーナちゃん？」

「ちゃん――？」

眉間の不可解がますます深まる。が、またすぐに気を取り直した男は、やたら重々しい声音を返してきた。

「正しくは、ヴァレンティン・スヴャトスラーヴォヴィチ・カミンスキだ」

「うん……？」

その音の羅列を中野は脳内で反芻《はんすう》した。かろうじて聞き取れた音節のうち『ティン』の部分が、さっきから連呼している名前の由来なんだろうか。

しかし個人的な感覚では、かつて元カノがネットのあだ名メーカーで自動作成したという中野のニックネーム『みなぽよ』の暴挙と大差ない。

「ごめん、長すぎて何言ってんのかわかんなかった」

「じゃあ、ヴァレンティン・カミンスキならどうだ」

「いや、どうだって言われても……一番長いとこを省略したからって、どうもこうもないよ。で？　それがティーナちゃんの本名？」

「アイツに本名はない」

男はもう、ちゃん呼びにも動じなかった。

「じゃあ余計にコメントのしようがないけど、あんたが名付け親？」

「俺じゃない。組織が付けた名だ」

「省略した真ん中の部分ってさ、お父さんの名前をアレンジするんじゃなかったっけ。その、舌が縺《もつ》れそうなお父さん役はどこの誰？」

「お前に教えてやる義理なんてあるか？」

意趣返しのつもりか、さっき中野が口にしたセリフを模して一笑する。が、いちいち反応する気にもならない。

「義理なんか別にないよ。でも、そこはミハイルさんの名前にしたほうが本人は喜ぶと思うなぁ、あくまで俺個人の意見だけどね。ところで右足首の結束バンドが当たってるとこが痒《かゆ》いんだけど、くだらないお喋《しゃべ》りする暇があるんだったら、ちょっと掻《か》いてくんないかな」

「——————」

不愉快と鬱陶《うっとう》しさを孕んだ男が物騒に目を眇《すが》めたときだ。階段の上で蝶番《ちょうつがい》が軋《きし》む音がして、二人は同時に同じ方向を見た。

直後、敵は何かを察知したような顔で素早く立ち上がり、中野の後ろに回って側頭に銃口を捩《ね》じ込んできた。この警戒っぷりからすると増援の予定はないのか、それとも万一のために用心しているだけなのか。階段を下りてくる足音はひと組じゃない。

ひょっとしたら、ここで中野の首を切り離して持ち出す計画で、その道の専門職が到着したとかいう可能性もある。だから作業しやすいように殺風景な部屋で、残していく首から下が発見されにくい場所を選んだのかもしれない。

が、ヤツらの仲間が増えたわけじゃないことはすぐに知れた。

まず初めに、両手を頭の後ろに回したボマージャケットの運転手が現れた。続いて背後に、黒っぽい人影がひとり。

ダークネイビーのマウンテンパーカーにブラックデニム、足もとは黒いハイカットのスニーカー。運転手の後頭部に鉄砲を突きつけたヴァレンティン・何たらヴィチ・何とかスキが、地下室にいた二人を視線でひと舐《な》めした。

思わず——といった声音が背後に零《こぼ》れた。

「和洋進化……」

もちろん、そんなはずはない。中野にはそう聞こえたというだけで、正確に何と言ったのかはわからない。ただ、単なる知人以上の響きをたっぷり孕んだその言葉が、登場した客の呼び名であることは間違いなさそうだった。

――ティーナじゃなかったのか？

訝《いぶか》りつつも、ロシア人のニックネームには略称と愛称がある、と何かの折に聞いた記憶がチラリと頭を過《よぎ》った。つまりティーナは前者で『和洋進化』は後者とか？　だけど愛称で呼ぶのは、相当親しい相手だって話じゃなかったか。

中野の疑念を知る由もなく、坂上《さかがみ》が普段どおりの口ぶりを投げ返した。

「マックス」

そして、そこから先の会話は彼らの母国語オンリーとなった。

日本語のとき以上の抑揚のなさで、同居人の口から流れるように紡ぎ出される異国の言葉。そこに、マックスと呼ばれた男の糾弾するような早口が跳ね返る。みるみるヒートアップする語調に釣られるように、こめかみの銃口が中野の頭をグッと押し遣った刹《せつ》那《な》、坂上が腰の後ろからもう一丁の銃を引き抜いていた。

右手の鉄砲は運転手の後頭部に据えたまま、左手の銃のリアサイトからフロントサイトを介して、圧のこもった目が真っ直ぐにマックスを射る。

数秒の静寂が訪れたあと、突然、運転手が突かれた風船みたいに何事かまくし立て出した。一体どうしたっていうのか、視線の向きを見る限りマシンガントークの矛先は中野の頭上のようだった。

相棒の剣幕に負けじとマックスがますます声を荒らげ、ロシア人たちは互いに罵声《ばせい》を浴びせ合い、地下室を飛び交う応酬は白熱の一途を辿《たど》っていく。その様子を、坂上は無言で見守っている。だけど彼だって口論の内容はわかっているはずだ。

わからないのは、中野ただひとり。

ここで、ひとりだけ蚊帳《かや》の外に置かれたぼっちが退屈してしまったとしても、誰が責められよう？　自分だけがわからない言語でみんなが盛り上がっているのを延々と聞かされるうち、眠気覚ましに脳内でアテレコをはじめてしまったからといって、責められる筋合いなんてあるか？

中野はまず、喚《わめ》き散らす運転手にこんなセリフを当て嵌《は》めてみた。

――『男を誘拐して拘束プレイを楽しむのはやめろって何度言わせるんだ？　しかもソイツをエサに元カレをおびき寄せるなんてどういうつもりだ、いつになったら俺だけで満足するんだよ!?』

嫉妬《しっと》深い恋人の非難を迎え撃つのは、業を煮やしたマックスの声だ。

――『お前こそ何度同じことを言わせるんだ？　満足してほしけりゃ俺のやりたいようにやらせろよ。拘束どころか目隠しすらさせないくせに、デカい口叩《たた》くんじゃねぇ』

彼らのやり取りを眺めていた坂上が、何やら醒《さ》めた口ぶりを挟んだ。これも中野にはわからない言語だから、悪いけど彼にもセリフを当てさせてもらう。

――『痴話喧嘩《ちわげんか》なら勝手にやってくれ。いいから、さっさと俺の男を返せよ。早いとこソイツを持ち帰って一発やらないと身体が疼《うず》いて死にそうなんだ』

こんな翻訳が本人に知れたら撃ち殺されかねない。でもアウトプットさえしなければ知られることはないし、暇なんだから仕方がない。

ところが、のんきに見物していられる時間は、このあとすぐに終わりを告げることとなる。

――『もう我慢の限界だマックス、お前を殺して俺も死ぬ……！』

と、中野の脳内のボマージャケットがいきり立ち、

――『賛成だな、ただし死ぬのはお前だけだ』

同じく脳内の坊主頭が嗤《わら》い飛ばした次の瞬間、目と鼻の先で鉄砲が弾《はじ》けていた。

脳内劇場じゃなく実際に、だ。なんと、退屈からはじまったアテレコの流れに、奇《く》しくも現実が同期してしまったらしい。

至近距離で鼓膜を叩《たた》かれて臨場感を失う間に、弾かれた鉛玉が敵の相棒めがけてまっしぐらに吸い込まれていく。実際はほんの一瞬だったはずの光景が、まるでリモコンのスロー再生ボタンでも押したかのように緩慢に見え、我に返ったときにはもう、硝煙くさい銃口が再び中野の側頭を狙っていた。

坂上が、不要になった右手の銃をゆっくりと下ろした。彼の足もとに崩れ落ちた運転手の下から、ゆっくりと赤い液体が広がりつつあった。

表情ひとつ変えない同居人の無事を認識したあと、初めて経験するような動揺が中野のもとに遅れてやってきた。

もし、あの二人の姿が逆だったら——

想像と同時に心臓が跳ね上がって凍りつき、次に早鐘を打つ勢いでドッと血流が再開した。後ろの男がどれほど腕利きなのかは知らないけど、あれだけの早撃ちだ。外気の影響を受けない室内とは言え、ほんの僅《わず》かでも角度が逸《そ》れていれば坂上に当たっていた可能性は大いにある。

中野はそっと息を吐き出し、ロシア語の応酬が再開しないうちに口をひらいた。

「次に何かがはじまる前に言っておくよ。どうしてもっていう理由がなければ、そろそろ日本語の会話に切り替えてもらえないかな。あんたたちの痴情の縺《もつ》れには興味ないけど、いきなり相方を弾かれたりしたら、さすがに何が起こってんのか気になるからね」

「チジョウノモツレ？」

それこそ縺れそうな滑舌で訝ったマックスが、それでも意外と律儀に要望を聞き入れてこう続けた。

「じゃあ、お前にもわかるように言ってやろう。二つにひとつだ、ノゥリ。お前を連れていくか、ティーナを返してもらうか」

「返す？」

「そうだ。アイツはもともと俺のものだからな。ティーナさえ戻ってくるなら、お前なんかに興味はない」

中野は坂上を見て、拘束された手首の先で親指を立てて背後の男を指した。

「この彼のものだった？」

「ソイツはそんなんじゃねぇ」

「じゃあ、これは誰？」

「俺がいた組織のメンバーってだけだ」

「それだけじゃないだろう、ヴァリュシェニカ」

脳天越しに抗議が飛んだ。正しい発音かどうかはさておき、そんな風に聞こえたそれが『和洋進化』の正体のようだった。

男は、離婚寸前の妻を引き留めようと躍起になる夫のごとく語気を強めた。

「俺とお前は単なる仕事仲間じゃなかった。そうだろう？　あんなにも深く結ばれていたことを忘れたとは言わせない……！」

「彼はこう言ってるけど？」

中野がもう一度親指を立てると、坂上の顔面に仄《ほの》かな苛立《いらだ》ちが走った。

「その男が言ってんのは兄弟分の絆《きずな》的な話だ。俺に仕事のスキルを叩き込んだのはソイツだからな」

「なるほど、どうりで射撃の腕がいいわけだね。で？　固く結ばれてた兄弟分の絆は、もうほどけてるって解釈でいいのかな？」

「そんなもの、もともと結ばれてなんかない」

「本気で言ってるのか、ヴァリュシェニカ」

割り込んできた声があまりに殺気立って聞こえたから、中野は駄目押しで坂上に再確認した。

「彼はあんたと違う考えみたいだけど大丈夫？　念のため訊《き》くけど、仕事のスキル以外のものも叩き込まれたりしてないよな？」

「――――」

「ごめん、もう言わないよ」

「戻ってこい、ヴァリュシェニカ」

馴《な》れ馴《な》れしい呼び名を繰り返して、マックスが切々と訴える。

「お前が一緒にくるなら、この男は見逃してやる。さもなくばコイツの命はもらって、お前も連れ戻す」

「さもなくば、なんて大真面目に言うヤツ……」

初めてだよ――と続けようとした中野は、寸前でこう切り替えた。

「ちょっと待った。それ、どっちにしろ彼を連れていくって言ってる？」

「だったら何だ？」

「さっき、俺を連れていくか彼を返してもらうかの二つにひとつだって言わなかった？　そもそも、俺を拉致《らち》るときも何て言った？　大人しく従ったら俺を護《まも》ってる殺し屋は追わないって言ったよな。だからついてきたってわかってんの？　言い出しっぺなんだから約束は守れよ」

「あんた、そんな条件を呑《の》んでコイツにノコノコついてきたのか？」

坂上の声が険を孕《はら》み、中野は聞こえなかったフリをして、マックスがしゃあしゃあとこう抜かした。

「約束するとは言ってない」

「見苦しい言い逃れはやめなよ」

「言い逃れじゃない、俺は提案しただけだ。それに、アイツが自ら俺の胸に飛び込んでくるのを阻止する気もない」

「胸に飛び込む？　そのエモーショナルな表現、わかって言ってるなら相当なネイティヴ・ジャパニーズだと思うけど、残念ながら飛び込まないからね、彼」

もちろん、男は意に介するふうもない。

「コイツを護りたいか？　ヴァリュシェニカ」

向けられた声に坂上が即答した。

「訊くまでもないし、その名前で呼ぶなって何万回言えばわかるんだ？」

「相変わらず強情なヤツだな。じゃあ、ティーナ。この男を無事に帰したいなら、まず銃を床に置いてこっちに蹴《け》るんだ。後ろに差してるヤツもな」

「――――」

「そんなもの持ってたってしょうがないだろう？　わかってるよな。お前がその指に力をこめた瞬間、俺はコイツの頭をぶち抜ける。俺たち二人を心中させたいのなら好きにすればいいがな」

互いの力量を承知だからなのか、余裕綽々《よゆうしゃくしゃく》のマックスに対して坂上の眼差《まなざ》しは厳しい。

「いいか、五つ数えたら引き金を引く。それが嫌なら武器を捨てるんだ」

ゆっくりと、ロシア語らしき言語でカウントがはじまった。

動きがあったのは、三つ目の「トゥリィ」のあとだった。無言で身体を折った同居人を見て、中野は声を上げた。

「駄目だ、あんたはそれを持ってここから出るんだ」

しかし答えは、床を滑ってきた二丁の拳銃《けんじゅう》だった。

さらにロシア語で指図されて、彼はマウンテンパーカーのポケットやデニムの足首の内側、背中や靴裏のほか、一体どうやってそこにそんなものが？　と呆《あき》れるような場所から大小取り混ぜて五本の刃物を次々に引き抜き、鉄砲と同じく全てをこちらに滑らせてきた。

が、それで終わりじゃなかった。

武器を出し終えた坂上は、何故かパーカーを脱ぎ捨て、中に着ていた黒いスウェットの腹を無造作に捲《まく》り上げた。

「待った、何やってんの？　あんた」

「脱いでる」

「見ればわかるけど、何のために？」

中野の問いに応じたのは当人ではなく、背後の男だった。

「武器の有無を確認するために決まってるだろう」

「そんなの脱がせる必要ある？　どうしても見たけりゃ捲《めく》るだけでよくない？」

応酬の間にも、同居人のスウェットがパサリとパーカーの上に舞い落ちる。さらに、インナー代わりのTシャツまで脱いでしまえば、彼の上半身を覆うものは何もなくなってしまった。

「あそこまで脱いだらもう着ていいだろ？　いま何月だと思ってんだよ」

「十二月だな、それが何だ？」

「南半球じゃあるまいし、暖房もない地下室でストリップするような季節じゃないってことだよ。大体、脱がなきゃ確認できないような隠し場所ってどこなんだ？　まさか最後の一枚の中まで見せろとか言わないよな」

「俺はアイツのスキルを買ってる。だから、驚くようなところから武器が出てきてもおかしくないことを承知してるんだ」

こちらの二人の会話には無反応なまま、坂上はソックスもろともスニーカーを片方ずつ床に放った。その手がデニムのフロントボタンにかかったとき、中野は反射的に腰を浮かせかけて男の手のひらで肩を押し戻されていた。が、どうせ結束バンドのせいで立ち上がることもできない。

己の無力を痛感しながら、もうやめろ！　と声を上げても、同居人は聞く耳を持ってくれない。躊躇《ためら》う素振りもなくデニムを脱ぎ去り、いよいよ最後の一枚だけが残される。

これがまたよりによって、彼が持つ下着の中で一番セクシィだと密《ひそ》かに思っている、黒のローライズボクサーだとくる。

中野は己を抑えるために、努めて冷静な口ぶりで背後の男に声をかけた。

「あの、大した面積じゃないタイトなパンツのどこかに何か隠れてるようには見えないよな？　もう確認は終わっただろ？　早く服を着てもらわないと、あんな格好じゃ風邪ひくよ」

「あれを脱いでほしくないのか？　ノゥリ」

マックスのせせら笑いが脳天に落ちてくる。

「当然だって答えたら？」

「なら、直《じか》に探ってくるとしようか。脱がさずに中を確認するには、そうするしかないもんな？」

「は……？」

マックスが銃口を坂上にシフトして、中野のそばを離れた。

椅子に縛りつけた人質なんて放っておいたって動けやしない。そんな絶対的優位に立つ自信の表れか、彼に近づいていく男の足取りは厭味《いやみ》なほど余裕たっぷりだった。

坊主頭の向こう側にロシア語が聞こえ、坂上が壁に向き直って後頭部で両手を組んだ。姿勢によって形が露《あら》わになった左右の肩甲骨、中央を貫く脊柱《せきちゅう》の溝。ストイックでありながらも扇情的な腰の辺りの陰影と、スラリと伸びる両脚のライン。小さな尻《しり》を守る黒い布切れの、なんと頼りないことか。

絶妙なバランスの骨と筋肉で構成された後ろ姿が、寒々しく薄汚れたコンクリートの空間で自分以外の――それも、よりによって勘違い下衆《げす》野郎の視線に晒《さら》されているという、耐え難い現実が目の前にある。

男が弟分の後ろで足を止めた。何事か囁《ささや》きながら彼の背中を銃身《バレル》で辿《たど》り、もう一方の手のひらを尻に這《は》わせる。すぐそばに横たわる運転手の死体なんか、視界に入っている様子もない。

どうにかして動けないものかと椅子の上で足掻《あが》いていた中野は、無骨な指が黒いローライズの裾《すそ》から侵入するのを目にした瞬間、我ながらビックリするような勢いで怒鳴っていた。

「ストップ！　何やってんだよオッサン！　ストップじゃ通じないのか？　ロシア語でなんて言うんだよ!?　やめろってハゲ、お前だよっ！」

いつになく言葉遣いが乱れ、坂上が面喰《めんく》らった顔で振り返った。その顎《あご》を摑《つか》んで手荒く壁に向けたマックスが、下卑た笑いを中野に投げ返してくる。

「脱がせるなと言ったのはお前だろう？　ノゥリ。なら、目視じゃなく手で触って確認するのを大人しく眺めていればいい。安心しろ、身体中の隠し場所を全部確かめたら、ちゃんと服を着せてやる」

「ふざけんなよっ、身体のどっかに異物を仕込んで外出するプレイみたいな趣味なんか、ソイツにはないからな！」

今度こそ立ち上がろうとして無様に椅子ごと転がりながら、中野はさらに叫んだ。

「ていうか兄弟分っぽい絆《きずな》はどこいったんだよ⁉　弟の尻の穴に指なんか突っ込むな、いますぐ坂上から離れろ変態野郎……！」

一体、自分のどこからこんな声が出ているのか。

しかし中野の激情という珍事が理解できない兄貴分は、どこ吹く風で弟分の項《うなじ》に向かって一方的な胸の裡《うち》を吐露しはじめる。

「組織を——俺を裏切って苦しませた罰だ。まずは、お前が大事に護ってる男の前で、尻の奥まで嫌と言うほど犯してやる。そのあと、お前の目の前でアイツの額を撃ち抜いてやる。互いに見たくないものを見物できるんだ、平等だよな？」

妄執に狂い、任務をも放棄しつつある男の昏《くら》い嗤《わら》い。ロシア語ではなく、わざわざ日本語で語っているのは、中野にも聞かせるためだろう。

「性欲なんか母親の腹に捨ててきたような顔で、向こうじゃ誰ひとり相手にしなかったお前がな。始末するはずだった男に入れ込んでお楽しみの毎日だとは、随分と大人になったじゃないか？　なぁ、ヴァリュシェニカ……」

これが映画やドラマなら、そろそろ新井《あらい》かヒカル辺りが乱入してきてもいいタイミングだ。が、第三者が現れそうな気配は一向にない。

スマホや発信器を捨てられた以上、坂上が誰かに行き先を告げていない限りはそんな奇跡が起こるわけもなく、他力本願を唱えていたって同居人のローライズが侵略されようとしている事態も変えられない。

コンクリートの上に倒れた中野のローアングルな視界の端で、黒い下着の腰から男の手のひらが忍んでいく。

「触るな――!」

言ったところで聞き入れられる可能性は皆無だろうとも、喚《わめ》かずにはいられない。

こうなったら、親指を折って結束バンドから手を抜くしかないのか。本当に抜けるかどうかは試してみなきゃわからないけど、何もせずに指を咥《くわ》えているより百倍マシなはずだ。――が、抜けたとして、その後は？

見える範囲に転がっているのは、三種類のナイフと銃一丁。うち、手が届くところにあるのは銃だけだった。

親指が使えない状態で、まともにトリガーを絞れるものなのか。それも、同居人が出しっぱなしにしている鉄砲を片づける程度にしか触《はじ》れたことがない超ド素人だ。子どものおふざけによる誤射事件みたいに、誤って坂上を弾いてしまうのが関の山なんじゃないか――

「これから迎えがくる。それまで、ノゥリの前でたっぷり可愛がってやるからな……」

「ちょっと待った」

中野は思わず声を上げた。

「そういや、途中でしれっと目的が変わったよな？　なんでレイプする気満々なんだよ、武器の確認はどこいったんだ⁉」

しかしブーイングが男の耳に届く気配はなく、迎えがくるという言葉も聞き捨てならなかった。せっかく一人減ったのに事態は甘くないようだ。坂上の身体をいいようにさせておけないのはもちろんのこと、敵が増えないうちにどうにかしなきゃならない。

こうなったら何でもいい。とにかくマックスの注意を引いて、坂上が反撃するための隙を作る。

ほんの一瞬でいい。

縛られて転がっていてもできることを考えろ——

大声で歌でも歌うか——

馬鹿みたいな思いつきだけどそれ以外にない、と意を決して口をひらき、大きく息を吸い込んだ——まさにそのとき。中野の歌声ではなく、銃声が室内に木霊《こだま》していた。それも立て続けに三発。

何が起こったのか咄嗟《とっさ》にわからなかった。

部屋の中には男が四人。ひとりは死体、ひとりが銃を持ち、ひとりはパンイチの丸腰で、残りのひとりは椅子と同化して床に転がっている。

数秒後、緩慢に傾いたのはマックスだった。

唯一武装していた生者が頽《くずお》れたことで、ぶっ放したのが室内にいたうちの誰でもないことが判明した。と同時に、倒れた男の身体めがけて、さらに五発の銃弾が撃ち込まれていた。

それからようやく、階段に潜んでいた何者かが姿を現した。

まるで海の家からやってきたかのような人物は、黄色いTシャツの上にオーバーサイズの水色のパーカーを羽織り、膝丈《ひざたけ》のクラッシュデニムにオレンジ色のビーチサンダルを履いていた。もちろん素足だ。ついでに目もとを覆うサングラスのレンズは、透過率の低そうなグリーン系だった。

師走《しわす》という時節を無視しているのはファッションだけじゃない。ベリーショートの髪も肌も、さっきまで南の島でバカンスしていましたと言わんばかりに日焼けしている。

とにかく場違い感が半端ない謎の救世主は、邪魔くさそうに運転手の死体を跨《また》いで坂上のほうへ歩み寄るなり、息絶えたマックスに向かって駄目押しの二発を喰らわせた。

ただ、同居人のすぐそばにオレンジのビーサンが立ち止まっても、危険は全く感じなかった。

彼に危害は加えない。不思議とそんな確信をおぼえたのは、黄色いTシャツのフロントいっぱいにプリントされたイラスト——気の抜けた絵柄でデフォルメされた猫が、ふざけた面構えでティラノサウルスに追われている——のせいだけじゃなさそうだった。

坂上との差からして、身長は百七十センチ弱。全体的に細身。まるで水鉄砲のように黒い鉄砲を握る手や、そこから伸びる小麦色の腕は、無慈悲な振る舞いに反して華奢《きゃしゃ》に見える。

果たして、性別不明のハスキーな声が彼に問いかけた。

「ケイ、大丈夫？」

無言で頷《うなず》いた坂上の顔には仄《ほの》かな警戒が浮かんでいた。注意すべき相手だからなのか、単に知らない人物だからなのかは読み取れない。

が、サングラスを外して振り向いた乱入者と目が合った瞬間、新井やヒカルが乱入してくるより遥《はる》かに劇的な展開が訪れたことを中野は悟った。

「——すっかり大人になったわね、湊《みなと》。あぁ一応言っとくけどこれ、褒め言葉よ？」

そう言って笑った女の顔を、コンクリートの床から五秒は見上げていたと思う。

それからようやく口をひらいて、こう投げ返した。

「うん、そっちも順当に老けたみたいだね」

「当たり前じゃない、生きてれば誰しも平等に年を取るんだから」

「生きてればね」

声にたっぷり含みを持たせて中野は言い、探るような目で二人を往復する同居人に闖《ちん》入者《にゅうしゃ》を紹介した。

「あんたもよく知ってるよね。母の可南子《かなこ》だよ」

「――――」

坂上はすぐには反応せず、落ちていたデニムをおもむろに拾い上げながら探るような声を寄越《よこ》した。

「亡くなったって聞いたけど……」

「俺もそう思ってたんだけどね。死んだんじゃなかったっけ？」

前半は彼への答え、後半は母に向けた問いだった。

中野が中三のときに事故死したはずの母親は、昔はストレートロングだった髪が極端に短くなったことや随所に滲《にじ》む年齢を除けば、思いのほか変化を感じなかった。強いて言うなら髪型やファッションのせいなのか、それともエストロゲンの減少によるものか、随分とユニセックスなタイプになった気はするけど、意外にもその程度だ。

「いろいろ事情があるのよ」

「まぁ、だろうね。ところで、この寒空になんでそんな格好してんの？」

「しょうがないでしょ。ポートモレスビーから急遽《きゅうきょ》戻って、成田《なりた》に着いたその足でここまできたんだもの」

パプアニューギニアで何をしていたのかはともかく、やっぱり南の島にいたらしい。

「だからって、そんな格好で飛行機に乗って冬の北半球に渡ってくる？」

「だって手もとに荷物がなかったのよ。全く、ケイの窮地には大声で怒鳴ってたっていうのに、久しぶりに会った母親にはその反応なの？」

「そりゃ、久しぶりに会ったどころか死人が生き返ったわけだけどさ。中学生の息子をほったらかして姿を消した挙げ句に死んだって聞かされた母親が、四半世紀近く経って突然現れても、言いたいことがあり過ぎて収拾つかないしね」

「そういうところも変わってなくて嬉《うれ》しいわ。だけど、変わったところもあるようね。いい方向に」

可南子が細めた目でチラリと坂上を見た。彼は既にマウンテンパーカーまで羽織り、スニーカーを履き直しているところだった。

「初めて見る息子の熱気に当てられて、お母さん、ちょっと撃ちすぎちゃったみたい」

「確かにちょっと撃ちすぎたんじゃないかと俺も思うね」

「えぇ、弾の浪費だったわ。物価は上がる一方なんだから弾丸も節約しなくちゃ」

生き返って登場するなり男ひとりに十発も鉛玉をぶち込んだ母は、まぁでも、そんなことより——と、かつて幾度となく預かっていた隣家の幼児に向き直った。

「私を憶《おぼ》えてるかしら？　ケイ。また会えるとは思わなかったわ。しかも湊を護《まも》ってくれてるなんて、こんな嬉しいことってないわね」

彼女こそ、久しぶりに会った息子に対するよりもよっぽど感極まった涙声で、ほんのりと鼻の頭なんか赤くしていた。

一方の坂上は人見知りを発動した風情で、俯《うつむ》き加減のままボソボソとこう漏らした。

「髪が――短くなりましたよね」

「そうよ、憶えてくれてるのね。あんなに小さかった子がこんなに立派に育って……」

「ミーシャにも見せたかったわ」

またしても女子っぽいネーミングが飛び出したけど、こちらはもう見当がついた。

ミーシャというのは坂上と暮らしていた、そして母と恋仲になったというミハイル・レフチェンコのことなんだろう。

中野は、ぼんやりとしか思い出せない隣家の男を脳裏に呼び起こし、そこにかつての母親の姿を並べてみた。が、結局、記憶が曖昧《あいまい》すぎて何もイメージできなかったし、のんびり懐古していられるシチュエーションでもない。

「感動的な再会を邪魔したくはないけど、そろそろ誰かこの拘束を解いてくれると助かるな。そこに倒れてるハゲが、もうすぐ迎えがくるみたいなことも言ってたしね」

床の上から訴えると、可南子がスマホを手にして坂上のほうを見た。

「ケイ、湊を頼める？」

すっかり身なりの整った同居人が小さく頷く。あちこちに落ちている武器を次々と拾いながら近寄ってきた彼は、最後に回収したナイフで中野の拘束を解いた。

ようやく自由を取り戻して立ち上がり、コートやスーツの汚れを叩《はた》いてから、中野は倒れているロシア人たちに目を遣《や》った。

「アイツらはなんで仲間割れしてたんだ？」

「ミッションに対するスタンスの相違だな。マックスに撃たれたヤツは、もともとアイツに反感を持ってたらしい」

「なんだ。痴情の縺《もつ》れじゃなかったのか」

「それ、さっきも言ってたけど何なんだ？」

「いや別に……それよりあんた、なんであんなヤツの言いなりになって服なんか脱いでたんだよ？　ストリップショーでもやれば何か解決するとでも思ったわけ？」

「アイツが衝動的に仲間を殺すのを見ただろ。下手に刺激すると危ない野郎だから手を考えてたんだ」

「パンイチで尻《しり》を触らせながら？」

「パンイチには何もできないとでも思ってんのか？　そもそも、あんたがアイツにノコノコついてったからこんなことになったんだろ」

「こら。痴話喧嘩《ちわげんか》してないで、いくわよ二人とも」

どこかへ電話をかけていた可南子が、パーカーのポケットにスマホを突っ込んで窘《たしな》めるような口ぶりを挟んできた。

「迎えがくるわ、ヤツらじゃなくて私たちのね」

迎え――？

中野と目を交わした坂上が、遠慮がちに口をひらいた。

「クルマなら、俺が乗ってきた足がありますから……」

「念のため、間違いなく敵にマークされてないクルマのほうがいいでしょ？　安心して、私の仲間だから」

母の押しの強さに同居人が太刀打ちできるはずもない。無言で引き下がった彼の代わりに、息子が適当なコメントを返しておいた。

「そうやって、みんな誰かと助け合ってるんだね」

「そりゃあそうよ。何事も一匹狼なんて気取ってみせたって、結局は手が足りなくなって窮地に陥るのが関の山でしょ。それよりも他人を見る目を肥やして、信用できる必要最低限の人間を周囲に配置する知恵が大事ってこと」

「どうりで人って字が支え合ってるわけだ」

殺し屋たちの屍《しかばね》を跨《また》ぎ越して階段を上がりながら、中野はふと前にいる母の背中に尋ねた。

「ところで気になってたんだけど、Kって呼んでるんだよね？　彼のこと」

「そう、ケイよ」

「ケー？」

「ケイだってば。ケ、イ」

ゆっくり区切られた発音を脳内で繰り返して、後ろの同居人をチラリと見た。目が合い、そのまま上段の水色パーカーに顔を戻す。

「えっと……アルファベットじゃなくて、平仮名か片仮名で？」

「別に漢字でもいいけど、そうよ。彼の本名じゃない」

「本名――？」

「と言ってもファーストネームしかないけど、まぁ本名なんじゃない？　ていうか湊、知らなかったの？」

階段をのぼりきる直前、母が足を止めて下段の息子たちを振り返った。

「やだ、もしかしてケイも？　え、まさかあんたたち、誰も知らなかったの？」

用心のために離れた場所で待っているという迎えのクルマを目指して、三人はワンブロック隣まで移動した。

途中で見かけた街区表示板には、東新宿《ひがししんじゅく》エリアの住所が記されていた。西新宿のビルで拉致《らち》されたあと、山手《やまのて》線の外側から内側に移動しただけらしい。どうりでフルサイズバンに乗っていた時間が短かったわけだ。

周囲を警戒しながらしばらく歩くと、マンション脇の植え込みの前にダークグリーンの小さな古い英国車が停まっていた。

何気ない足取りで近寄る可南子に気づいたのか、右側の窓が半分ほど開いて運転手が顔を覗《のぞ》かせた。

「お疲れさまです、可南子さん。中野さんたちも」

気怠《けだる》い笑顔でそう言ったのは、母ほどじゃなくとも意外な人物だった。

飄々《ひょうひょう》とした空気を纏《まと》う三十代前半の男は、中野と坂上が再会したバーに時折バイトで入っているバーテンダーだ。もう誰が出てこようと驚きはしないけど、あの店で働いているのは偶然じゃないんだろう。思い返せば、坂上とかかわりはじめた頃から見かけるようになった気がする。

やや投げ遣りな雰囲気が独特で、かと言って無愛想なわけじゃない。むしろ笑った顔は人懐っこく、摑《つか》みどころのない風情が女性客たちに人気だと聞いたことがあった。

名前は確か――

「ちょっとコウセイくん、なんでこんな小さいクルマ持ってきたのよ」

可南子が挨拶《あいさつ》もなく文句を垂れて助手席のドアを開け、シートをスライドさせた。ドアは左右に一枚ずつだから、そうしないと後部座席の乗降ができない。

「すみませんね、デカいクルマが修理に出てるもんで」

苦笑したコウセイが、後ろに乗り込む二人に目と声を寄越した。

「お二人とも無事で何よりです。改めまして、可南子さんのアシスタント的なことをやってるコウセイです」

中野と同居人は無言で目を交わした。

死人のアシスタント――？

「コウセイくん、ダブルワークの会社員って噂があったけど違ったんだね？」

リアシートを代表して中野が尋ねると、彼はシフトノブに左手をかけて気の抜けた声を返してきた。

「いえ、間違いじゃないっすよ。世間的には一応リーマンなんで……まぁ、ほぼダミー会社ですけどね」

するると、助手席に滑り込んだ可南子がすかさず窘めた。

「失礼なこと言わないの」

「だって中野さんが自分でそう言ってますよ」

コウセイが反論とともにギアを一速に入れ、クルマを発進させる。

中野さん――？　後ろの二人は再び目を交わし合い、またもや中野が代表して口をひらいた。

「中野さんってのは……」

「あんたの戸籍上の父親よ」

答えたのは母だった。

「つまり叔父《おじ》さんのこと？」

「そう。コウセイくんは彼の会社のスタッフなの」

「叔父さんの会社の社員を、母さんが我が物顔でこき使ってんの？」

「こき使ってなんかないけど、アシストしてもらう権利はあるわ。だって叔父さんと私の会社なんだもの」

死人の会社――？

不可解をたっぷり孕《はら》んでリアシートが沈黙すると、彼女は簡単に解説してくれた。

書類上は、もちろん叔父ひとりの会社だということ。そりゃあ、会社の登記簿に死者は載せられない。

中野が聞いていた経営コンサルティング会社というのは、表向きの事業だということ。実際の業務内容については曖昧な説明しかなかったものの、新井やヒカルの本業である『警備会社』と似たような匂いが嗅《か》ぎ取れた。

スタッフは臨時や外注を除けば、コウセイのほかにもうひとり。あとは文字どおり幽霊社員の可南子だ。

それから、叔父は仕事で常に国内外を飛び回っていて、コウセイたちも直接会うのは年に一度あるかないかだということ。ただし島好きの性分で、身体が空《あ》けばどこかの離島でのんびり過ごしているというから、中野に告げた「流浪の島暮らし」も全くの嘘ってわけじゃないらしい。

四人を乗せた小型の英国車は、住宅地の路地を抜けて大久保《おおくぼ》通りに出た。右折してほどなく、前方の信号が黄色から赤に変わる。交差点名に『総務省統計局角』とあり、道路脇の『戸山公園　130m』という標識が目に入った。山手線の内側で最も標高が高いという人造の箱根山《はこねやま》とやらは、この辺りじゃなかったか。

ぼんやりとそんなことを思っていると、コウセイがギアをニュートラルに入れて振り返った。

「そうだ。中野さんの荷物、回収しときましたよ」

「俺の荷物？」

「ヤツらに捨てられたでしょう？」

「そうだけど……よく見つけたね？」

どうして捨てられたことを知っているのかは、もう訊《き》かないことにする。彼らの世界は何から何まで質《ただ》していたらキリがない。

「俺は可南子さんに言われた場所で拾ってきただけです。トランクに入ってるから、あとで確認してください。あぁでも、残念ながらスマホは壊れてるみたいでした」

「いや、戻っただけでもすごいよ。バッグの中身はどうなってるんだろう？　大事な書類が入ってたんだよな」

「書類が入ってる水色の封筒ならありましたよ。そういえば財布がなかったようですけど……」

「財布は会社に置いてあるんだ。書類はそれだよ、ありがとう」

助手席の可南子がしみじみと息を吐いた。

「やだわ、息子が仕事の書類の心配をするような大人になってるなんて」

「浦島太郎みたいな気分だろ？」

それにしても一体、この母親は何者なのか。

およそ四半世紀も死んだフリをしておきながらゾンビのように生き返り、登場するなりロシアの殺し屋に十発も弾丸を喰《く》らわせた上、走行中の車窓から捨てられた荷物まで見つけてくるとは――

歩行者用信号が点滅をはじめ、コウセイがシフトノブを一速に押し込んだ。

隣にいる坂上は、何を考えているのか普段以上に大人しい。無言で窓の外を見つめる横顔をしばし眺め、中野は改めて母への感謝の念をおぼえた。彼女は息子の命を救っただけじゃなく、危ういところで同居人の貞操帯になってくれた。

信号が青になり、車列が緩やかに前進をはじめた。

「そういえば、いまってどこに向かってんの？　俺、勤務時間中だから会社に戻んないと――」

中野が言い終わるのを待たず、可南子が声を被《かぶ》せてきた。

「今日は早退よ、もう手を回してある」

「あ、そうなんだ……？　ていうか何？　中野の母ですが、なんて会社に電話でもしたわけ？　子どもの欠席を学校に連絡する母親みたいに？」

「実際に手配したのは、あんたのガードんとこの会社よ」

もはや予想外を通り越して、呆《あき》れるような答えが返ってくる。

「彼らの会社とも何か絡んでんの？」

「昔いろいろ、持ちつ持たれつでね。でも連絡したのは随分久しぶりで、当時の知り合いは下手に偉くなっちゃってるもんだから、繋《つな》いでもらうのに時間がかかっちゃったわよ。やっと繋がったと思ったら私は死んだはずだなんて、なかなか信用してもらえないしさ。全く難儀したわ」

「偽装工作を完璧《かんぺき》にしすぎたんじゃないかな。二回も死んだことにした実績があったら、三度目は本当に死んじゃっても、もう誰も信じないだろうね」

「誰が信じようが信じまいが、私の生死の真偽には関係ないわね。生きてるものは生きてるし、死んでるものは死んでるってだけのことよ」

ふと、隣から視線を感じた。顔を向けると無言の目が逸《そ》れていったけど、彼の視線はこんなふうに言いたげだった。——親子だな。

それはそうと「ガード」というワードを聞いて、ヒカルはどうなったんだろう？　と中野は元カノのことを思い出した。きっと、壊れたスマホにも新井からの着信が山ほどきていたんじゃないのか。思ったとき、可南子が言った。

「そうそう、あんたが心配してる顔を全く見てないけど一応知らせとくわ。ガードの女の子も無事だからね」

聞けば、ヒカルは拉致《らち》されたビルの一室で軟禁されていて、新井が救出にいったらしい。丁重に退場させたというマックスの言葉どおりの扱いだったようで、怪我ひとつないどころかスナック菓子とペットボトルのお茶を与えられていたというから、むしろいい休憩時間になったんじゃないだろうか。

「まぁ無事だとは思ってたよ。ほら、憎まれっ子世に憚《はばか》るって言葉があるくらいだしね」

運転席から、コウセイが笑いを噛《か》み殺す気配が伝わってきた。

ダークグリーンの小型車で運ばれた先は、豊島《としま》区の雑司《ぞうし》が谷《や》エリアだった。冨賀屋《とみがや》酒店のある目白台《めじろだい》と隣接しているものの、いわゆる『スープが冷めない距離』ってほどの近所でもない。

到着するまでの車中で、中野は母の端末を借りて新井に連絡を入れておいた。既に事情を把握していたからだろう、同僚の声音はやや硬さを孕みつつも口ぶりは落ち着いていた。ヒカルに替わるかと訊かれたけど、ゆっくり休むようにとの伝言だけ頼んで辞退した。絶対、ご機嫌斜めに違いなくて面倒だからだ。

コウセイは三人を降ろしたあと、折りたたみ自転車で東新宿にUターンしていった。坂上が置いてきた軽バンの様子を見て、安全そうなら自転車を積んで戻ってくるつもりだという。

「――さて」

胡散臭《うさんくさ》いほど平凡な家財道具が揃ったリビングルームで、窓際のひとり掛けソファに身体を沈めた可南子が切り出した。彼女の背後の掃き出し窓からは、冬の午後の柔らかな陽射しが後光のように注ぎ込んでいた。

叔父の会社が所有するというマンションは、閑静な住宅地に溶け込む白っぽいタイル張りの三階建てで、中野と坂上が案内されたのは最上階の南西角部屋だった。

「もう大体の事情は知ってるようだし、私から説明することって特にないかしらね」

中野と同居人が座る三人掛けのソファは、母に対して九十度の角度で配置されている。目の前にある北欧テイストのセンターテーブルがラウンドデザインなのは、室内で乱闘になったときに怪我をしにくいためのチョイスなんだろうか――考えるともなく思いながら、中野は母の問いに答えた。

「まぁ質問しようと思えば、いくつかあるよ」

「例えば？」

「二十三年も死んだフリしてる間、どこで何やってたのか、とか。息子を置いて姿を消すことに心が痛まなかったのか、とかね」

「どこで何をしてたのかは説明しづらいわね。そりゃもう、あらゆるところでいろんなことをしてたから」

「じゃあ、そこは端折《はしょ》ってもいいけどさ。実は生きてるっていう事実は、息子にまで隠さなきゃいけないようなことだったわけ？」

「敵を欺くには味方からって言うでしょ？」

「ちょっと欺きすぎじゃないかなぁ」

「知らないほうが湊のためでもあったのよ。知ってて隠してるのと本当に知らないのとじゃ、捕まって拷問されたときの危険度が違うでしょ？」

「つまり、何も知らない息子が自分のせいで捕まって拷問を受けても想定内だったってこと？」

「そうはならなかったでしょ？」

「結果論だよね……？　それに、ほんとに知らないほうが価値なしって判断されて危ない気がするんだけどな。情報も持たない上に敵の顔を見ちゃってリスクしかない用済みは、命乞《いのちご》いする間もなく額に一発喰らって粉砕機でミンチにされちゃうんだよ」

「粉砕機でミンチ？　ドラマの観すぎじゃないの？」

「そうかなぁ」

「で、あとは何だっけ？　息子を置いていく心痛？」

母はアームレストに凭《もた》れて脚を組み替えた。体勢とともにTシャツの皺《しわ》が変化して、プリントされたのんきな猫が中野のほうを見た。ひょっとしたら、隣の坂上はティラノサウルスと目が合っているかもしれない。

「まぁね。血を分けたひとり息子っていう点で、あんたは私にとって唯一無二の存在ではあったわよ。けど生命《いのち》や人生ってのは、あくまでそれぞれのものでしょ。特に息子なんて、大人になって嫁でももらえばそっちの側に属しちゃう生き物じゃない？　離れるのがちょっとくらい早まったところで大して変わりはないし、むしろ一緒に過ごす時間が長くなるほど別れが寂しくなるって考えたら、早いほうがいいんじゃないかしら？」

「いつ別れても寂しくなんかならないくせに、よく言うよ」

「あらやだ、湊だって私がいなくて寂しがるどころか、死んだって聞いてもメソメソ泣いたりしなかったわよね？　叔父《おじ》さんから聞いて知ってるんだから」

「幸い母親の育て方のおかげで、人生は個人のものだってことを理解してたからね」

「息子が理想どおりに育ってくれて、お母さん嬉《うれ》しいわ」

可南子は言って席を立ち、キッチンからボトルビールを三本持ってきた。国内でもメジャーなグリーンのボトルのオランダビールだった。

息子たちに一本ずつ手渡してソファに戻った彼女は、ソイツを無造作にひと口呷《あお》ってから改めて感嘆した。

「それにしても、あんたたちが再会して仲良くなっちゃうなんて、ほんとに嬉しい誤算だったわねぇ。これまで生きてきた中で最高のサプライズよ」

「常識外れなことを沢山やってきたわりに、サプライズのハードルが低すぎない？　死んだはずの母親が生き返ったことに比べたら大した衝撃じゃないと思うんだけどな」

「私は自分の意思で消えたけど、ケイは連れ去られたんだもの。それも、悪いヤツらの巣窟《そうくつ》みたいな組織にね。過ぎたことを言ったってしょうがないのは重々承知で、これだけはずっと後悔してた。あのとき、ケイも一緒に連れてけば良かったって。だから戻ってくれただけでも十分なサプライズなのに……ねぇ？　お隣さんだった頃は全く興味を示さなかった湊が、ケイのためにあんなに熱くなるなんて」

「過ぎたことを言ってもしょうがない点は同感だね。俺も、母親が死んだフリしてた過去にはもう触れないようにするよ」

中野は素早く答え、同居人の危機を前に大声を上げた振る舞いについて突っ込まれないうちに、さっさと話の軌道を曲げた。

「ところで、もうひとつ大事な質問があるんだ」

「何かしら？」

「その、ケイって名前が本名だってのは本当？」

地下室を出るときに断片だけ聞かされた件は、脱出のドサクサで宙ぶらりんのままになっていた。隣に座る当人は身動《みじろ》ぎひとつしないけど、彼だって気にならないはずはない。

「さっき母さんが撃った男は、彼に本名はないって言ったんだよ。代わりに、何か長ったらしい名前を言ってたな」

「ヴァレンティン・スヴャトスラーヴォヴィチ・カミンスキ、ね」

滑らかな発音で舌も嚙まずに母は言い、続けた。

「便宜上、組織がつけたフルネームよ。だけど『ケイ』は違うわ」

そう前置きして彼女が語った内容は、こうだ。

坂上が育った養成所は、表向きは非営利の組織が運営する子どもの保護施設だった。が、実体は闇の工作をカネで請け負う集団がエキスパートを育成するためのプラントで、合法と違法を引っくるめた手段で子どもたちを調達していたほか、そんなこととは露ほども知らない親が育てられない子を敷地内に置き去りにするケースも決して珍しいことじゃなかった。

そして彼の場合は後者で、おくるみに挟まっていた紙切れに書かれていたのが、漢字の『恵』と、キリル文字、ローマ字表記でそれぞれ綴《つづ》られた『ケイ』だった――

「メモに書かれてたのはファーストネームだけ？」

「そりゃそうよ。苗字《みょうじ》まで書いたら身元が割れて、子どもを置いてく意味がなくなっちゃうじゃない」

「あぁ、そうだね」

「まぁ身元がわかったところで、親に返したりはしないけどね。ヤツらにしてみりゃ、手を汚さずして得ることができた天からの贈り物なんだから」

母は目を眇《すが》め、中野は同居人に目を移した。

「そのメモの話、あんたは知ってた？」

「いや。物心ついたときにはヴァレンティンの名だったしな――けど、ケイって名前は……」

「私やミーシャがそう呼んでた。でしょ？」

可南子の言葉に坂上が小さく頷《うなず》く。

「でも、そのうち『K』ってコードネームで呼ばれるようになったんで、あの頃も本当はケイじゃなくてKだったのかなって、ずっと思ってました」

「いいえ、ケイよ。ミーシャは、そのメモのことを知ってた。何たって、敷地内に置き去りにされてたケイを最初に見つけたのが彼なのよ」

「――――」

「その上、同じアジア系ってこともあって、彼はケイの成長を特別な気持ちで見守ってた。そしてあるとき、仕事でケイを連れて日本に渡るミッションが発生したの」

可南子は一旦《いったん》言葉を切って、幼い子どもに『お話』を聞かせる母親のように坂上を覗《のぞ》き込んだ。

「彼は出発前に決心してたそうよ。この仕事を終えたらロシアには戻らず、ケイを連れて逃げるってね」

おそらく初めて知ったに違いない父の真相にも、同居人は無言のままだった。だけどそれは、収拾がつかなくなった感情を持て余すかのような沈黙だ。

胸の裡《うち》にあるものを、どう言葉にしたらいいのかわからない。彼の横顔は、そんな戸惑いの色に染まって見えた。

幼い頃に面倒をみていた母も、彼の無反応が表面どおりじゃないことは承知なんだろう。かつての隣家の子どもに優しげな眼差《まなざ》しを注いでいた彼女は、打って変わって皮肉げな目を息子に投げてきた。

「まぁ当時のケイなんて名前、湊はお隣さんだった頃も知らなかったでしょうけどね」

そのとおりだ。母が預かっていた幼児に興味はなかったし、一度だけ会ったときですら、オムライスまで作ってあげながら名前を尋ねもしなかった。

ただ、あの日は呼び名がないことで不便が生じる前に母が帰宅したから——というのは言い訳に過ぎないだろう。

「確かに何も知らなかったね。彼の名前以外にも、お隣さんが自分の母親を殺しにきたこととか、その殺し屋が母さんの彼氏になってたなんてこともね」

「そこは仕方ないじゃない？　もしもよ？　あんたが親しい友だちにこっそり秘密を打ち明けたりなんかしたら、どこに話が漏れてくかわかったもんじゃないでしょ？　まぁ、あんたにそんな親密な友だちがいたとも思えないけどさ」

最後の部分は余計だったけど間違ってはいないし、その用心も正論だとは思う。

それに、もともと干渉し合わない親子関係だったことに加えて、思春期に差しかかっていた当時は余計に母との接触を避けていたフシもある。

だから反論はせず、中野は肩を竦《すく》めて受け流した。

「ところで、今さらだけどミーシャっていうのがミハイルさんなんだよね？　もっと親しげな愛称で呼んだりはしてなかったわけ？」

「あぁ、ミーシェニカみたいな？　まぁ呼んでないわね。私たちはどっちかって言うと戦友みたいな感覚に近かったし、馴《な》れ馴《な》れしいつき合い方じゃなかったのよ」

「へぇ……」

殺し屋集団の兄貴分に馴れ馴れしい愛称で呼ばれていた弟分を見ると、彼は素知らぬ風情で明後日《あさって》のほうを向いていた。

「それにしても、ミーシャだのティーナだの、あっちの略称って日本人の感覚からしたら随分ガーリィなネーミングだよね」

息子の何気ないコメントに、母が右の眉《まゆ》を軽く上げて即答した。

「湊だってイナゴの佃煮《つくだに》は食べないでしょ？」

「いきなり何の話――？」

「同じ国内でも所変われば何とやらってものはいくらでもあるんだから、そのネーミングをガーリィだと感じるのが日本人全体の感覚とも限らないんじゃないかしら？　ってこと」

「なるほど。確かに文化の違いを言語系統で分類した安直な発言だったよ。けど、突然イナゴの佃煮を引き合いに出されてもな」

「だって、好きな人は好きなんだから」

「母さんも？」

「私はサソリのほうが好き」

何を言っているのか、もうよくわからない。

首を振って同居人と目を交わした中野は、そこでとあることに気づいて可南子に目を戻した。

「うん？　待って。じゃあ『K』っていうコードネームはカレのKじゃなくて、もしかして本名が元ネタだったりすんの？」

「あぁ……日本《こっち》じゃ、そのカレっていう説が濃厚みたいね？　冗談みたいな話だけど大真面目に」

母は宙を見上げて、ぐるりと目を回した。

「そりゃあ元ネタは本名なんじゃない？　カレのKだなんて一体どっから出てきたのか知らないけど、そんなの本人に聞けばわかったことじゃない。ケイって名前の記憶が曖《あい》昧《まい》でも、ふざけた風説の真偽くらいは答えてくれたでしょうよ。ねぇケイ」

はぁ……と坂上が曖昧に頷き、中野は言った。

「俺はコードネームでなんか呼ばないから由来が何だろうと関係ないしさ。事情を知ってる人間から自信満々に聞かされたら、そうなのかってだけで終わっちゃうよ」

ただ、あの説明を聞いたとき、中野はまだ騒動の内容も同居人の素性も聞かされていなかった。だから違和感をおぼえながらもスルーしてしまったけど、もしも事態が海外に及ぶことを――むしろ海外発のトラブルだってことを知っていたら、由来が日本語だという不自然さについて断固主張しただろう。

いずれにせよ、カレのKよ！　と得意げな大口を叩《たた》いた元カノに、この真相を是非とも聞かせてやりたい。

「ていうかさ。せっかく本名がわかったんだから、俺もケイって呼ぼうかな」

ビールを傾けている同居人に向かって言うと、素っ気ない声が返ってきた。

「せっかくの意味がわからない」

「それはノーってこと？」

「本名だの何だの言ったところで、捨てていった親がメモ書きしたってだけの名前だろ。ほかの偽名とどう違うんだ」

「どの偽名も同じなんだったら、俺もその名前で呼んで良くない？」

「──────」

彼は手の中のボトルに目を落としたまま、たっぷり十秒は黙り込んでから低くこう漏らした。

「どれも同じってわけじゃない。ひとつは……違うから」

「ほかと違うのは、どの名前？」

ニヤつく頬を締めもせずに尋ねた途端、九十度の方向からわざとらしい咳払《せきばら》いが飛んできた。

「あんたたちが仲良くしてくれるのは嬉《うれ》しいけど、あんまり目の前でイチャイチャされるとさすがに居心地悪いわね」

「イチャイチャなんかしてた？」

「全く。湊がそんな顔する日がくるなんて、子どもの頃には想像もできなかったっていうのにねぇ」

母が苦笑してしみじみと首を振ったとき、テーブルの端でスマホが唸《うな》り出した。彼女は手を伸ばして掬《すく》い上げ、二言三言交わしてすぐに切った。

「コウセイくんがクルマを拾って戻るって。どうやら大丈夫だったみたいね。で、二人とも今日はどうする？　ここに泊まってもいいけど、中野坂上《なかのさかうえ》に帰る？」

「そうだな、明日《あした》も仕事だしなぁ」

言いながら坂上を見ると目が合った。そのまま数秒、思案するような視線を交わしたあと、中野は母に向き直った。

「帰るよ」

「そう。じゃあ、私がそっちにいくわ」

「――うん？　まさか、うちにきて泊まるって言ってる？」

「何か問題でもあるの？」

「問題ってわけじゃないけど……」

正直、今日は疲れたからゆっくりしたい。特にそんな思いが強い日だというのに、時を超えて生き返った母親が訪ねてきたりなんかしたら、少なからずそういうわけにはいかなくなる。

かと言って、窮地を救われた恩義があるから無下にも扱えない。だから困る。それに、どうしても泊まるのなら二階に寝てもらいたいけど、あの部屋の布団はしばらく干していない。

――が。

断られるなんて考えてもいないらしい母と、断ろうなんて考えもしない風情の同居人。

彼らの顔を見る限り、ノーという選択肢はなさそうだった。

中野は溜《た》め息《いき》を吐いた。


坂上のクルマを拾ってきたコウセイが、馴染《なじ》みのビストロに寄り道して詰めてもらったという特製三段弁当を持ち帰った。

「晩メシにでもどうぞ。今日は皆さんお疲れだと思うんで、旨《うま》いものでも食ってゆっくり休んでください」

気怠《けだる》い笑顔でそう言って、彼はダークグリーンの小さな英国車で姿を消した。

ビストロ弁当を有り難く頂戴《ちょうだい》した三人は、無事に戻った軽バンで中野坂上に移動した。

いづみ食堂に到着すると、母の可南子はまずじっくりと時間をかけて息子たちの住まいを見て回った。

屋上からはじまり、三階、二階と降りてきて、ようやく地下のチェックまで済んだ頃には、ビールと食事にちょうどいい時刻になっていた。

自家製ローストビーフだの、オマール海老《えび》のポワレだのが詰まったフルコース並みの重箱をつつきながら、母と同居人はセキュリティの問題点を洗い直しはじめた。

「そろそろ俺のほうが介護について考えなきゃならないくらいなのに、母さんが俺の安全チェックとはね」

中野が何気なく漏らしたコメントを聞いて、いづみ食堂の図面を睨《にら》んでいた母の目が眼鏡越しに息子をひと舐《な》めした。

「二階の部屋を借りるつもりだったけど、ここであなた方と一緒に寝てもいいかしら。何しろ、そろそろ介護が必要になる年齢だしね、私」

彼女は言って眼鏡を外し、ビールを呷《あお》った。手にした黒いセルフレームはシニアグラスのようだ。眉間《みけん》を寄せて鼻根をつまむ表情には、やや疲労の色が滲《にじ》んでいる。

母の眼鏡をかけた顔も、ショートヘアも、ファンキーなファッションも、中野にとっては初めての光景だ。記憶の中の彼女は常にストレートのロングヘアで、大抵はナチュラルなテイストのワンピースなんか着ているようなイメージだった。つまり何もかもが、四半世紀に及ぶブランクってことなんだろう。

その年月と同じだけ中野も歳を重ねてきた。ランドセルを下ろして間もなかった少年は、いつしか童貞を捨て、自力で稼ぐようになり、同性とのセックスも知って、そろそろ不惑の域に片足を突っ込もうとしている。

「地下《ここ》で寝るなら、椅子を並べるか床で寝てもらうしかないけど、それでもいい？」

「年老いた母親相手に血も涙もない仕打ちをするわけね」

「持ってる銃をひとつ残らず処分したら、息子の非道《なじ》を詰る老いた母親の権利を認めてあげてもいいよ」

「ほかの条件を提示してくれないかしら。この手に銃がない死の瞬間なんて考えられないもの」

鉄砲を握っていないと死ねないらしい母には、やっぱり二階の部屋を使ってもらうことにした。

三人はそれから、これまでの経緯や事実関係について大まかに確認し合った。

大半は中野にとっても既知の内容だった一方、ひとつ明らかになった点があった。中野を育ててくれた叔父《おじ》が、やっぱり本当の叔父じゃなかったという事実だ。が、いまさら驚くようなことでもないし、正体は母の古い仕事仲間だというから、遠くの親戚《しんせき》より何とやら……とも言える。

話の途中でビストロの重箱が空になり、同居人が物足りない顔をチラつかせはじめた。そこで中野が、冷凍庫にあった海老とアスパラで炒《いた》め物を作ってやると、テーブルに置くなり母が真っ先に箸《はし》を伸ばしてきた。

「一応言っとくけど、彼のために作ったたってことを忘れないようにね。重箱弁当も、母さんが大半食っちゃったっていう自覚を持ってよ」

「しょうがないじゃない、昨日まで葉っぱと虫しか食べるものがないようなところにいたんだもの」

一体、どこにいたんだ――？

「ポートモレスビーから帰ってきたとか言ってたけど、パプアニューギニアの熱帯雨林にでも潜んでたわけ？　まさか、好物のサソリもそこで食ってた？」

「詳しいことは訊《き》かないで。まぁでもとにかく、ケイが飢えるのは私も困るわね」

彼女は肩を竦め、坂上のほうに皿を押し遣《や》った。

「あの……俺はいいんで食べてください」

彼らの間で皿がせめぎ合うのを、中野は両手で頬杖《ほおづえ》を突いてしばし傍観していた。

「何かさ、俺じゃなくて二人が親子みたいだよね。人種が同じだし、背格好も似てるしさ」

「いいわね、それ」

可南子がパチンと指を鳴らして声を弾ませた。

「ねぇケイ、今度こそ私の子どもにならない？　湊は戸籍上もう息子じゃないし、ひとり息子として存分に可愛がるわよ。どう？」

「え……？　えっと——」

戸惑う同居人の隣で、中野は溜め息とともに素朴な疑問を吐いた。

「生ける屍《アンデッド》と無戸籍の養子縁組って、どんな手続きすんの？」

中野がバスルームから戻ったとき、とっくの昔に日付が変わっているというのに、リビングでは坂上と可南子が銃の手入れの真っ最中だった。

しかも、これがまた専門用語満載の応酬とともに没頭するものだから、門外漢の入り込む余地なんかあるはずもない。さらにはロシア語まで飛び交いはじめたとくれば、もうお手上げ状態だ。

仕方なくダイニングテーブルの隅に陣取って、ボトルビールを傾けつつ海外ドラマを眺めていた中野は、やがて抗《あらが》いがたい睡魔に襲われてベッドに潜り込んだ。

——と、ここまでなら、まだ良かった。

ところがウトウトしかけた矢先、今度は射撃部屋でぶっ放す音に叩《たた》き起こされた。

これにはさすがの中野も、眉間の縦皺《たてじわ》を引っ提げて抗議しにいかざるを得なくなった。

「あのさ二人とも……お楽しみのところ水を差すようで悪いけど、俺が朝から仕事だってことは承知してるよね。射的で遊ぶなら、せめてドアを閉めてくんないかな。せっかくの防音設備も開けっぱなしじゃ意味ないだろ？」

すると彼らは、初めて中野の存在に気づいたかのような顔で物騒な玩具《がんぐ》たちを片づけにかかった。全く——こんなことなら、雑司が谷に泊まったほうがマシだったのかもしれない。

母が二階に引き揚げて同居人がバスルームに消えたあと、中野は再び眠りに就いた。

次に意識が浮上したのは、ゴソゴソと隣に潜り込んでくる気配を感じたときだ。半分寝惚《ねぼ》けたまま伸ばした手のひらに、風呂上《ふろあ》がりの湿った髪が触れた。

「ちゃんと乾かしなよって、いつも言ってんのに……」

あやふやな滑舌で窘《たしな》めて目を開けると、仄暗《ほのぐら》い照明が坂上の輪郭をぼんやりと縁取っていた。

「悪かった——つい」

逆光に翳《かげ》る顔の辺りから、ボソボソと謝罪が聞こえてきた。

「別に謝ることじゃない、風邪さえ引かなきゃね」

「髪のことじゃない。あんたの睡眠を邪魔したことだ」

「あぁ……つい、俺がいるってことを忘れて、はしゃいじゃった？」

それこそ『つい』素っ気なく返した途端に彼が沈黙して、我ながら子どもじみた意地悪だったと反省した。

中野だって、わからないわけじゃない。これまでの彼の人生において唯一、平穏で幸せだった幼少のほんの一時期、優しく世話を焼いてくれた隣家の母親——それも、てっきり死んだと思っていた相手に再会できたんだから、つい浮かれるのも無理はないだろう。たとえその発露が、一緒に鉄砲をぶっ放すという形で表れようとも。

だから今夜の無礼講は水に流すことにして、代わりに別件を口にした。

「ところでさ、絶対ただの兄弟分じゃなかったよね？」

坂上が問うような目を上げた。

「あの髭面《ひげづら》のお兄さんだよ。マックスだっけ？」

「————」

「そもそも、あんなとこに俺を一時保管するところからして、端《はな》からあんたをおびき出すつもりだったとしか思えないよな。そうじゃなきゃ、最初からどこへなりと連れていけば良かったことなんだから」

「クルマの乗り換えが必要だったんじゃねぇか？」

「だったら、あらかじめ置いとけば済むだろ？　それに迎えがくるとか言ってたけど、あんなおいたをしてられるほど乗り継ぎにタイムラグがあるなんて、プロにあるまじき手際の悪さだと思わない？」

「ヤツらの事情なんか俺が知るわけない」

「だろうね、まぁいいよ。でも憶測を言っていい？　俺が知らない間にあちこち仕込まれてた発信器だけどさ。あそこに連れてかれるまでに全部捨てられたと思ってたのが、ほんとは一個くらい残してあったんじゃないのかな。あんたがちゃんとシグナルを追ってくれるよう、わざとね」

おかげで坂上も難なく、あの地下室まで辿《たど》り着けたんじゃないのか。そう含みを持たせると無言の眼差《まなざ》しが逸《そ》れていった。枕に沈んだ横顔は、思い当たるフシがないわけでもなさそうな色合いに見える。

「過ぎたことをどうこう言わない努力をするから、正直に言ってみなよ。やっぱり何かあったんじゃないの？　同僚時代に」

「だから、ねぇって」

「昔はピンときてなかったとしても、思い返してみたら射撃訓練のとき、やけにピッタリ背後に貼りつかれてたとか、不必要に手を握られたりしてたとかさ。格闘訓練のときにやたら抱きつかれて股間《こかん》を擦《こす》りつけられたとか、首や頬に無精髭《ぶしょうひげ》をジョリジョリされたとか、何か絶対あるはずだよ。気がついたら、洗濯するはずのパンツがなくなってたなんてことは？」

「何なんだあんた、しつけぇよ。そんなの――」

眉間《みけん》に不快を刷《は》いた坂上が、ふと何かを反芻《はんすう》するように目を彷徨《さまよ》わせた。その唇が半開きのまま固まるのを見て、中野は人差し指を立てた。

「ほら、やっぱり何かあったんだ」

「違う」

「思い当たることがあるんだよな？」

「だから大したことじゃねぇし、あんたがそんなふうに言うから、うろ憶《おぼ》えの記憶を深読みしちまうんだろ」

「知らぬは本人ばかりなりだよ。で？　何されたわけ？　パンツは何枚盗《と》られた？」

「パンツなんか盗られてない」

「その言い方だと、パンツ以外の心当たりはあるみたいだね」

「どうでもいい」

坂上が眉間の皺を深めるのを見て、それ以上の追及は引っ込める。仮に本当にパンツを盗られていたとしても、この議論を続けたところで互いにメリットはない。

「ていうか彼、兄弟分の絆《きずな》っぽいことをヤクザの盃《さかずき》並みに振り翳《かざ》してたけど、何？　訓練生ってのは一心同体のバディものみたいに二人一組で手取り足取り腰取り、ともに研《けん》鑽《さん》でも積むわけ？」

「別にそんなんじゃない、アイツはグループのリーダーだったってだけだ」

坂上は低く吐き捨て、手短にこう説明した。

施設では、一定の年齢層ごとにグループが分かれていた。うち、坂上が所属するユニットを率いていたのが、マクシム・レプキン――マックスだった。

凄腕《すごうで》のチームリーダーは確かに坂上に目をかけていて、それは周知の事実でもあった。が、ユニットのメンバーという以上の何かは一切なかった――

同居人は淡々と断言したけど、もし当人が『何もなかった』ことを信じているとしても、彼が鈍感すぎただけなんじゃないのか。あるいは、当時はマックス自身も抑え込んでいた、または無自覚だった偏愛の熱情が、坂上が反旗を翻して行方をくらましたことで露出したのかもしれない。

とにかく坂上がどう思っていようと、あの男が常軌を逸した執着を抱えていたのは間違いなかった。それも、かなり根の深そうなヤツを。

「……まぁでも、いっか」

呟《つぶや》くと、彼の目だけが動いて中野を見た。

「何がだ？」

「真相がどうあれ、もうどうでもいいってことだよ。いや、よくはないけど過去は動かせないし、知ったところで未来に影響するわけでもないからね」

どうせ相手は、坂上に対して二度とアクションを起こすことはない。

早くも輪郭が曖昧《あいまい》になりつつある無精髭面を脳内から追い払って、目を閉じる。額の奥にじわりと疲労感が滲《にじ》むとともに、この半日に起こったさまざまな出来事がランダムに浮かび上がってきた。

再び瞼《まぶた》をひらくと、坂上と目が合った。彼はさっきから変わらない姿勢のまま、じっとこちらを見つめていた。

「——あんたの、恵《ケイ》って名前は」

中野が静かにそう切り出しても、彼の表情に変化はなかった。

「沢山の何か……人から与えられるものでもいいし、自分で見つけるものでもいいし、何なら天の恵みとかでもいいよ、この際。宗教的な発想は好みじゃないし、らしくないって言われるだろうけどさ。とにかく何かいいものに、あんたが沢山恵まれますようにっていう願いを込めてつけた名前だよね。少なくとも、そう考えるのが自然だろ？」

「安直だな」

坂上は気のない口ぶりを寄越《よこ》した。

「いいものって何なんだよ」

「わかんないけど、良くないものの反対かな」

「どうでもいいし、名前にも由来にも興味はない」

「あんたが興味あるかどうかは関係ないよ。要は、俺も同じように望んでるってこと」

中野は指を伸ばして頬を辿った。彼は避《よ》けもせず、抵抗もない。

パーツの形や配置が整然としているのに印象の薄い造作《ぞうさく》。それでももう、全人類の顔を忘れたとしても彼だけは憶えていられる、あるいは思い出せる自信がある。

「あんたは、これまで奪われ続けてきた人生を取り返さなきゃならない。そのためにも、生まれて良かったって肚《はら》の底から実感できるような何かを、最低でもひとつは知ってほしい」

すぐには反応がなく、関心がなさそうな面構えはしばらく沈黙していた。

そのまま重たくなっていく瞼を見て、もう寝るのかな……と思ったとき、ポツリと声がした。

「——沢山なんかいらない」

「うん？　何のこと？」

「名前に込められた意味ってヤツだ」

坂上は落ちかかっていた前髪を緩慢な手つきで払い、ゆっくりとひとつ瞬いた。

「もしあんたの言うとおりだったとしても、もらえるものはひとつでいい。それに、生まれてきて良かったっていう実感なら、とっくにしてる」

普段と変わらず抑揚に欠ける、迷いのない語調。

「あんたと再会して、どっちも手に入れた。これ以上持たされたら、いまあるものまで零《こぼ》れちまう。だから」

もういらない——坂上は小さく呟いて目を伏せた。

2

母の可南子が二階で寝泊まりするようになってから三晩が明けた朝、彼女は朝食の席でこんなことを言い出した。

「鬼ヶ島の鬼退治にいってこようと思うの」

片手で頬杖《ほおづえ》を突いたまま、モーニングプレートのスクランブルエッグをつついていたフォークをひと振りして、まるでバーゲンセールに出かけようと思い立った主婦みたいな口調で。

コーヒーサーバー片手にテーブルの脇に立っていた中野は、母の対岸に座る同居人と目を交わしてから彼女に目を戻した。

「というと？」

「敵地に乗り込んで、ラスボスをやっつけてくるってこと」

「だからそれって、つまり？」

「ロシアにいってくるわ」

新宿の百貨店にいってくるわ、とでも言うかのごとき気軽な声音。

「もともと、Xデーとなる一年目の直前辺りで、最も混乱するタイミングに乗じて現地で暴れる案があるにはあったのよ。最終手段のシナリオだけど、ことごとく失敗した挙げ句の残り滓《かす》に勝算があるようには思えないな」

「いくつあるうちの最終手段か知らないけどね」

中野は自分と母のマグカップにコーヒーを注ぎながら首を捻《ひね》った。坂上は出会った頃と変わらず、いまもコーヒーを飲まない。

「七案のうちの七つ目よ。これまでに実行した一から四までは小賢《こざか》しい策略三昧《ざんまい》で、途中で計算が狂うと水の泡だったの。で、もうこの時期だから折衷案的な五と六は捨てて、七に賭《か》けようってことになったのよ。大丈夫、最終手段だけあって力業だもの。ちょっとやそっとの誤算は捩《ね》じ伏せてみせるわ」

「全然大丈夫な気がしないけど、だったら小賢しい策略三昧の合間でいっぺん試してみても良かったんじゃない？　その力業とやらを」

「過ぎたことをどうこう言ってるうちは前に進めないわよ、少年」

「俺もうアラフォーだけど、まだ少年でいいのかな」

「とにかく、だから大枠で言えば想定内ってわけ。私が今回戻ったのも、実はその準備のためなのよ」

トーストを囓《かじ》ってマグを啜《すす》った母の、シニアグラスのレンズが湯気で曇った。

これで新聞でも捲《めく》るか、タブレット端末のニュースアプリでも眺めていれば、定年を間近に控えた出勤前のキャリアウーマン風に見えなくもない。しかし彼女の手もとにあるのは、細かい線と文字が入り乱れる大判の用紙だった。どこかの施設の設計図らしき図面に書き込まれた文字は、チラリと見た限り漢字や仮名じゃなく英字でもない。キリル文字だ。

中野は同居人の隣に座って、チーズを乗せたトーストにスクランブルエッグを盛った。

「その鬼ヶ島いきはいつから？」

「二、三日のうちには発《た》つつもり。最短で明日《あした》かしら」

「尻《しり》が軽い……じゃない、腰が軽いね」

「位置がちょっとズレただけで印象が雲泥の差になるその言い間違い、わざとじゃないわよね」

「まさか。俺が母さんをアバズレだなんて思う理由、別にないだろ？」

「そうね。私がロシアの種を育てながらお隣さんの殺し屋とつき合ってたからって、いちいち咎《とが》めるような息子じゃないものね」

「で？　まさか、ひとりで勇ましく乗り込もうってんじゃないよね」

「いくら私だって、そこまで無謀じゃないわよ。経由地点ごとに力を貸してくれる協力者たちはいるけど、こっちからいくのは私と、あんたの叔父《おじ》さんとダミアンと……」

「ダミアン？」

飛び出した名前に面喰《めんく》らう。神楽坂《かぐらざか》の隠れ家フレンチで調教中のシステム屋が、こんなところで登場するとは思わなかった。

聞けば、母は昨日と一昨日《おととい》の二日間で、息子と同居人を取り巻く顔ぶれにひととおり会ってきたらしい。彼らと直接話して吟味した結果、プラスとマイナスの要素を引っくるめてダミアンに白羽の矢を立てたのだという。

「彼についての経緯も聞いた上で、総合的に判断したの。あれはまぁ、何だかんだ言って役に立つわね。武器屋さんの知人の調教とやらも、上手《うま》くいってるみたいだし。何より、万一のことがあっても悲しむ人がいないってところが手軽でいいわ」

中野は数秒、無言で母の顔を眺めた。発言の無神経さに驚いたわけじゃない。自分も同じことを思ったからだ。

「じゃあ、叔父さんとダミアンと三人で鬼ヶ島への遠足か。桃太郎のお供は犬、雉《きじ》、猿だったのに、一匹足りないね」

コーヒーを啜って軽い口ぶりで放った言葉が、何故か微妙な空気を呼んだ。

一拍置いて可南子と坂上が交わした意味ありげな視線を見て、気づきたくもなかったのにピンときてしまった。

さっき、母は何と言った？——あんたの叔父さんとダミアン「と」、だ。

「もしかして……」

中野が呟《つぶや》いて同居人を見ると、避けるように逸《そ》れていった頬の向こうからボソボソと声が聞こえてきた。

「俺もいってくる」

次の瞬間、熱いコーヒーで満たされたマグが手から滑り落ちたのは、決して大袈裟《おおげさ》な演出じゃなかった。フリなら、せいぜい後片づけに手間のかからないフォークでも取り落としておく。だけど残念ながらフリじゃない。

テーブルに転がったカップからダークブラウンの液体が筋を描いて走り、優雅に広がり、上品な滝のように床へ流れ落ちていく。

足もとに散った熱い飛沫《しぶき》を他人事《ひとごと》みたいに感じながら、中野は振り返った坂上の顔面を穴があくほど見つめていた。

「零《こぼ》れてるわよ、湊」

可南子が肩を竦《すく》めて、トーストの最後のひと欠片を頬張った。が、そんな声も右から左だ。

坂上が腰を浮かせて倒れたマグを起こした。拭《ふ》くものでも取りにいこうとしたのか、椅子から離れかけた彼の腕を中野は素早く摑《つか》んだ。

「ロシアなんかいって、何かあったらどうすんの？」

「俺がいない間は誰かが代わりにここで寝泊まりするし、あんたのガードは緩めない。まだ誰を置くかは検討中だけど、発つまでには――」

「俺じゃないよ、あんたに何かあったらどうすんだって言ってんだ」

私もいくんだけどな、と母がトーストをモグモグしながら手を払ってコーヒーを啜る。が、そんな声も息子の耳には入らない。

「それに、例の悪い組織の本拠地でもあるんだよな？　そんなテリトリーに飛び込んでくなんて、わざわざ連れ戻される危険を冒しにいくようなものだろ？」

「その件もいずれは片をつけなきゃならないんだから、まとめて片づけば一石二鳥だ」

「何が一石二鳥だよ。まさか、ロシアン・マフィアの女ボス親子の首を取るだけじゃなくて、老舗《しにせ》の殺し屋集団まで潰《つぶ》してこようなんて企《たくら》んでる？」

「ミトロファノフ家はマフィアじゃない」

「大差ないよ！」

ドン！と拳《こぶし》でテーブルを叩《たた》いた直後、ドアホンが二階の来客を告げた。

「ほらほら、お迎えじゃない？」

可南子が玄関モニタ用のスマホを引き寄せて中野に向ける。画面の中には、スーツ姿の新井が立っていた。

出勤時刻だ。

庶民リーマンひとりが殺し屋たちから命を狙われようが、同居人の出張予定に動揺しようが、世知辛い社会の歯車は今日も素知らぬ顔で回っている。

コーヒーをぶち撒《ま》けた惨状はそのままにして、大急ぎで着替えて二階に駆け上がった。別に大人げなく当てつけがましいことをしたとかじゃなく、片づける時間がなかったから仕方ない。

「ごめん、待たせたね」

玄関の外で待っていた新井とともに古びた階段を下りていくと、路上に漆黒の国産SUVが蹲《うずくま》っていた。

いまでは万一の場合に備えて、二階の鍵《かぎ》どころか地下室のアクセスキーまで同僚に与えられている。なのに、寒いから中に入って待つよう勧めても、彼が頑《かたく》なに玄関の外にいる理由はこれだった。目を離した隙に駐禁ステッカーなんか貼られるわけにはいかないんだろう。残念ながら『配達中』なんてプレートでお目こぼしを期待できるタイプのクルマでもない。

ロシアの愛人母子が消されたことで緊張感が高まって以来、登校時の小学生のごとく迎えにきていた新井は、先日の拉致《らち》事件の翌朝からコイツで現れるようになった。

クルマ通勤については、確かに以前から提案されていた。だけど朝のラッシュ時間帯の東京駅方面なんて所要時間も読みづらいし、途中で事故や工事渋滞でもあればアウトだ。そうでなくても、雨だから、五十日《ごとおび》だから、月曜だから、月末の金曜だから、ノー残業デーの水曜だから——と、交通渋滞の理由は枚挙に暇《いとま》がない。

かと言って、そのために早く発つのも何だか癪《しゃく》だし、人混みでズドンとやられる可能性が薄いんだったら電車通勤で構わないんじゃないか。中野はそう高を括《くく》っていた。が、マックスの一件で業を煮やした新井たちの会社が、とうとう強引に配車して寄越《よこ》した。しかも、いざってときに逃げ場がない首都高は使わず一般道オンリーだ。おかげで、これまでより三十分も早く家を出なきゃならなくなった。

余談ながら、ただでさえオフロード向けの頑丈なSUVは重装甲車に改造されていて、さらに装甲仕様はクルマだけじゃなかった。いまじゃ、中野まで防弾ベストなんてものを着用させられている。

ワイシャツの下に着けても目立たない、厚みが少なく身体の動きも妨げない、なのに高性能——という、胡散臭《うさんくさ》いほど都合のいいアイテムらしいけど、脳味噌《のうみそ》を撃ち抜かれたら終わりだろう。

リアシートに収まった中野は、小振りのマグボトルをひとつ新井に渡して自分のボトルの蓋《ふた》を開けた。途端に車内に満ちる、芳醇《ほうじゅん》なコーヒーの香り。慌ただしく着替える間に可南子が用意してくれたものだ。地下室で淹《い》れたマグカップの中身はいくらも飲まないうちに零してしまったから、今日は特に有り難い。

山手《やまて》通りから青梅《おうめ》街道に折れてしばらく走った頃、中野は同僚の後頭部に尋ねた。

「なぁ新井、鬼退治の話って聞いてる？」

「鬼退治……あぁ、お母さんたちのロシアいきの件か？」

「みんな知ってんだね」

「俺も昨日の夜遅くに会社経由で聞いたばっかりだよ。バックアップの依頼とか、諸々《もろもろ》の相談があったとかで——中野のお母さん、うちの上層部と旧知の仲らしいな」

「まぁ、らしいね」

「ミトロファノフ氏がうちに依頼してきたのは、その繋《つな》がりがあったからなのかもしれないな」

中野は曖昧《あいまい》に相槌《あいづち》を打った。確かにそうなのかもしれないし、そうじゃないかもしれない。どちらであっても何が変わるわけでもない。

それにしても誰も彼も、とうの昔に死んだはずの人間が蘇《よみがえ》ったって大して驚きもしなければ、そのゾンビが鬼退治でロシアに遠征するなどという荒唐無稽《こうとうむけい》なお伽話《とぎばなし》を聞いても、それがどうしたと言わんばかりの顔しか見せやしない。

赤信号で停車すると、新井がマグボトルのコーヒーを啜《すす》りながらミラー越しに目を寄越した。

「ダミアンを連れていくんだって？」

「あぁ、らしいね。個人的にはちょっと不安を感じなくもないけど、調教は上手《うま》くいってるみたいだし、まぁいろんな意味で使い勝手のいい人材だよね」

国際的な悪巧みに加担して消されかけながらも死に損ない、血も涙もモラルもない殺し屋女子《ビッチ》に飼われていたクソ野郎《サノバビッチ》だから、使い捨てになっても心が痛まないってところも都合がいいしね――とは言わず、中野は代わりに別件を口にした。

「うちの同居人もいくってのは聞いてる？」

初耳だったのか、新井はすぐには反応せず、前にいる黒いミニバンの尻《しり》を見つめたまま数秒沈黙していた。

「――お前をひとりで置いていくのか？」

「その言い方、置き去りにされる子どもみたいな気分になるね」

「置き去りにされる子どもと変わらないだろ？」

実際、子ども時代に置き去りにされたようなものだったけど、別にどうという思いはない。だから自分で『みたいな気分』と言っておきながら、それがどんなものか中野にはわからなかった。

信号が青に変わり、淀《よど》んでいた車列が動き出した。ミニバンに続いて緩やかにアクセルを踏みながら、新井が非難がましい声を投げてきた。

「どんなにセキュリティを完璧《かんぺき》にしたつもりでも、不測の事態ってのは必ず起こり得る。自分じゃ何もできないお前がひとりであそこにいて、何かあったらどうするんだ」

「ひとりじゃないよ、代わりに誰か置いてくみたいだから」

「誰か？　そんな適当で済むことじゃないだろ」

「悪い意味じゃないほうの適当な誰かにすればいいんじゃない？　順当に考えたら新井かヒカルなのかなとは思うけど、叔父《おじ》さんの会社のスタッフも選択肢に入ってるかもしれないしね」

坂上とすげ替える同居人候補の話は、そこで一旦《いったん》切り上げた。駐車場の入口が近づいてきたからだ。

当初、クルマを置く場所をランダムに変える案も検討されたらしい。が、会社までの移動距離が下手に伸びても、本末転倒な結果になりかねない。それに場所が変わる都度、警戒態勢を練り直さなきゃならなくなる。そういった判断のもと、結局は会社が入居するビルの地下駐車場一択となったようだ。

パーキング内には警備会社のスタッフが常駐しているというけど、それらしい姿を中野は目にしたことがない。駐車台数のわりに、いつもひと気が少なく、たまに見かけてもビジネスバッグを提げてエレベータホールへ向かうスーツリーマンばかりだ。

ところが、この日は地下に降りた瞬間から新井の様子が一変した。

中野には普段と同じように見える。しかし同僚は、常にはない緊張と警戒を孕《はら》んで周囲を窺《うかが》いながら、慎重にクルマを転がしはじめた。

「どうかした？」

「見張りがいない」

「いつも見えないけど」

「お前にはな」

草食系の外観に不釣り合いな硬い声が跳ね返ってくる。

国内外の公的機関でも採用される定番の国産ＳＵＶは、無難な速度を保ったまま所定のスペースを通り過ぎた。ひとまず駐車を断念したのか、停まることなく通路を回り込んで出口レーンへと進入しかけた——そのときだった。

排気音の咆哮《ほうこう》とともに黒光りするアメ車のＳＵＶが正面から突っ込んできた。出口は一方通行だというのに、だ。スロープの傾斜も手伝って、ソイツは文字どおりイノシシさながらの猪突猛進《ちょとつもうしん》で瞬く間に肉薄した。

が、新井も手をこまねいてなんかいなかった。敵の姿を認めた瞬間セレクタレバーをRレンジに叩《たた》き入れ、親の敵《かたき》のような勢いでアクセルを蹴《け》り込んで後退を開始していた。

前方へのGに振り出された身体をシートベルトにホールドされながら、中野は思った。

一台分の幅しかない通路で、あのクルマはいつから逆向きに待機していたんだろう？　中野たちが現れるまでの間に出庫したいクルマがいたら、一体どうするつもりだったのか。姿がないという見張りたちも、ヤツらに排除されてしまったのか。

いくつか浮かんだ疑問は、しかし取り込み中の同僚に尋ねるわけにはいかなかった。猛然とバックしながら忙《せわ》しなく前後に配る新井の目に、もはや草食男子の色はない。ナビシートの肩を摑《つか》む指先の白い変色が、握力の度合いを示していた。

薄暗く殺風景な地下駐車場は、コンクリートの路面や等間隔にそびえる柱で構築されたモノクロームの回廊のようだった。両脇に並ぶ駐車車両は、さしずめ古城の通路を固める騎士の像とでも言ったところか。

彼らの鼻先を掠《かす》めるように——実際に時折ちょっぴり擦《こす》りながら——駆け抜け、甲高いスキール音を反響させて、さっき辿《たど》ってきたルートを逆回りにカーブする。遠心力に振られて身体がドアに押しつけられ、それでも僅《わず》かにスピードが落ちた隙を突いて、まるで甲冑《かっちゅう》のバイザーみたいなクロムメッキが眼前まで迫ってくる。蛍光灯の光を反射するグリルのド真ん中に見えるのは、黄色と赤が目につくエンブレムだった。カラーリングと形状からしてアメリカの老舗《しにせ》メーカーのようだ。

一体何故、狭い日本でこんなゴツいアメ車を転がすんだろう？　しかも、わざわざ狭苦しい地下駐車場で鬼ごっこをおっぱじめるなんて、頭がどうかしてるんじゃないのか――思ったそばから撤回する。じゃないのか、じゃない。どうかしてる。

日米のSUVが数メートルの距離で鼻面を突き合わせたまま次の曲がり角に差しかかったとき、入口レーンから一台のクルマが進入してきた。運悪く居合わせた一般車か、それとも関係『車』か。

どちらともつかない黒っぽいセダンの前をスレスレですり抜け、新井は最初に敵が現れた分岐点からバックのまま出口レーンに滑り込もうとした――が。

なんと、勾配《こうばい》の上方で敵の双子みたいな黒い巨体がもう一台、こちら向きに待ち構えていた。もちろんソイツも一方通行を無視する形で、だ。

一拍のブレーキとともに、新井の右手が素早くステアリングの角度を変えた。同時にメーターパネルの針が揃って跳ね上がり、中野を乗せた重装甲仕様車はさらに下層フロアへと向かう通路に尻から飛び込んだ。

そう、文字どおり飛んだ。

螺旋《らせん》スロープの天辺《てっぺん》でふわりと浮いた次の瞬間、重装甲SUVの車体をタフなサスペンションが受けとめる。着地の衝撃とともに外周の壁に車体の側面が擦れて派手な音が響き、弾《はじ》かれて内周の壁に接触し、体勢を立て直す暇《いとま》もあらばこそ、速度をほとんど落とすことなく先の見えないカーブを猛スピードでバックしていく。

窓の向こうを前方に飛び去るコンクリートの壁は、まるで回転させた新幹線の座席から眺める防音壁だった。いや、周回しながら落下する感覚は遊園地の絶叫アトラクションか。

大丈夫？——運転席の同僚にそう尋ねようかと一瞬考えたのは、恐怖心が芽生えたせいじゃない。もしも側壁に激突でもして事故死したら、二度と坂上に会えないと思ったからだ。

ロシアいきの件を責めるような態度を取ったまま家を出てきた。彼が無茶をするくらいなら自分が死んだほうがマシだと思っていても、最後があんな別れ方ってのはいただけない。だからできれば、ここでくたばるのは避けたかった。

が、幸い、彼らを乗せたゴンドラは無事にスロープの終点からフロアに躍り出た。おそらく現実にはほんの僅かだったはずの回転は、体感的には七周くらいしたような気分だった。

下階は空《す》いていた。

向きを変える間も惜しんで新井がバックのままアクセルを踏み込んだとき、追っ手もスロープから飛び出してきた。敵の鼻先が角度を修正する前に速度を上げて、国産SUVは猛然と後退を再開する。

不意に、運転席の窓がスルスルとひらいた。

何をするつもりだろう――？　リアシートで中野が訝《いぶか》った数秒後、窓の外に銃を向けた同僚が壁に向かって立て続けに数発ぶっ放した。エレベータの前を駆け抜ける瞬間だった。

ガラス越しに目を凝らすと、遠ざかる四角い光景の隅でインジケータのランプが下がりはじめているのが見えた。

まさか、銃弾でホールボタンを押したのか――？

敵に追われてバックで爆走する運転席から――？

「いや……いくら何でも出来すぎだよね？」

知らず漏らした呟《つぶや》きに、らしくもない新井の怒鳴り声が被《かぶ》さってきた。

「ドアを開けろ！」

何故、なんて尋ねるシチュエーションじゃない。素早く傍らのドア――運転席側のリアドアを開け放った直後、揺さぶられるような衝撃が身体を襲った。

支柱のひとつに叩きつけられ、根こそぎもぎ取られたドアパネルが、コンクリートの路面でバウンドしながらフロントガラスの彼方《かなた》で小さくなる。しかし走行を邪魔する障害物を器用に避《よ》けて、敵は執拗《しつよう》に追ってくる。

落ちないように掴まってろ！　という新井の声を掻《か》き消すように、ぽっかり空いた開口部から雪崩れ込んでくる大排気量エンジンの野太い唸《うな》り。

正面に迫りくるフルサイズのラグジュアリィSUV。

ドアが吹っ飛んだ国産クロカンSUV。

双方のタイヤのスキール音が、薄暗い地下フロアに入り乱れてエコーする。

そういえば、さっき出口レーンを塞《ふさ》いでいた後発の一台はどこにいるんだろう？　それとも、いま正面にいるのがソイツなのか。

いずれにせよ相手が二台なら、片割れが逆回りしてきて挟み撃ちにしてくるのが定石だろう。だったら、そろそろ背後に出現してもおかしくない頃合いだ――そう思い、リアガラスへと首を捻《ひね》った視線の先に、折しも角を曲がってくる黒いボディが見えた。

「降りて乗れ！」

鋭い声が側頭に突き刺さった。

「え？」

「降りて乗って閉めるんだ！」

一体、何を言ってるんだ？　と困惑する中野に構わず、国産SUVは右側面から体当たりする勢いで壁を擦り、軽く火花を散らしながら数メートル進んで急停止した。

車体が完全に動きを止めたとき、中野の真横にだけ壁じゃなくて空間があった。

ドアが吹っ飛んだ開口部の目の前には、鈍く光る銀色の板――エレベータの扉が立ち塞がっていた。メインのエレベータホールではなく、地下駐車場とオフィスフロアを繋《つな》ぐだけのサブ機であるここは、さっき新井が鉄砲をぶっ放していたポイントだった。

いつの間にか一周したらしい。平らなステンレス鋼の表面に浅い凹《へこ》みがいくつか見えるのは鉛玉を浴びた痕跡《こんせき》だろう。

壁に設置されたホールボタンはぶっ壊れていた。それでも回路は生きているのか、それとも遮断される寸前に指令が送られたのか、窓越しに目にしたインジケータの下降は見間違いじゃなかったようだ。その証拠に上品で柔らかな音色がひとつ、場違いなくらいのんきに響いた。

箱の到着を報《しら》せるチャイムのあと、人間たちの乱痴気騒ぎなんかどこ吹く風で二枚の扉が粛々と左右に分かれた。

――降りて乗って閉める？

「早くしろ！」

鬼気迫る声音が運転席から飛んでくる。

「新井は？」

訊《き》き返してフロントガラスに目を遣《や》ると、十数メートル先で黒い巨体がこちらを向いて停まっていた。振り返ればリアガラスの向こうにも、同じくらいの距離感で佇《たたず》むもう一台の姿。どうするつもりなのか、二台ともドアが開く気配はまだない。

「食い止めるから早くいけ、俺の仕事を無駄にするな」

「でも……」

返すべき言葉はいくつかあった。が、同僚が抑えた声でこう怒鳴るのを聞いた瞬間、肚《はら》が決まった。

「乗ったらヒカルに電話しろ！」

ヒカル、と彼は言った。普段は冷静に「落合《おちあい》さん」と呼ぶ新井が、だ。そのひとことで、彼がどれだけ極限状態にあるのかを悟るには十分だった。

中野はシートを蹴《け》った。まさに閉じようとしていた入口からエレベータへと転がり込んだ直後、靴先を掠めて扉がピタリと合わさった。

膝《ひざ》のバネを利かせて身体を起こし、片手を伸ばして適当な階のボタンを叩《たた》き込む。何食わぬ素振りで箱が上昇をはじめたとき、床の奥でバイブが唸り出した。飛び込んだ弾みで落ちて滑ったスマホだった。画面はヒカルからの着信を告げていた。

彼女に電話しろと新井が喚《わめ》いたのは、ついさっきのことだ。なのに、このタイミングは何だろう……？　首を捻りつつも拾い上げて通話をオンにした途端、間髪を容《い》れずスピーカーが元カノの声を放《はな》ってきた。

「やっと出た！　二人とも無事なの？」

ひょっとしたら、なかなか出勤しない元カレと先輩に何度も連絡していたのかもしれない。しかし、こちらはいままでそれどころじゃなかった。

「駐車場でちょっとね」

アメ車との鬼ごっこも、新井と別れたことも端折《はしょ》ってそれだけ言うと、語尾に被せるようにヒカルが訊いた。

「いまどこなの」

「北エレベータで上がってるとこだよ、三階……四階を過ぎた」

「九階を押して」

言われたボタンを反射的に押す。

「降りたらどこかに隠れてて、電話は切らないで」

電話越しに、ヒカル自身も移動中らしい気配が伝わってきた。

が、乗ったときに咄嗟《とっさ》に押していた十七階をキャンセルしながら、中野は脳味噌《のうみそ》の隅が微《かす》かにザワつくのを感じた。彼女のセリフの一部に何かが反応していた。

――隠れる？

その言葉の違和感が手繰り寄せたのは、さっきまで一緒にいた同僚の姿だった。

半身を捻ってリアガラスを睨《にら》んだまま、猛スピードでバックし続けた厳しい眼差《まなざ》し。

草食系の外観らしからぬ険しさで中野を怒鳴りつけた声。

上昇のスピードが緩んでエレベータが停止する。ヒカルに指定された九階だ。

開いたドアの外に、幸い人の姿はなかった。少なくとも、視界がひらけた拍子に銃を構えた敵とご対面、なんてことにはならずに済んだ。

中野は箱から出ることなく『閉』ボタンを押し、もといた地下三階のボタンも押した。

利用者の少ないサブのエレベータは別の階に寄り道する素振りもなく、ストレートに下降を開始してくれた。

「ちょっとミナト？　もう九階にいるわよね？」

手の中のスマホからヒカルの声がした。電話が繋がったままだってことを忘れていた。

中野は通話を切って、昨日変わったばかりの同居人の番号を呼び出した。が、発信する前にヒカルからの着信が割り込んできて、結局どちらの回線とも繋がらないまま目指すフロアに到着してしまった。

――仕方がない。

中野は小さく息を吐いてスマホの電源を落とし、ポケットに突っ込んだ。

取り澄ました所作で扉が開くと、さっきと変わらない状態でSUVが目の前を塞いでいた。ドアのない開口部から空のリアシートが丸見えで、運転席にも人影はない。新井はどうなったのか。

SUVの向こうへいくには、車内を通って反対側のドアから出なきゃならない。もっとオーバーアクションにしたければ、ピラーと壁に挟まれた楔形《くさびがた》の隙間を飛び越えてボンネットに滑り出るという手もアリだろう。

とにかく、まずは様子を探ろうと楔形から通路を覗《のぞ》き込んだ中野は、途端に六組の目と四丁の銃口に出くわした。

黒ずくめの覆面が合計五人。

手前に二人並び、少し後方で左右に分かれてひとりずつ。右手の奥に、ひとりだけ銃を構えず、ダラリと両手を下ろした人物が立っている。手前にいる二人組のこちら側に、新井のスーツの背中。その額を銃口のひとつが狙い、ほかの三つは中野へと向けられていた。

斜めに振り返った同僚の横顔が、みるみる険しい色に染まっていく。きっと、何やってんだ⁉ とでも怒鳴りたいに違いない。

思ったそばから新井が言った。

「何やってんだよ……⁉」

「うん、仕事を無駄にさせて悪いね。でもやっぱり、ひとりだけ護《まも》られてコソコソ逃げるってのは我ながらちょっとな、って思ってさ」

中野はホールドアップの構えで覆面たちに目を移した。

中野は日本語が通じるかはわからないけど、少なくとも屈強な外国人レスラーみたいな体型のヤツはいないし、お揃いの黒いパーカーの袖口から出ている手首から先は全員アジア系の色合いに見える。

「狙いは俺だよね？ そっちにいくから彼を解放してもらえないかな。さっさと消してもおかしくないガードをまだ生かしてんのは、無駄な殺生はしたくないからだろ？」

「馬鹿言うな」

新井が硬い声を寄越《よこ》した。

何はともあれ言語が通じたのか、手前の覆面のうち中野に銃を向けているほうが、後方で離れて立つ覆面のひとりに目を遣った。その覆面が、さらに一番遠くの覆面へと近づいていく。奥で相談をはじめた二人の声は全く聞こえない。

結論を待つ間、中野はクルマ越しの同僚に小声を投げた。

「あのさ、新井——」

努力を水泡に帰されたガードの苦々しい目が跳ね返ってくる。

「無事に解放されたら、うちの同居人に伝えてくんないかな。今朝は悪かったって」

「何だか知らないけど自分で言えばいいだろ」

「さっき電話しようとしたら、残念ながらタイムアップになってね」

銃を構えたままの覆面三人も会話を承知のはずだけど、彼らは微動だにしない。

「電話じゃなくて直接言えよ。そんな伝言を頼むぐらいなら、なんで戻ってきたんだよ？　何のために苦労してお前を逃がしたと思ってんだ、遊びでカーチェイスしてたわけじゃないんだぞ……！」

「そりゃ、新井に死んでほしくないからだよ」

「——」

「それにさっきも言ったけど、友だちに護らせてひとりで逃げるような男にはなりたくないしね」

「いいか中野」

新井が素早く言った。

「お前と俺は、お友だちじゃない」

低く、投げ出すような口調で。

「俺は仕事でお前を護ってるんだ。邪魔するのはやめてくれ」

「まぁでもほら、こうなったらしょうがないだろ？」

「何がしょうがないんだ？」

新井の苛立《いらだ》ちを受け流して、中野は目で周囲を一巡した。

ここまで都合良く第三者がやってこないのは、どこかで堰《せ》き止めているからなのか。

ここにいる五人のほかにも仲間がいるのか。

奥の二人は、まだ相談中だった。何をそんなに話し合わなきゃならないのか皆目わからないけど、問答無用で新井もろとも連れ去ったり弾をぶち込んできたりしないところをみると、案外理性的な武装集団なのかもしれない。

それにしても、ただ待つというのは手持ち無沙汰《ぶさた》なものだ。中野は近くにいる二人の覆面に向かって、どちらにともなく尋ねてみた。

「ちょっと電話を一本かけてもいい？　そしたら俺、あんたたちと一緒にいくからさ」

「中野！」

同僚が責めるような声を上げ、覆面たちの反応はない。

「新井が言うように、できれば同居人への言葉は自分で伝えたいしね。もちろん面と向かって言えたらいいけど、この際贅沢《ぜいたく》は言わずに電話でリトライしてみるよ。彼らの許可がもらえればだけど」

　そして電話を出そうと、挙げていた両手のうち右手をそろそろと下ろしかけた瞬間、奥で相談中だった二人の片割れ——最初にひとりでそこに立っていた人物が、素早く中野に銃口を向けた。

　脅しじゃない。トリガーにかかった指がソイツを絞る。何故かはっきりそう悟ったのと、新井の手のひらがSUVのボンネットを叩《たた》くのとが同時だった。

　ビジネスシューズが鉄板を蹴《け》り越え、跳躍したスーツ姿が楔形の隙間から中野に向かって飛び込んでくる。上着の裾《すそ》がヒラリと閃《ひらめ》くさまがスローモーションのように感じられたのも、減音器《サプレッサー》で圧縮された高圧ガスのサウンドが地下空間に思いのほか反響したのも、何もかも実際には一瞬の出来事だったはずだ。

　体当たりしてきた新井と縺《もつ》れ合うように倒れ込んでコンクリートの上で半回転し、気づいたときには脱力した彼を下敷きにして二人で折り重なっていた。

　ぐったりと動かない同僚の顔を目にした一拍ののち、中野の裡《うち》に怒りが噴き上げた。

　何に対してなのかはわからない。敵か、自分か、くだらない騒動の端緒である父親か。それとも、こんな任務に身体を張るエージェントか。カネなんてものに踊らされる馬鹿げた世の中か。

　いずれにせよ、ここで四の五の言ったところではじまらない。クルマの陰で同僚の骸《むくろ》と一緒に横たわっていても、何の解決にもならないことだけは間違いない。

　じゃあまず、どうするべきか——頭をフル回転させながら起き上がり、横たわる新井の身体に腕を回した。コンクリートに寝かせておくよりも、せめてSUVのリアシートに運び入れてやろうと思ったからだ。

が、半ば上の空だったせいか、抱き起こした弾みで新井の頭をクルマのどこかにぶつけてしまった。

途端に死人が呪いの言葉を吐いた。

「――ッ、あぁクソ」

「あれ？　生きてんの？」

「中野……？」

顔を顰《しか》めた新井が首をもたげ、後頭部をさすって忌々しげに表情を歪《ゆが》めた。

「どうなったんだ？」

「撃たれたんだよ、新井。てっきり死んだと思ったのに、すごい生命力だね」

言ってから気づいた。脳味噌《のうみそ》は吹っ飛んでいないし、少なくとも目視できる範囲に出血はない。そして敵がぶっ放したのは携帯に便利なサイズの銃で、高性能を謳《うた》うボディアーマーの耐弾性能を超えるほどの破壊力があるようには見えない。つまり――

「そっか、ベストに当たったのかな」

「そうじゃない」

新井が即答した。どういうことか訊《き》き返そうとした中野は彼の視線を追って顔を上げ、否定の理由を聞くまでもなく理解した。

ピラーと壁の隙間の向こうに覆面を剝《は》ぎ取った悪者がいた。

言い換える。覆面の下から現れた見憶《みおぼ》えのある顔が、クルマ越しにこちらを眺めていた。何とも場違いなくらい、のんきな風情で。

「大丈夫？」

そう声を寄越した人物を中野は三秒見返したあと、ひとつゆっくりと瞬《まばた》きしてから努めて静かに口をひらいた。

「何やってんの？」

「テストよ」

軽い口調を返してきたのは母の可南子だった。SUVの分厚いボンネットに両肘《りょうひじ》を突いて、身を乗り出すように凭《もた》れかかっている。覆面を脱いだまま整えてもいない少年みたいな短い髪が、好き勝手にあちこち向いていた。

「テスト……？」

「そう。ケイの代わりを任せられるかどうか。それを判断するためのテストよ」

彼女は言って後ろを振り返った。いまや全員が覆面を脱いでいて、近くに散らばって立つ三人のうち二人は知らない顔、ひとりはコウセイだった。中野と目が合うと、彼は決まり悪げな苦笑で小さく会釈を寄越した。

残るは一番遠くにいる一名で、彼だけが初めのポジションから一歩も動いていなかった。躊躇《ためら》いもなくトリガーを絞ったときと変わらない端然とした立ち姿は、代役を探している張本人、坂上だ。

中野は首を振って溜《た》め息《いき》を吐いた。狭い地下駐車場で無駄にデカいアメ車を駆って、さんざん追い回してきたイカレたヤツらは、同居人や自分の母と愉快な仲間たちだったらしい。

坂上がチラリと中野を見てから、可南子に向かって小さく頷《うなず》いた。

その合図を受け取った母は、ドッキリ企画にまんまと嵌《は》まったリーマン二人に目を寄《よ》越《こ》し、まるで託宣のごとくこう告げた。

「ケイが不在の間、住み込みのガードは彼に任せるわ。えっと、新井くんにね？」


今夜のビールの銘柄は、和訳すれば『死人』だった。

別に、一時的にでも新井が死んだと思った朝の出来事とは関係ないし、鼻腔《びこう》をくすぐる独特の甘い香りとネーミングのミスマッチも悪くない。

ボトルに貼られたラベルのイラスト——ビールジョッキ片手に膝《ひざ》を抱えるボッチ座りのガイコツからテーブルの対岸に目を移すと、椅子の上に同じポーズの同居人がいた。

「何やってんの？」

「あぁ……？」

覇気のない声と上目遣いが、落ちかかる前髪の向こうから返ってくる。中野が帰宅したときから彼はこんな調子で、お気に入りの具材のオムライスを平らげる間も心ここにあらずといった風情だった。

「椅子の上でその姿勢、座りにくくない？」

「別に」

短く答えた坂上は、のろのろと右脚を椅子から下ろして死人をひと口呷《あお》った。

点《つ》けっぱなしのテレビ画面では、タイトルすらうろ憶えの海外ドラマが流れていた。

主人公は切れ者で知られた某国家機関の元エージェント。かつての同僚でもある友人に裏切られ、逃亡中の身らしい。

なのに、何を思ったか別れた元妻に電話なんかして、その女が心当たりの場所へとノコノコ探しに出かけたおかげで悪者どもに潜伏先を突き止められるという、恐ろしく滑《こっ》稽《けい》でありがちなエピソードがシリアスに展開中だった。

あんな大事なときに何故、別れた女房に電話なんかしなきゃならない？

かつての妻なんだから、敵の監視が付いていることくらい警戒するべきだと思う。切れ者だったはずの元エージェントがそんなことすらわからないなんて、あまりに設定が雑すぎないか――

テーブル越しにボソリと声がした。

「あんたも俺がいない間、くれぐれも事態を軽視するような真似はやめてくれ」

「大丈夫、わかってるよ」

「本当にわかってるなら、今朝だって戻らなかったはずだろ」

テレビを見たまま坂上は言った。中野が地下駐車場に引き返した件だろう。代役テストとやらが終了したあと、嵌められたリーマン二人は何事もなかったかのように日常に戻った。つまり、出勤して普段どおりに仕事をした。

ただし、倒れたときに頭を打って一時的にでも意識を失った新井は、警備会社御用達だというクリニックで検査を受けてきた。幸い異常はなかったものの、彼が出社するまで中野に張りついていたヒカルがイベントに参加できなかった不満を零《こぼ》し続けたのには参った。

地下駐車場の損害については、呼び出しボタンを破壊されたエレベータをはじめ、ぶっ壊した設備や擦《こす》られたクルマたちをどうしたのか、中野は知らないし確認する気もない。あの場にいた知らない顔ぶれが叔父《おじ》の会社の関係者なのか、それとも警備会社のスタッフだったのかも訊かなかった。

ただひとつだけ、大がかりな鬼ごっこのためにビルのシステムをジャックしまくったのが、早速駆り出されたダミアンだったことは小耳に挟んだ。鬼ヶ島への出発前から役に立っているのは何よりだけど、ロクデナシのサノバビッチが自分や新井を嵌める悪ふざけに加担していたと思うと不愉快さの上乗せは否めない。ちなみに、途中で出くわしたセダンは一般車ではなく彼が乗っていたクルマらしい。

坂上が呟《つぶや》いた。

「まぁ、アイツも……あんたを確実に護《まも》るだろうけど」

ない。


「新井のこと？」

無言の頷きが返る。

「そうだね。あんな優しそうな顔してるくせに、中身は体育会系だしね」

中野が笑ってみせても、聞いているのかどうか、坂上の顔はテレビに向いたまま動かない。

会話が途切れ、しばらくは仄暗《ほのぐら》い室内で画面の明滅だけが息づいていた。

ドラマの元夫と元妻は、敵に追われて逃げ込んだボロい空き家の片隅で痴話喧嘩《ちわげんか》の真っ最中だった。のんきなことに、離婚の原因となった元妻の浮気について口論しているようだ。

女が情感たっぷりな声音で弁解する。――あなた、いつも仕事優先で私のことなんて二の次だったじゃない。その仕事だって隠し事や嘘ばっかりで……私、あなたこそ浮気してるんじゃないかって疑ってたし、それに……それに、寂しかったのよ！

字幕を眺めて中野は疑問を抱いた。陳腐でありきたりだという以前に、これが浮気の言い訳になるだろうか？　答えはノーだ。ほかの男と寝る前に、ひとことダンナに文句を垂れてみるべきだ。

次に元亭主が言い募る。――嘘も隠し事もみんな、お前を護るためだったんだ。

しかし二の句を継がせまいと、すかさず元女房。――そばにいなくて、どうやって護るつもりなのよ!?　あなたが不在の間、私を護ってくれたのは彼よ！

画面が消えた。

テーブルの向こうを見ると、坂上の右手に死人のボトル、左手にテレビのリモコンがあった。

「本当は」

平素と変わらない、起伏のない口ぶりが漏れてくる。

「あんたを命懸けで護るのが俺ひとりならいいって思ってる。俺以外の誰にも、その役目を渡したくない」

抑えた呟きは、テレビが沈黙していなければ聞き取ることができないくらいのボリュームだった。

「特に——アイツは嫌だ」

彼は言って、下ろしていた右脚を再び椅子に上げて両膝を抱えた。

「だったら、いかなきゃいいんじゃない？」

「それもできない。俺は、あんたに降りかかる災いの根を自分の手で断ちにいきたい。それに俺がいなくても、アイツがちゃんとあんたを護るってわかってる。だから嫌なんだ。俺と同じぐらいのウエイトであんたを護りたいって思ってるヤツに、あんたを任せたくない」

「そういうこと言うわりに、俺に向かって躊躇いもなくゴム弾をぶっ放したけどね」

新井が防弾ベストに喰《く》らった弾は、訓練用のゴム弾だった。どうりで死なないどころか、コンクリートの床で頭を打った以外のダメージがなかったわけだ。

「あれは、あんたが俺に電話なんかしようとするから」

「まさか、あそこで電話が鳴ったら正体がバレるから撃ったってこと？」

「バイブにしてあるから鳴らねぇし」

「いや、そうじゃないだろ？　バイブの音って結構響くしさ。俺がこんなこと言うのも釈迦《しゃか》に説法だろうけど、あぁいうときは電源切っといたほうがいいと思うよ？」

「あのときは都合で……それに、あんたが戻ってきて目の前で俺にかけるとか思わないし」

「だからって、電話かけるのを阻止するために撃ったりする？」

「軟質のゴム弾だし、もしもあんたが被弾してもベストに当たるように狙ったんだからいいだろ」

まるで免罪符でも振り翳《かざ》すかのような、いつになく荒っぽい主張。

「それに、アイツがちゃんとガードしたじゃねぇか」

「あのさ、何か怒ってる？」

尋ねると、坂上は乱暴な手つきでボトルを呷って語気を強めた。

「だってあんた、アイツのために戻ってきただろ？　自分が消されるのを覚悟で」

「うーん、そうだね……？」

「あれで俺と会わずじまいになっても、あんたは構わなかったってことだよな」

抱えた左の膝に鼻先を埋めるようにして彼は言い、こう続けた。

「それって——俺よりアイツを選んだってことなんじゃねぇのか」

中野は答えずに立ち上がった。

テーブルを回り込み、畳まれた膝の裏側に強引に腕を突っ込んで、腰から掬《すく》うように椅子の上の身体を抱え上げた。いわゆる、お姫様抱っこに近い形だ。

「ちょ、何……」

面喰らいながらもビールが零れるのを気にした坂上の手からボトルを奪って、床に捨てる。テーブルに下ろした身体を仰向《あおむ》けに押さえつけたとき、弾みで何かが当たって中野のボトルも転がり落ちて、まだ中身の入っていた二本のビールは床の上で銘柄どおりお陀仏《デッド》となった。

肩を押し返してくる手に構わず、膝の間に割り込んで手荒く引き下ろすパーカーのフルジップ。次いでデニムのフロントボタンにかけた指を手のひらで制止され、鉄砲の切っ先をこめかみに捩《ね》じ込まれると同時に、低い恫喝《どうかつ》が耳に触れた。

「答えを聞いてねぇ」

「——銃、必要？」

「コイツがなかったら有耶無耶《うやむや》にしちまうだろ」

「そんなことないけど、まぁいいよ」

中野はやんわりとデニムから手を離して、坂上の脇に手を突いた。

「あんたより新井を選んだわけじゃない。あそこで逃げるような男はあんたに釣り合わないと思ったから戻ったんだ。だからつまり、自分を選んだってことになるのかな」

本末転倒だってことはわかっていた。同僚の決死の奮闘を無駄にしたことも重々承知している。敵の渦中に彼を置き去りにしたところで、それがガードの仕事だと本人のみならず全員が口を揃えるだろう。

それでも戻らずにはいられなかった。自分が納得するために、だ。

鉄砲を持ったヤッらを同僚ひとりに押しつけて逃げるような振る舞いが、同居人にふさわしいと言えるわけがない。新井の仕事を水泡に帰そうと、招いた結果を坂上がどう感じようと関係なかった。

自分勝手だと誹《そし》られようとも、己の生きざまを自分で決めて何が悪い？　ロシアにいくことを譲らない坂上の言い分と何が違う？

そもそも、荒っぽいドッキリ企画に嵌《は》められた上、尻尾《しっぽ》を巻いて逃げたりせずに引き返したことを責められるなんて、こんな理不尽があるだろうか？

「あんた――俺たちがどんだけ、あんたを護るために手を尽くしてんのか……」

「これでもわかってるつもりだし、ただ護られるだけの身でいたくないっていうのも、俺のわがままなんだろうと思ってるよ」

だけど、と中野は続ける。

「あそこで新井にもしものことがあったら、俺は自分ってものに納得できないまま、挽《ばん》回《かい》するチャンスを永遠に失ってた。そうなっても俺はあんたと胸を張って向き合えるのか、あんたが命懸けで護るに足る人間だと言えるのか。みんなには悪いけど、あのとき考えたのはそれだけだった」

反応はなく、代わりに銃口の圧力が弛《ゆる》んだ。その手首を取ってテーブルに縫い止めると、坂上はもう拒まなかった。

本当は、駐車場に戻った理由はもうひとつあった。

中野がいなくなれば、坂上が無茶をする理由は少なくともひとつ消える。そういう形で彼を護ることなら自分にもできるんじゃないか。そんなふうに考えた事実はしかし、伝えたところで不毛な口論に発展しかねないから明かすつもりはない。

もうすぐ旅立つ同居人。

風呂上《ふろあ》がりの無臭の肌から嗅《か》ぎ分ける細胞の匂い。性器が芯《しん》を孕《はら》む気配。この感触を、血の通う生々しい体温を感じる機会は、あと何度残っているのか。次はあるのか。

天板に乱れる黒髪の先に放置されていた銃を、中野は無意識に手で払った。音を立てて床に落ちた黒い金属の塊は、暗い部屋の隅に滑って視界から消えた。

「戻ってきたら——」

坂上が囁《ささや》いた。

「あんたに訊《き》きたいことと言いたいことが、ひとつずつある」

「いく前じゃ駄目なわけ？」

黒い瞳《ひとみ》を覗《のぞ》き込むと、映り込んだ自分の姿が一旦《いったん》消えて再び現れた。

ゆっくりと瞬いた坂上は、両手を上げて中野の頭を引き寄せた。その手のひらが、微《かす》かに震えて感じられたのは錯覚だろうか？

まるで泣き出す一歩手前のような掠《かす》れた声が、駄目だ――と低く耳朶《みみたぶ》に触れた。

「そのために、俺はここに戻ってくる」

第三章

1

昼夜の知れない地下室とは言え、時刻はれっきとした一日のスタート地点。

BGMのように流れる朝の報道バラエティ番組を観るともなく眺めて、中野はマグカップ片手に呟《つぶや》いた。

「惜しいよね、新中野《しんなかの》ならあるんだけどな」

画面では、勤め人向けのランチ情報をピックアップするコーナーが新中野エリアの蕎《そ》麦屋《ばや》を紹介していた。が、何故かランチというより蕎麦屋呑《の》みに寄せた内容となっている。これでは、出勤前から気もそぞろになるリーマンが続出するだろう。

「何の話だ？」

鏡の前でネクタイを整えていた男が目を寄越《よこ》した。ソイツは坂上じゃなく、中野のガードを担うエージェントだった。

誓って言う。同僚と過ちを犯したりなんかしたわけじゃない。

新井が代役に決定した翌日、中野が目覚めると同居人が消えていた。

その時点では、まさか鬼退治に出発したなんて考えもしなかった。彼が突然いなくなることには慣れていたし、何か用事があって朝早くから出かけたんだろうと思った。

何か妙だと感じたのは冷蔵庫を開けたときだ。

母の可南子が降りてこない。二階に転がり込んでからというもの、毎日、中野がベッドを出た五分後にはやってきてコーヒーを淹《い》れ、息子が作る朝食を一緒に食っていた母が、だ。

それでも、彼女が姿を見せないってことは二人で外出したのかもしれない——そんなふうに、まだのんきに構えていられた。

が、新井が迎えにきて二階の部屋に上がったところで、ようやく嫌な予感に見舞われた。昨日まではそこにあった、少量ながらも内容は物騒極まりなかった母の荷物が、綺《き》麗《れい》さっぱり消えていた。

鬼退治の準備をするために、ここまで何もかも持っていくだろうか——？

部屋の真ん中で立ち尽くしているとスマホが震え出した。玄関の外にいる新井からの着信だった。上の空で通話をオンにするなり、緊張を孕んだ声が飛び込んできた。

「何かあったのか？」

中野はスマホを手にしたままドアを開けた。厳しい表情で立っていた新井が、素早く室内を舐《な》めた目をこちらに戻した。

「——何もないよ」

そう静かに答えて通話を切り、中野は繰り返した。

「何も……うん、何もないんだ」

「──────」

数秒の空白ののち、同僚は再び室内を見て、あぁ……と相槌《あいづち》を漏らした。

それ以上のコメントはなく、二人はいつもどおり出勤して、その晩から地下室の住人が新井にすり替わった。

「──いやほら、言ったことあるよね？　出会ったときに最寄り駅が中野坂上で、俺が中野だったから彼が坂上って名乗った、っていう話。いまは坂上が抜けて新井が入ってきたわけだけど、何て駅ならあるんだろうなって考えてたんだよ」

新中野の蕎麦屋ネタは既に終わり、テレビの画面は天気予報に変わっていた。今朝は関東甲信や東海、九州などで今季一番の冷え込みとなっております──どうりで寒いわけだ。

中野は熱いコーヒーを啜《すす》りながら、テーブルの天板に何気なく指を滑らせた。同居人が姿を消す前の晩、この上で彼を抱いた。ベッドと違って握り締めるものがない板材の表面を、指先がもどかしげに何度も引っ掻《か》いていたのを憶《おぼ》えている。

たった五日前のことなのに、あれからもう一年も過ぎたような気がする……というのは、さすがに大袈裟《おおげさ》だろうか？

テーブルを撫《な》でる指を止めて、中野は頬杖《ほおづえ》を突いた。

「でも新中野だと、井が欠けてるしなぁ。新井薬師《あらいやくし》前ならあるけど、残念ながら俺の苗《みょう》字《じ》は薬師じゃないしね」

「いいことを教えてやろう」

身支度を終えた新井が、草食男子風の面構えをこちらに向けた。

「中野駅から北上すると、新井中野《あらいなかの》通りっていうバス停があるのを知ってるか？」

見た目だけなら存分に優しげな目もとを、中野は慎重に眺めた。

「一応訊くけど、それってあのほら——ボーイズラブのカップリング的な表記を念頭に置いた発言じゃないよな？　横書きなら左右、縦書きなら上下みたいな……」

だとしたら『新井中野』じゃ、自分がテーブルの天板を引っ掻く側に回されてしまう。内心の戦慄《せんりつ》をそっと肚《はら》の底に押し込める中野に、今度は新井のほうが探るような目を寄越した。

「お前の口からそんな単語が出てくるとはな」

「あれ、俺はむしろ、新井にいまの話が通じたことに驚いてるよ？」

「現代社会じゃ、ほぼ市民権を得てるカルチャーじゃないか？　いまどき、興味がなくたって多少の知識は入ってくるだろ」

「そうなのかなぁ。わかんないけど、じゃあ改めてもう一度訊くよ。その知識を前提に、新井中野なんて言ったわけじゃないんだよな？」

「中野だって、さっき新中野とか新井薬師とか言ってたじゃないか」

「言ったけど他意はないよ」

「俺だってない」

「なら良かった」

中野は肩を竦《すく》めてマグカップに口をつけた。

「朝っぱらから生々しい会話はやめない？　あと、ひとつ弁解しておくけど、俺にその手の知識があるのは新井の後輩のせいだからね」

「落合さん……？」

「そうほら、例のハニートラップ研修期間中に、ヒカルがその手の文化にハマってんのを知っちゃってさ。あぁこれ、俺がバラしたってのはヒカルに内緒にしといてよ。一応隠してるつもりみたいだから」

しかし思い返せばあの頃、ヒカルは中野と新井で良からぬ妄想でもしていた恐れがある。何故なら一度、それっぽいことを彼女が匂わせたときがあった。

そう。こんな会話だった――

「ミナトって女子の胸のサイズにこだわらないわよね」

「え？　まぁね。でも女性の価値はそんなもので測るべきじゃない、なんてもっともらしい理由じゃなくて、そこの形状やボリュームに興味がないだけだよ」

中野の答えは、別に目の前にいる貧乳女子を気遣ったわけじゃなかった。

大きいだの小さいだの、上を向いているだの垂れているだの、そんなことは人それぞれ形状が異なるというだけで人体パーツのひとつに過ぎず、背が高いとか低いとかいう基準と何ら違わないからだ。そんな要素にいちいち興味を持ちようがない。

「ねぇ、じゃあもしかして、もはや胸なんかあるわけもない生き物のほうが興味をそそられたりはしないの？」

「虫とか？」

「は？　何言ってんの？　虫相手に欲情する人間なんて聞いたことないわよ。まぁ、そりゃ世の中どっかにはいるのかもしんないけど」

「じゃあクラゲとか」

「やだ、まさか触手が好きなの……？」

「食べるほうなら興味はあるね」

ササミやキュウリと和《あ》えて酒のアテにしたい。

「食べてもいいけど、そうじゃなくてぇ——例えばほら、新井先輩とかさぁ？」

素性を隠していた頃から、ヒカルは新井をそう呼んでいた。本業でも仮の身分でも先輩だから呼び分ける必要はなかったんだろう。

一方、つき合いはじめるまで中野のことは「中野さん」だった。

何故、新井だけが先輩なのか？　と、当時は素朴な疑問をおぼえたものだ。ただし、どうでもいいから訊《き》いたことはなかった。

「触手と触手に何の関係が？」

「新井はもういいの、胸に脂肪がない人間の話よ」

「新井はまぁ、胸に限らず無駄な脂肪はなさそうだね」

「オッパイのボリュームにはこだわらないんでしょ？」

「でもほかのところに、女子にはないボリュームがあるよ？　いや、ボリュームっていうか突起物かな」

中野が言った、そのときだ。ヒカルの小ぶりな顔面で、大きな瞳《ひとみ》が正体不明の輝きを帯びたのは。

「突起物の大きさにはこだわるわけ？」

「こだわらないけど……？」

「じゃあいいじゃない」

「いいって何が？」

「チンコのボリュームにもこだわらないんでしょ？」

「そんな単語を嫁入り前の女子が憚《はばか》りもせず口にするのはどうかと思うよ、いくらヒカルでもね」

「どんなサイズのウインナーでも美味《おい》しくいただけるんでしょう？」

慎ましやかに言い直した交際相手を数秒眺めてから、中野は一応確認した。

「スーパーの精肉コーナーに置いてある商品の話？」

「どう受け取ってもらっても構わないわ」

「挽肉《ひきにく》の腸詰めならサイズなんか何だっていいし、そうじゃないウインナーはいただかないよ。あと、誰のそれがどんなサイズだろうと俺には関係ないね。そもそも男の股間《こかん》じゃなくて、女子の胸の話じゃなかったっけ？」

するとヒカルは眉《まゆ》を顰《ひそ》めて真顔でこう訝《いぶか》った。

「チンコの話とオッパイの話、何が違うって言うのよ？」

あのときは何だかよくわからない会話だったけど、振り返ってみればそうと思い至る。あれはヒカルがチラつかせた——手軽に身近な男たちで妄想をたくましくする——趣味の世界だ。

それにしても、あんな答えを返した自分が別のウ、イ、ン、ナ、ーと関係を持つことになるんだから、人生というイベントはどこでどんなベクトルを描くかわかったものじゃない。

一方で、あの頃と変わらないこともある。いまでも人体パーツのサイズにはこだわらない。自分のウインナーが坂上の腹を満たしさえすれば、誰のサイズがどうだろうと何だっていい。

中野はそこで自問した。

腹を……満たせてたよな？

そりゃあ、世界最長記録に比べたら赤子同然かもしれない。が、ソイツはむしろ歓迎すべきことだ。勃起《ぼっき》時に五十センチ以上もあったら、満腹を通り越して同居人の腹が裂けてしまう。だから別に度肝を抜くようなサイズである必要は――

ふと、妙に柔らかな同僚の眼差《まなざ》しとぶつかった。

「まだ、朝っぱらから生々しい続き？」

タフなヘビィウエイトのSUVを操る元カノの細腕を――もちろん、実際に頑張っているのはパワステの機構だ――中野はリアシートから見るともなく眺めた。

ロシア野郎にしてやられた上、オヤツつきで監禁されて、いたくプライドを傷つけられたエージェント女子は、その後しばらく普段以上にささくれがちな言動が続いていた。

坂上の『K』というコードネームの由来について中野が真相を話したときなんか、凶悪な面構えで沈黙したあと盛大に鼻を鳴らしてこう言ったものだ。

――あぁそう、名前がわかったなんてすごいわね。だけど何なの、その得意げな顔？私が敗北感に打ちのめされるとでも思ったわけ？　残念ね！　だって由来がカレだなんて冗談みたいな仮説、別に私のアイデアじゃないし!?

そんなふうに声を荒らげた元カノも、ここ数日はようやく通常運転に戻りつつあった。

「意外と元気よね、ミナト」

ルームミラー越しにチラリと目を寄越《よこ》して、何の脈絡もなくヒカルがそう言った。件《くだん》の監禁事件が起こった日を含め、彼女と二人でのクライアント訪問は三回目だった。

「意外って何が？」

「Kがいなくなっても、あんまりヘコんでないじゃない？」

「まさか。十分ヘコんでるよ」

「どこらへんが？　テンションも変わんないし、顔色もいいし、ごはんも普通に食べてるわよね」

「そりゃあさ。見るからにやつれて目の下に隈《くま》なんかできちゃって、仕事も手につかなくてミスを連発したり、メシが喉《のど》を通らなくてみるみる痩《や》せ細ったりすれば、彼が鬼退治チームを離脱して帰ってくる……とでもいうなら、まぁそうするかもしんないけど」

言いながら、中野は何気なく窓の外に目を遣《や》った。

透過率が極めて低く、真っ昼間なのに夕刻と勘違いさせかねないガラスの向こうに、川のように流れ続ける車列が見えていた。ほとんどが白か黒かシルバーで、社用車かトラック、もしくは高級セダンが大半を占めている。

「あら。試してみたらいいじゃない」

「無駄だってわかってることを？」

「世の中に無駄なことなんてないわよ、ミナト」

「面白半分で俺を愚行に走らせようと思ってるなら、それこそ無駄だよ」

「面白半分じゃなくて面白全部だけどね。たまには無駄な愚行に走ってみたっていいじゃない。なんて言うの？　ほら、願掛けみたいなもの？　試しにやってみたら、あまりの絶不調に胸を痛めたお空のお星さまがKに想いを届けてくれるかもしれないでしょ？」

「あぁ、つまり誰かが衛星の電波中継機《トランスポンダ》を介して、彼のもとに情報を送ってくれるってこと？　その程度の効果しかないなら、彼が帰ってきたときに何ひとつ変わらないコンディションで迎えられるよう、己を保つほうが建設的だね」

「全く、つまんないわぁ。その合理主義」

SUVはするりと車線変更して、右折レーンの最後尾についた。

「連絡は取ってんの？」

クルマを停止させてヒカルが訊いた。

「彼と？　いや、もう番号もわからないよ」

「番号って……電話以外にも連絡ツールはあるでしょ？」

「彼は電話かショートメールしか使わないんだよ。あとは多分、無線くらいかな」

「いつの時代の人間なの――？　じゃあ、お母さんとか叔父《おじ》さんの連絡先は？」

「母さんの連絡先はもともと知らないよ。叔父さんはわかるけど、保護者を介して連絡するってのも何だかね。それに、本人が番号を知らせてこないっていう事実も尊重すべきだろうし」

「いまごろ、どっかの国のイケメンと浮気してるかもしんなくても？」

「ないね」

「何、その即答。どうして言い切れるの？　数カ国を経由してロシア入りするって話だし、どのポイントにもミナトのお母さんの協力者がいるみたいじゃない」

「それが？」

「だからぁ、そのうちの誰かひとりくらい……いいえ、三人でも五人でも十人でもいいわ、とにかくKと一夜の恋に落ちる相手がいたっておかしくはないと思わない？　Kだって、こっちにいるときはミナトとセックス三昧《ざんまい》だったのに、急に捌《は》け口がなくなっちゃうわけなんだからさ」

三昧かどうかはさておき、少なくとも自分比で言えば確かに「やりまくってた」と表現しても差し支えないかもしれない。だけど坂上がいなければ欲求は湧かないし、彼も同じだと思いたい。

「ていうか、なんで相手がイケメン限定なんだよ？　あと、男ばっかり持ち出すけど、彼や俺は別にゲイじゃないよ？」

「あら。私だってゲイかバイじゃなきゃ同性と寝ないはず、なんて石器時代みたいなことは言わないわよ。でもミナトの代わりにするなら、そりゃあ男でしょ？」

滔々《とうとう》と宣《のたま》った元カノは、矢継ぎ早にこう続けた。

「そんで身体が疼《うず》いて眠れない夜によ？　金髪碧眼《へきがん》の、いえ黒髪でもブラウンアイでも何だっていいわ、とにかく海外産のマッチョなイケメンにムーディで情熱的な迫られ方なんかしたら、ひとたまりもないんじゃないかしら？」

「それって、バラエティ豊かなキャストたちが巻き起こす、波瀾万丈《はらんばんじょう》な人間模様を描いた海外ドラマ並みのチョロさじゃない？」

肩を竦《すく》めて中野が答えた途端、熱っぽい声音が喰《く》いついてきた。

「いいわね。波瀾万丈なヒューマンドラマ」

どうやら逆効果だったらしい。

「想像してみなさいよ。地中海辺りのどっかの国の、高台の崖《がけ》っぷちに建つ白亜の隠れ家とかでさぁ……」

信号待ちの間にヒカルが語りはじめたのは、こんな妄想だった。

だだっ広い寝室とバルコニーを仕切る窓は全面ガラス張り。装飾的なデザインを施された手摺《てすり》の向こうには、眼下に広がる街並みと地中海を一望できる。

深夜だというのに開けっ放しの窓辺では、あってもなくても変わらないほど透け透けなレースのカーテンが翻り……

「虫が入ってこない？」

「なんで何かっていうと虫なわけ？」

元カレの横槍《よこやり》に声を尖《とが》らせながらも彼女は続けた。

エキゾチックな香り漂う室内に鎮座する、馬鹿デカいベッド。窓辺のカーテンと同じく存在感のない布切れが天蓋《てんがい》から垂れ下がり、取り澄ましたシルクサテン地のシーツの上では、彫像みたいに彫りの深い黒髪のイケメンとKが組んずほぐれつ——

右折信号の矢印が灯《とも》った。

即興の創作を中断してアクセルを踏んだエージェント女子は、前をいく国産高級セダンに続いて交差点に進入しながら、性懲りもなくこう畳みかけてきた。

「そうそう、相手はダミアンなんてこともあり得るかもよ？　アイツ、中身はともかく外観だけはランウェイでも歩きそうな外国人モデル並みだしねぇ」

「あれ？　ヒカル、ダミアンと会ったことあんの？」

「会ってはないけど、遠征組の情報は全部チェックしてあるわよ。ていうか早稲田《わせだ》のホテルのパーティも呼んでほしかったわぁ。こないだの駐車場のカーチェイスも参加できなかったし、なんでいつも私がいないときばっかり楽しいイベントが開催されんのよ」

「早稲田にいった日は、予定があるとか言って自ら定時ダッシュで消えただろ？」

「よく憶《おぼ》えてるわね、そんなこと」

とにかく——と彼女は軌道を戻した。

「あの顔面で、もっともらしい愛の言葉でも囁《ささや》かれてごらんなさいよ。日照り続きで枯渇しきったKの泉があっという間に満たされて、たーっぷり溢《あふ》れちゃっても、ぜーんぜん不思議はないわよねぇ。何たって一緒に旅してるわけだしさぁ、その間に何かが芽生えても……ってちょっとミナトあんた何してんの!?」

シートベルトを解いてドアノブを引く中野を、半ドア警告ブザーとヒカルの怒鳴り声が一喝した。直後、車体が強引に左車線を横切ってけたたましいクラクションを浴び、装甲仕様のSUV車は歩道の境界ブロックに突っ込む勢いで路肩に急停車した。

「何考えてんの⁉」

ヒカルが鬼気迫る形相を振り向けてきた。

「いや、外に出ようかと」

「だからそれが何考えてんの⁉　いいからドアをちゃんと閉めて！」

喚《わめ》かれて、仕方なくドアを閉め直す。

「何なのよ一体⁉」

「俺がノコノコと出歩いて狙われるとか、事故に遭って瀕死《ひんし》の状態になるとか、そんで入院中にやってきた敵に攫《さら》われるとかしたら、彼が戻ってくるかもしれないなぁって、ちょっと思ってさ」

「何その、中学二年生みたいに周りを顧みない自己愛的発想……？」

「ヒカルだってさっき、無駄な愚行に走ってみろって言っただろ？　お空のお星さまが想いを届けてくれるかもしれないから、試してみたかっただけだよ」

「あぁもう私が悪かったわよ！　ちょっと揶揄《からか》っただけじゃない、あんなにミナトしか眼中にないKが浮気なんかするわけないでしょ？　よりによってミナトなんかの何がそんなにいいんだか、私にはさっぱりわかんないけどね！」

「ヒカル」

「何よ？」

「生理中？」

元カノの顔面を覆う険が一気に濃度を増した。

「――大人しく座ってて」

いやに静かな恫喝《どうかつ》のあと、ＳＵＶは落ち着き払った物腰で車線に戻った。

それから打って変わって無言になったヒカルの後頭部に、中野は尋ねてみた。

「彼氏と痴話喧嘩《ちわげんか》でもした？」

「黙ってててって言ったわよね？」

「大人しくしてろって言われただけだよ。走行中にドアを開けたりしなきゃ文句ないだろ？　で？　朝食のパンケーキを横盗《よこど》りでもされたわけ？」

途端にヒカルの電圧が再び跳ね上がった。

「パンケーキじゃないわ、お取り寄せのホテルベーカリー冷凍パンセットよ！」

中野の当てずっぽうは、ド真ん中とはいかずとも、弓道の的で言うところの『一《いち》の黒』――中央の白丸を囲む黒い輪っか辺りを射たようだ。

「アイツ、最後のお楽しみに取っといたカマンベールのヤツを食べちゃったんだから。私が起きる前にね！　しかも、半分くらいベランダで鳩にばら撒《ま》いてたのよ⁉」

彼女とつき合えるなんてどんな人物かと思ったら、どうやらなかなかのタマらしい。

ヒカルに今カレがいるというのは初耳だったけど、少なくとも新井じゃないことだけは間違いないだろう。

それにしても食い物の恨み、とりわけ楽しみをぶっ壊されたお取り寄せ女子の憤慨なんて、触らぬ神に祟《たた》りなしというもの。

中野はとばっちりを喰らわないよう、遠巻きなコメントを返すにとどめた。

「セット丸ごとじゃなくて一個だけだったんなら、まだ良かったんじゃない？　ただ、鳩に餌をやるのはご近所トラブルに発展しかねないし、環境や生態系の問題もあるから確かに推奨はできないね。知ってる？　中野区《なかの》のホームページってさ、鳩の何たるかや被害だの対策だのを懇切丁寧に説明してるページがあるんだよ」

「いくら自分が暮らす自治体とは言え、一体どんな必要があってそんなページを見たわけ？　ていうかまさか、生態系を壊しかねない行為に私が怒ったなんて思ってないわよね？」

怒れる乙女が本格的に噴火しないよう、今度こそ中野が沈黙を決め込むと、車内は形ばかりの平穏を取り戻した。

朝は放射冷却で冷え込んだものの、日中はこの時期にしては暖かい。これから訪れるのは芝浦《しばうら》だから、こんな風のない快晴の湾岸エリアとくれば、河口の橋をブラブラ渡って散歩でもしたい気分になってくる。

ただし、いま走っている都道は『海岸通《かいがん》り』なんて名前にもかかわらず、左右をビル、頭上を首都高の腹に塞《ふさ》がれて空さえ見えない景色が続いている。

視界を囲むコンクリートをスモークガラス越しに眺めて、中野は口をひらいた。

「――ヒカルはさ、なんでそんな仕事してんの？」

「え？　何なの急に、いまさら」

「別に理由はないけど、何となくね」

次の反応は返らず、ルームミラーの中の表情にも変化はなかった。

中野はシートに背中を預けて窓の外に目を戻した。彼女に言ったとおり、質問した理由はない。どうしても知りたいってわけじゃないし、話したくないものを聞き出そうとも思わない。

が、二つ目の信号で停車したとき、フロントシートから声が聞こえた。

「前に、ちょっと悪さしてさ」

「……うん？」

「揉《も》み消してやるから、自分とこの会社に入んないかってスカウトされたのよね。いまの上司に」

ＣＩＡ絡みの映画なんかでよくあるヤツだね――喉《のど》まで出かかった軽口を中野は引っ込めた。冗談にしては静かすぎるし、彼女はシリアスな演技が得意なほうじゃない。

「なるほど。で、揉み消すなんて仰々しい言葉で取引を持ちかけられるような、どんな悪さをしたわけ？」

若気の至りで横領でもしたんだろうか。それとも、元カレの武装強盗に運転手として加担したとか？——ありがちな考えがいくつか頭を掠《かす》めたとき、ヒカルが言った。

「殺したのよ」

「————」

何を、とか誰を、などと訊《き》くことはしなかった。そのまま彼女も沈黙し、しばらく無言の時間が過ぎた。

しかし、こちらから質問しておきながら、返ってきた答えに無反応でいるのはマナーに反するというものだろう。それも、ほかでもない、あの捻《ひね》くれたヒカルが直球で寄越《よこ》した回答だ。

中野は口にすべき候補を脳内にいくつか並べ、うちひとつを言葉にした。

「後悔したことはある？」

「後悔？」

彼女は鼻で笑って右折のウィンカーを出した。

「まさか。やっと人生を取り返したのよ」

抑えた呟《つぶや》きは中野への返事というより、独白のように聞こえた。

矢印信号が灯《とも》り、高架下を潜って潮路橋《しおじばし》へと折れる。

コンクリートの屋根の下から抜け出すと、窓の向こうには眩《まぶ》しいほどの青空が広がっていた。

クルマを停めたのは、訪問先から少し離れたコインパーキングだった。

今日は地上のこぢんまりとした駐車場だから、少なくとも先日の地下駐車場みたいな周回コース鬼ごっこが開催される心配はない。そう思ってはいても、決して油断はしていなかったつもりだ。

中野には窺《うかが》い知れない警戒要員が周囲に配置されていようとも、スナイパーライフルでこちらを狙えるようなビルならいくらでもある。証拠品の回収という課題は後回しにして、とにかく始末するのが先決とばかりに遠距離からのアプローチを試みる輩《やから》が、そろそろ現れてもおかしくはないんじゃないか。

そんなことは、もちろん中野だって考えていた。ただ、諸々《もろもろ》の自戒も徐々にルーティンとなりつつあって、やや麻痺《まひ》していた感は否めない。

クルマを降りて歩き出した十数秒後に、足もとで地面が弾《はじ》け飛ぶまでは。

「――――――」

元カレと元カノは揃って動きを止め、一拍置いて顔を見合わせた。次の瞬間。

「走って……！」

叫ぶなり中野を突き飛ばすような勢いで駆け出したヒカルとともに、全力で走った。

ほぼ同時にすぐ後ろで聞こえたのは、弾丸が空を切る音か、アスファルトを抉《えぐ》る音か、割れ飛んだ路面の骨材が跳ねた音か。

何かが爆《は》ぜる気配が、続いて一発、また一発と追ってくる。目的地を示し合わせる間もなく、二人は手近なビルの機械式駐車場の出入口に転がり込んでいた。

ターンテーブルの上で一回転したヒカルが——言うまでもなく、水平方向の回転じゃなくて前方回転受け身的なアクションだ——素早く立ち上がって壁際から外を窺いつつ、スカートの裾《すそ》をサッと払って、腿に装着した拳銃嚢《サイホルスター》から小ぶりの鉄砲を引き抜いた。

彼女の手にある黒光りする武器を眺めて中野は思った。——まさか、あんなものを忍ばせて会社の客先に乗り込むつもりだったのか？ 膝丈《ひざたけ》のフレアスカートに隠して？ 立ったり座ったりした拍子に客の目に触れでもしたら、お色気で誤魔化せるものじゃない。ましてや床にポロリなんてしてしまったら、どう言い訳するつもりだったのか。

しかも、そんな得物を携行しているくせに、彼女の足もとはビジネスウーマンの戦闘靴、五センチヒールのパンプスとくる。ヒールの太さは、あまり安定感があるようには思えない。

「よくその靴で全力疾走するよね」

「はぁ⁉」

即座に苛立《いらだ》ちが跳ね返ってきたから、もう余計な口は叩《たた》かないことにした。

そこから先の状況は、壁の隅に押し遣《や》られた中野にはよくわからなくなった。現場に対応しているのはどこからともなく現れた警戒要員たちらしく、なかなか決着がつかない気配を嗅《か》ぎ取ることはできても、それだけだ。

「あぁもう、どうなってんの？」

ヒカルがチラチラと腕時計を覗《のぞ》きはじめた。戦況を摑《つか》めずにジリジリしているのは中野だけじゃないようだった。

やがて彼女は、痺《しび》れを切らしたようにこう吐き捨てた。

「早く片づけてくんないと時間《アポ》に遅れるじゃない……！」

「気になるのはそこなんだ？」

「そりゃあそうよ。昨日、ミナトの代わりにアポの確認で電話したとき、時間厳守時間厳守ってクソうるさかったんだから、あの狸親父！　若くて可愛い女子は信用ならないとでも言いたげに、厭味《いやみ》たっぷりにね！」

「まだ会ってもいないのに若くて可愛いってのがわかるなんて、さすが五人目の愛人が銀座《ぎんざ》に出すクラブへの出資について相談してくるだけのことはあるね」

感心する中野に、キリッと意を決した目が飛んできた。

「いいわよ、時間厳守でクソ野郎のツラを拝んでやろうじゃないの。ちょっと加勢しにいくから、ここで待ってて」

「一応訊くけど、俺をひとりで置いてって万一のことがあった場合、ヒカルの立場がまずくなったりしない？」

「まぁそりゃ、なるかもね」

「だったら一緒にいこうよ。応戦すんのは、このままみんなに任せてさ。どうせ俺がいこうが残ろうがリスクがあるんなら、少しずつでも訪問先に近づくほうが合理的だと思わない？」

「────」

提案を吟味するように沈黙したヒカルは、すぐに腹を括《くく》った声音を寄越した。

「わかった、アポ優先でいくわよ。ただし！　絶対に私から離れないでよっ」

二人はターンテーブルに別れを告げて駐車場から抜け出し、物陰を縫うようにして移動を開始した。目的地までは、およそ百メートル。いまは非日常な物音も戦闘員らしき人影もなく、戦況がどうなっているのか全く読み取れない。

それでも、ヤマアラシみたいに警戒心を尖《とが》らせるヒカルの後について、目指すビルのそばまで順調に近づいた。

アポイントの時刻の七分前、ゴールは目と鼻の先にある。客先の建物内に敵が潜んでいて、ばったり出くわすなんてことにでもならない限り、ギリギリ間に合うはずだ。

通りの左右に素早く目を配ったヒカルが、振り返って中野を──正確には中野の額の辺りを見て、ほんの一拍凍りついた。直後。

「伏せてっ！」

鋭い声とともに彼女の右脚が中野の膝《ひざ》を薙《な》いでいた。

伏せるどころか受け身を取る間もなく引っ繰り返され、同時に軽快なサウンドを聞いていた。遠距離からの狙撃《そげき》にしては近くに感じられた、連射タイプの銃声だった。

数秒後、中野の盾になるような姿勢のまま固まっていたヒカルが、何故か不自然なくらい警戒心に欠ける風情で立ち上がった。が、それでいて妙に険しい彼女の視線を追って、中野もその先にあるものに気づいた。

路地の途中に佇《たたず》む白いワンボックス。エンブレムがなければ車種も特定できないほどありふれた国産ミニバンの屋根から、人間の上半身がニョキッと突き出ていた。

緩くカールしたロングヘアを無造作に払う仕種《しぐさ》。ルーフに凭《もた》れたジャケットの胸もとのボリューム感。その前に三脚で据えられた黒くて長い銃器は、雄々しく斜め上を向いて屹立《きつりつ》している。

遠目であっても正体はすぐにピンときた。武器商人のアンナだ。いづみ食堂の地下で会ったきりだとは言え、あの存在感は間違えようがない。

中野はふと元カノを見た。

そういえばあのとき、ヒカルを紹介してくれと彼女に乞われて本人に伝えた。結果は残念ながら「は？　何なの？」と一蹴《いっしゅう》されて終わり、それを坂上経由でアンナに伝えてもらって、それからどうなったのかは聞いていない。

「ひょっとして……カマンベールのパン？」

答えはなく、仏頂面でスカートの汚れを払ったエージェント女子は、足もとに落ちていたキャメルのトートバッグをサッと拾って肩に引っかけた。

「いくわよ、ミナト」

「助けてくれた彼女に挨拶《あいさつ》もなく？」

「アポに遅れるでしょっ」

「けど命の恩人だよ？　そりゃ打ち合わせも、もちろんパンよりは大事だけどさ」

「いちいちパンのこと言うのやめてくんない⁉」

ヒカルが声を荒らげて、刺々《とげとげ》しい目を明後日《あさって》の方向に動かした。つられて見ると、ミニバンから降りて歩み寄ってくるアンナの姿があった。

長い脚線美をこれでもかと見せつけるブラックデニム。直立歩行できるのが奇跡としか思えないヒールに支えられた、黒革のショートブーツ。同じく黒革のライダースジャケット。その内側のオフホワイトのニットは、風邪をひかないだろうかと心配になるほど胸もとが開いている。

メリハリ十分な長身の自信に満ち溢《あふ》れたムーヴメントは、ビルの狭間《はざま》の路地をランウェイに変える貫禄《かんろく》たっぷりのモデルウォーキングだった。

やがて二人の前で足を止めた武器商人は、唇の端をセクシィに歪《ゆが》めてこんな挨拶を寄《よ》越《こ》した。

「怪我はないかしら？　子猫ちゃんたち」

「たち、ってことは俺も……」

子猫ちゃんなのかな。

中野がそう続ける前に、ヒカルの鋭い声が被《かぶ》さってきた。

「怪我なんかないわよ、余計なことしないでよっ」

「あらあら、ごめんなさいね」

　恩知らずなエージェントの怒声も、アンナは余裕の笑みでやんわりと受けとめる。鳩尾《みぞおち》の辺りで組んだ両腕が、ただでさえ零《こぼ》れんばかりのニットの胸を柔らかに押し上げていた。

「ピンチに陥ってるようだったから、つい……ね？」

「別にピンチじゃなかったし、こんなとこまでついてくんのやめてよね！」

「やぁね、ついてきたわけじゃないわ。たまたま仕事で近くを走ってたら、可愛い子が危ない目に遭ってるじゃない？　そりゃあ思わず、余計な手出しだって――」

　甘く弛《ゆる》んでいた美女の気怠《けだる》い眼差《まなざ》しが不意に鋭利な光を帯び、ネイルで彩られた指先が一閃《いっせん》した。

　振り返ると、数メートル先の路上にスーツ姿の男が倒れていた。

　喉《のど》に垂直に突き刺さった、大振りの刃《ブレード》と頑丈そうな柄《ハンドル》。ここから見える限りアジア人ではなさそうだ。ダラリと投げ出された右手のそばには鼻先の長い拳銃《けんじゅう》、少し離れたところに黒っぽいビジネスバッグとリュックが所在なげに落ちている。

「珍しく遠距離から狙ってくると思ったら、やっぱり回収役の仲間がいたようね」

「あのリュック、絶対ミナトの頭を入れるために持ってきたヤツよ。バッグのほうには切断用のツールが入ってるわね」

　女子二人が口々に言うのを聞きながら、中野は男の下に広がりつつある血の色を眺めて首を振った。

「確かに真っ昼間のオフィスエリアって、意外と人目のないエアポケットみたいなタイミングがあったりするけどさ――」

まさにいま、そういう状況ではある。

「でも絶対、どっかから第三者に目撃されてるよね？　防カメだってそこらじゅうにあるだろうし」

するとアンナが事も無げに即答した。

「心配ないわ。カメラはクリスが何とかするし、目撃者はサバゲーイベントだとでも思うわよ」

「平日の昼間に、こんなところでサバゲーイベント？」

「いつどこでどんなイベントを開催しようが、然《しか》るべき手続きを踏んでる限りは勝手じゃない？」

これが然るべき手続きを踏んだイベントじゃないのはもちろんのこと、明らかな違法行為をいくつも犯したばかりの当人は、己の行為を省みる素振りもなく軽い口ぶりでこう続けた。

「せいぜい、自分たちはあくせく働いてるのに全くニートのヒマ人どもは……なんて忌々しく感じるくらいで、実弾でドンパチやってるなんてさすがに考えないわ」

「なるほど。減音器《サプレッサー》付きのハンドガンをチョイスしたスーツ姿の外国人参加者が、刃物と血糊《ちのり》の凝った演出で無言の撃たれた合図《ヒットコール》をするなんていう風変わりなサバゲーイベントも、まぁ絶対にないとは言い切れないかもしれないよね」

くたばった男のほうへ再び目を遣《や》ると、どこからともなく現れた黒ずくめの要員たちが死人を回収していくところだった。

コンバットパンツにブーツ、プロテクター、ヘルメットやタクティカルベスト、その他フル装備の集団は、なるほど確かにディテールまでこだわった凝り性なサバゲーマーたちに見えなくはない。少なくとも肩に担いでいる銃が本物だなんて、確かに普通なら考えないだろう。

しかし、敵の排除は途中参加のアンナひとり《ビジター》に出し抜かれ、実りある作業と言えば後始末だけという結果であっても、彼らの大袈裟《おおげさ》なファッションが不要だとは思わなかった。

おかげでゲームを装うことができるし、国内外のあらゆるドラマにおいても、事態が収拾した直後に大挙してやってくるモブの部隊は不可欠な演出だ。

「――あぁっ！」

ヒカルが叫んで振り向いた。

「遅刻よ！」

「そうだね」

「なんでそんなのんきなのよ⁉」

「いや、わかってたから」

「なんで早く言わないのよ！？」

「だってヒカルもわかってるだろうし、邪魔しちゃ悪いかなって思って」

「何の邪魔よ、その余計なお世話こそ邪魔なのよ！」

責任転嫁女子は全身に殺気を漲《みなぎ》らせて脱兎《だっと》のごとく駆け出した。中野はその背中を見送ってから、彼女の分も含めてアンナに礼を言った。

「ありがとう、助かったよ」

「やぁね、大したことはしてないわ」

銃弾と刃物で殺し屋たちを排除した美女は、艶《あで》やかに微笑んでこう続けた。

「仲間に危険が迫ってたら助けるのは当然のことよ。それに、何より……と言っては何だけど、Kを悲しませずに済んで本当に良かった」

何やってんの、いくわよミナト――！　と、訪問先のエントランス前でヒカルが声を張り上げている。

会社員としての責務にピリつくエージェント女子の姿に、武器商人が相好を崩した。

「ほんと、柄にもなく社畜なんかしてるヒカルも可愛いわねぇ」

その夜、スマホに知らない番号から着電した。

もしもガードがそばにいたら、きっと彼は警戒しただろう。が、新井は入浴中だったから、中野が根拠のない直感に従って通話をオンにするのを止める者はいなかった。

果たして電話が繫《つな》がるなり、抑揚に欠ける叱責《しっせき》が耳に触れた。

「知らない番号からの電話に安易に出るな。回線が起爆装置にでも繫がってたら、いまごろ死んでるぞ。ガードは何やってる」

最後に言葉を交わした夜以来、五日ぶりの声。半年以上前なら、姿を見なくたって気にも留めなかった程度のブランクだ。だけど、いまは違う。

ひどく懐かしい感覚が臓腑《ぞうふ》を満たす一方で、薄い靄《もや》のような何かが胸の裡《うち》をふわりと掠《かす》めた。

「何かあった？」

元気？　とか、いまどこ？　よりも先に中野はそう尋ねた。

無闇に連絡をとるのは危険なんじゃないのか。慎重に慎重を重ねるべき鬼退治の行軍中に、何でもないのに電話なんか寄越すとは思えない。

そんな中野の心配をよそに、坂上は耳に馴染《なじ》んだ口ぶりでボソボソと答えた。

「別に、何ってわけじゃない」

「そう？　ならいいけど」

安堵《あんど》しかけた中野の胸の裡はしかし、続きを聞いて再び曇ることになる。

「この先はもう、全部終わるまで一切連絡できなくなる。だから――」

言葉が途切れ、躊躇《ためら》うような空白を挟んで彼はこう続けた。

「だから……あんたがくれぐれも油断しないように、釘《くぎ》を刺しておこうと思ったんだ」

何かを吹っ切るような声音は、本当は違う何かを伝えようとしたんじゃないのか。

帰ってきたら言うつもりだという何か。中野に訊《き》きたいという何か。

それらの匂いを嗅《か》ぎ取りながらも、水を向けてみることはしなかった。彼が無事に戻ってくるための理由を、わざわざ毟《むし》り取るような真似はするべきじゃない。

「大丈夫だよ。俺の心配はいらないから、やろうとしてることに専念しなよ」

「こんなに無防備に電話なんか出られたんじゃ安心してられない、あんたの同僚に代わってくれ」

「新井は風呂《ふろ》に入ってるよ」

「──そうか」

坂上は、バスルームまで電話を持っていけとは言わなかった。

「心配しなくても、一緒に入ったりしてないからね？」

「そんな心配してねぇ」

素っ気ない声を聞きながら、中野は冷蔵庫のボトルビールを出し、肩にスマホを挟んで開栓した。ソイツは今夜、新井とメシを食っている最中に、フラリと立ち寄った情報屋が置いていったものだった。

坂上がいないのにどういう風の吹き回しかと思ったら、なんと同僚宛ての陣中見舞いだという。銘柄は、伝統的なデザインのラベルが貼られたドイツ産のヴァイツェンだ。

優しげな味わいでありながらも素材の個性を否応《いやおう》なく香らせるホワイトビールは、新井への差し入れとしてはなかなかウィットに富んだセレクトだと思った。意図してか否かはさておき、人物像を上手《うま》く捉《とら》えている。

ビールだけ寄越《よこ》してさっさと去るとき、唇の端をニヤつかせた酒屋は新井に向かってこんな捨て台詞《ぜりふ》を吐いた。――なぁおい、Kがいねぇ間に寝盗《ねと》っちまえよ。

中野はボトルをひと口呷り、肩からスマホを抜き取って持ち直した。

「電話に出たら怒られたって新井に報告しておくよ。けど、かかってきたときにアイツがいたら、ちゃんと止めたと思うよ？」

「そうか」

「ほかに伝えておくことはある？」

「ない」

「じゃあ、俺が聞いておくことは？　何かほら、最終決戦に臨む意気込みとかさ」

「そんなのねぇよ。ただ、俺が戻ったときにはあんたがくたばってた、なんてことになるのは困る。だから何度も言うけど……」

「わかってるよ。油断するな、だろ？」

「――もう切らねぇと」

相槌《あいづち》を返す間もなかった。気づけば回線は切れていて、中野はしばらくスマホを耳に当てたまま立ち尽くしていた。

「誰と話してたんだ？」

背後で声がして振り返ると、新井がバスタオルで髪を拭《ふ》きながら立っていた。

いくら室温がコントロールされている屋内での風呂上がりとは言え、十二月もそろそろ半ばだというのに、半袖のTシャツにスウェットパンツという軽装。剝《む》き出しの腕は風貌《ふうぼう》や体型に似つかわしくないほど筋肉質で、以前は目につくたび違和感をおぼえた属性も、いまとなれば何の不思議もない。

「あぁ、彼だよ」

中野は答えて、ようやく耳から離した端末をテーブルに置いた。

「彼って、Kか？」

「うん」

「向こうからかかってきたのか？　確か、お前は番号を知らなかったよな」

「まぁね」

「あのな中野」

思ったとおり、草食系の造作《ぞうさく》がガードの硬い表情に塗り変わった。

「知らない番号からの電話は、出る前に必ず知らせろって言ったよな？　その回線が起爆装置にでも繋がってたらどうするんだ」

「それ、全く同じ内容で彼にも怒られたよ」

笑って肩を竦《すく》めると、新井が溜《た》め息《いき》を吐いて首を振った。

「……で？　その様子だと、何か深刻な事態に陥ってるってわけでもなさそうだけど、何の用事だったんだ」

「油断しないようにって釘を刺されただけだよ」

「それだけのために、わざわざかけてきたのか？」

「あと、これから全部終わるまではもう連絡ができなくなるからって」

「――――」

何か言いかけて沈黙した同僚は、そうか、とだけ呟《つぶや》いて目を落とした。それからポツリと言った。

「――腫《は》れそうだな」

視線の先にあるのは中野の右腕だった。昼間、ヒカルの足払いを喰《く》らって倒れるときに、頭を庇《かば》って手首を強打した。その打撲のあとが変色しはじめていた。

訪問先から帰社するなり、廊下で中野とヒカルを出迎えた新井は、かつてないほどの険を顔面に刷《は》いた。白昼の路地でサバゲーを装った顚末《てんまつ》について、あらかじめ後輩が報告しておいたからだ。

それでも、口をひらいた途端に職場だということを思い出したらしく、先輩エージェントは怒鳴り散らす一歩手前の形相でひとことだけ吐き捨てた。

――プライオリティを常に考えろ。

仮の身分のアポイントにこだわり、安全面をおろそかにした後輩への叱責だった。

まぁでも、せっかく隠れてたのに一緒にいこうって言い出したのは俺だから——と脇から一応フォローを挟んだら、お前もいい加減自分の命を軽視するのはやめろ！　と中野まで怒られてしまった。

軽視しているつもりはないけど、命懸けで護《まも》ろうとする身からすれば危機感の欠如でしかないんだろう。もしも、さっきの電話で今日の出来事を同居人に話していたら、やっぱり同じように怒られたに違いない。

中野は腕を上げて鬱血《うっけつ》した部分を覗《のぞ》き込み、小さく肩を竦めた。

「ただの打撲だし、そのうち治るよ。俺にも自然治癒力ってものがあるからね」

「けど、早く治るに越したことはないだろ？　湿布くらい貼っといたほうがいい」

新井が言って、収納庫からファーストエイド・キットを取ってきた。例の、ナイフやバーナーまで入った赤いツールボックスだ。

促されて中野が椅子に座ると、彼は横に立って蓋を開けた。

「新井も座ったら？」

「いや、逆にやりづらいから」

首を振り、慣れた手つきで必要なアイテムをテーブルに並べていく。

外観のイメージどおりの繊細そうな指や手の甲に残る、いくつかの古い傷痕《きずあと》。それらを見るともなく眺めて中野は口をひらいた。

「なぁ、新井がその仕事を選んだ理由は？」

昼間のヒカルとの会話を思い出して何気なく尋ねた刹那《せつな》、処置をする手がほんの少し止まった。が、答えはないまま、すぐに再び動き出す。

選んだわけじゃないのかもしれないな――

昼間に聞いた元カノの『理由』を脳裏に浮かべたとき、新井が手もとを見つめたまま静かに漏らした。

「何も残ってなかったからだ」

「職業の選択肢が？」

「――いや」

やり取りはそれだけだった。草食動物然とした顔は逆光になっていて表情を読みづらく、ヒカルのとき以上に何もわからないまま会話は途切れた。

湿布を粘着包帯で固定して処置を終えると、新井は手早く片づけをはじめた。

「こんなにちゃんとしてなくても大丈夫だと思うけど、でもありがとう」

礼を言って上げた目が、無言で見下ろしてくる視線とぶつかった。

ついさっき中野の腕に包帯を巻いていた指が何気ない素振りで首筋に触れて、グッと項《うなじ》を摑《つか》まれた次の瞬間、唇が重なっていた。

前にも一度、二階の玄関先で新井にキスされたことがある。まだ同僚の正体を知らなかった頃だ。が、あのときと違うのは、素性が知れているかどうかだけじゃなかった。

中野の二の腕を摑んで押さえ込んでくる左腕の、とんでもない膂力《りょりょく》。右手で鷲摑《わしづか》みにされた後頭部と背凭《せもた》れに押しつけられた背中が痛い。

せめて圧力が緩まないものかと身動《みじろ》いだとき、坂上の声が耳に蘇《よみがえ》った。

――そんな心配してねぇ。

新井と一緒に風呂なんか入っていない、と言った中野への返事だ。

自分たちの間には、互いを縛る関係や約束は何ひとつない。つまり、立てるべき操があるわけじゃない。それでも身体の繋《つな》がりはあって、説明できない何らかの感情も存在する……と、少なくとも中野は思っている。なのに、電話が切れてものの十分やそこらで同僚と舌なんか絡め合っていては立つ瀬がない。

さらに、そんな後ろめたさとは別に、草食系の面構えに似つかわしくないアグレッシヴなキスを喰らう間、拭《ぬぐ》いがたい違和感と危機感が洗濯中の衣類みたいにカオスとなって中野の裡《うち》で渦巻き続けていた。

だからだ。ようやく新井の身体を押し遣《や》ると同時に、思わずこう口走ったのは。

「いや、違うよ」

唇を手の甲で拭ってひとつ頷《うなず》き、今度は己に言い聞かせるようにもう一度。

「うん、違うよ」

「――そうだよな」

身体を起こした新井が、自嘲《じちょう》気味に唇の端で笑った。

「相手が違うよな」

「いや……」

中野は言葉を濁した。

そうじゃない。言いたかったのは、そういう意味の「違う」じゃない。

仮に同性同士で行為に及ぶとなったら、彼は抱くほうなんじゃないのか。つまりヒカルの趣味の世界で言えば、コイツは左か上に名前を置くべきキャラだ——

が、余計なことは言わぬが花というもの。

中野は何事もなかった顔を素早く作り、目の前に立つ同僚を見上げて提案した。

「ビールでも飲まない？」

坂上に操を立てるのどうのという以前に、下手にポジションを自覚されてテーブルの天板を引っ掻《か》く側に回されるのは勘弁願いたい。

2

この先は一切連絡できなくなる、と同居人が電話を寄越《よこ》してから二日後の夜。叩《たた》き起こされて目を開けると、真上から新井に見下ろされていた。

中野は寝起きの頭で数秒思案し、こう尋ねた。

「まさか俺たち、何もしてないよね？」

「寝惚けてんのか？　すぐ出かけるから準備してくれ」

「アラーム鳴ってないけど、もう朝？」

「いや、二時すぎだ」

「夜中の？」

窓がないから念のために確認しただけで、午後二時だったらとっくに会社に遅刻している。それに、黒いパーカーにブラックスキニーという同僚は、どう見ても出勤スタイルじゃない。

よく坂上も似たようなチョイスをしていたその手のファッションは、新井の場合は特に就寝時の定番で、深夜の襲撃に備えてのことらしい。

暗がりのドンパチで夜陰や物陰に紛れることができるし、返り血が目立たないという魅力的なメリットもある。屋外でのアクションになればパーカーのフードを被《かぶ》って人目を避け、状況次第では黒いマスクまで装着する。そうなるともう、中野の目には中二病の高校生にしか見えなかったけど、口に出して伝えたことはない。

「出かけるって、どこに？」

「Kのシステム屋のところにいく」

「クリスのところ？」

なら、少なくともスーツを着る必要はないだろう。

ベッドを降りてクロゼットに向かうとき、素足に床の冷たさが沁《し》みた。今年も残り半月というこの時季、室温をコントロールしていても深夜の地下室はひんやりと寒い。

中野は適当なアイテムを選んで手早く着替えながら、ダイニングテーブルで弾倉《マガジン》を確認中の同僚に尋ねた。

「こんな深夜に人んちのお宅訪問なんて、何があったんだ？」

「向こうで何かはじまったみたいだな」

「向こうってのは……」

「鬼退治チームがいる現地だよ」

聞けば、クリスと冨賀《とみが》、それに新井たちが所属する警備会社から、それぞれ気になる動きをキャッチしたとの連絡が入ったらしい。そこで急遽《きゅうきょ》、クリス宅に集合することになったということだった。

二人は数分で支度を終え、いづみ食堂をあとにした。

ところが今夜は、屋外へのルートからして少々戸惑った。入居以来愛用してきた二階の玄関でも、屋上への行き来に使っていた三階の外廊下の出入口でもなく、なんと地下室から直接外に出た。

まず、収納庫の壁の一部が隠し扉になっていた。ソイツを開けると人ひとり分の空間が現れ、新井が中に入って天井からスライド式のハシゴを引き下ろした。

「こんな勝手口があるの、俺が知らなかっただけ？」

半ば独り言のようにボヤいた中野に、同僚がチラリと目を寄越した。

「コイツはいざってときの避難ルートらしい」

質問の答えにはなっていないけど、イエスでもノーでも大して違いはない。

「いままで常に、いざってときじゃなかった？」

「そうだけど、そうじゃない。ここを使うのは、もう戻らない可能性があるような緊急時ってことだ。普段こんなところから出入りしてて、もしも誰かに目撃されたら面倒だろ？」

「こんなところって言われても、そのハシゴの先がどこに繋がってるのか知らないから答えようがないな」

が、出てみて納得した。

潜水艦まがいの頑丈な蓋《ふた》を開けてハッチから顔を覗《のぞ》かせると、そこはいづみ食堂の裏手のデッドスペースだった。猫の額ほどの裏庭に廃家電やタイヤが放置されている光景は、上階の外廊下や屋上からは日常的に目にしていたものの、足を踏み入れるのはこれが初めてだ。

しかし、これのどこが避難ルートなんだ——？　そんなふうに訝《いぶか》る間もなく、新井がさっさとガラクタの山に登りはじめた。

その足取りを眺めてピンときた。一見、塀沿いに無造作に積み上げられている廃家電たちは、どうやら計算ずくで階段の体を成していた。

頂上まで登りきると、塀を乗り越えて隣家の物置の屋根を伝い、向こう隣に建つマンションの敷地を横切り、境界フェンスの通用口をピッキングして隣接するアパートの駐輪場を抜け、そのまた隣の戸建ての軒先を通り……といった具合に、いくつかの不法侵入を経て、最後にようやく公道という名の狭い路地に出た。

確かに、日々こんなルートを行き来していたら早晩通報されてしまうだろう。マンションやアパートの敷地を通り抜けるまでもなく、最初の隣家の物置の時点で早くもアウトだ。それに、今夜は新井の指示でスニーカーを履いて出たけど、これが通勤ならビジネスシューズを持ち歩かなきゃならない。

しんと冷えきった空気にひとつ身震いして、中野はダウンパーカーのジップを引き上げた。時刻や気温のせいか辺りにひと気はなく、吐く息が白い。にもかかわらず、前をいくエージェントの黒いアノラックが大して厚手に見えないのは、単に高機能な素材なのか、あるいは筋肉量のおかげで寒さを感じにくいのかもしれない。

それにしても――と、同僚について歩きながら考えるともなく思った。

戻らない可能性がある、か。

半年暮らしただけの大袈裟《おおげさ》な玩具《がんぐ》箱は、子ども時代を過ごした家を除けば、これまでのどの棲処《すみか》よりも身体に馴染《なじ》んだヤドカリの殻だった。だから地面に根の生えた箱には興味がない身でも、捨てるのは少し惜しいと感じてしまう。

「戻らないかもって先に聞いてたら、必要なものを持ってきたのにな」

中野の声に新井が振り返った。

「必要なものって？」

「明日《あした》着るスーツとか、仕事用の荷物とかさ」

「あのな、中野」

「うん」

「戻らないことになった場合、明日は出勤できない可能性が高い」

「つまり、いよいよ死ぬってこと？」

「そうじゃない。冗談でも口にするな、そんなこと」

　やや乱暴な口調が跳ね返ってきて、それきり会話が途切れた。

　山手通りのほうへと向かう途中、狭い路地を塞《ふさ》ぐように闇色の商用バンが佇《たたず》んでいた。フロントと前部のサイドガラス以外、全ての窓が黒い大型のボディ。どこかで見たようなクルマだと思うそばから、新井が躊躇《ちゅうちょ》のない足取りで近づいていって無造作にスライドドアを開けた。

　黒いクルマの暗い車内には、浅黒い肌の肉食獣みたいな男が潜んでいた。情報屋の冨賀だ。そういえばこのバンは、ダミアンを運ぶ際に駆り出された足だった。

「早いな」

「この時間だからな」

　新井の声に冨賀が答えてエンジンに点火し、黒い商用バンは何食わぬスピードで道路に滑り出た。

　山手通りに合流してほどなく、二列目のシートで中野と並んでいた新井が、コンソールボックスを跨《また》いで助手席に移っていった。詳細を聞きがてら、周囲の様子に目を配るためらしい。

ボソボソと交わされる声は、リアシートまでは届いてこない。蚊帳《かや》の外には慣れっこだから聞き耳を立てる努力は放棄して、中野は前に並ぶ二人を見るともなく眺めた。

野生の獣を思わせる肉食系の情報屋と、男臭さを感じさせない草食系のエージェント。外観だけじゃなく性質まで正反対の彼らは、それでいて芯は等しくオスだというところが面白い。むしろ、戦闘能力まで含めたら新井のほうが数段上だろう。

が、だから何だってわけでもなく、暇潰《ひまつぶ》しの無意味な思考に過ぎなかった。


目的地に到着するまでは、控えめな速度で走っても十五分かそこらだった。

四谷《よつや》エリアの閑静な住宅街。靖国《やすくに》通りから脇道に折れ、さらにクルマ一台がギリギリ通れる路地に進入すると、辺りは新旧の家並みが入り交じる一帯となった。

男三人を乗せたバンは、古びた民家の敷地に乗り入れて停まった。

目の前に、車庫か倉庫みたいなトタン張りの小屋がある。近頃の小洒落《こじゃれ》た素材ではなく、半世紀以上風雨にさらされてきたような錆《さび》だらけの波板だ。窪《くぼ》みに溜《た》まった泥から雑草まで伸びている屋根の向こうに、これまた昭和感漂う一軒家の二階部分が覗いていた。

ところが、意外なことにトタン小屋の入口はシャッター完備だった。古さはともかく、都心の戸建て住宅に屋根とシャッターつきのガレージなんて相当な贅沢《ぜいたく》じゃないか——そう感心していたら、それだけじゃなかった。

運転席の冨賀がスマホを操作すると、ソイツは自動で上がりはじめた。しかも見かけによらず驚くほど静かに滑らかな動作で、だ。果たして年季の入ったトタン張りの内部は、外観からは想像もつかないほどシステマティックな空間だった。

監視カメラやその他諸々《もろもろ》、至るところに設置されたいくつもの機器類。それらがどんなハイテク装置なのかはわからずとも、廃屋に毛が生えたような掘っ立て小屋には不似合いだということだけは間違いない。壁と天井は全て、トタンとはかけ離れた仕上げ材。表は錆だらけだったシャッターの裏側も、全く異なるマットなシルバーが蛍光灯の光を柔らかに反射している。

左手の壁の奥に、やたら頑丈そうな金属製のドアが一枚。シンプルな形状の表面にアメコミヒーローっぽいキャラクタの等身大ステッカーが貼られているけど、何のキャラだか知らないから実際に等身大なのか中野にはわからない。いずれにせよ、顔の横のフキダシが、いまにも飛び出しそうにポップでカラフルな文字列で『Welcome!』と男たちを歓迎していた。

このドアも冨賀のスマホで解錠して扉を開けると、唐突に民家の玄関が現れた。トタンの屋根越しに見えていた家屋だろう。こちらは正真正銘の昭和建築で、拍子抜けするほど外観に相応《ふさわ》しい三和土《たたき》や上がり框《かまち》が出迎えてくれた。

中野が子ども時代に暮らしていた家よりも数段古く、田舎の祖父母宅でも訪ねたかのような——ただしそんな経験はないから、あくまで一般的なイメージでの——錯覚を起こさせる屋内は、しかし日本家屋のスタンダードに反して全面土足だった。

理由は、万一の場合にすぐ逃げ出せるように。冨賀が説明し、こうつけ加えた。

「まぁ確かにクリスの場合、靴履いてる間に捕まるか殺されるかしそうだからな」

磨《す》り減った床板を踏んで案内された部屋は暗く、光源は奥の壁一面に整列したフレームレスのディスプレイたちだけだった。

縦横に四枚ずつの、計十六枚。それぞれ異なる映像が刻々と移り変わり、室内を不規則な明滅が照らしている。部屋の灯《あか》りを点《つ》けていないのは、ひょっとしたら画面への映り込みを避けるためなのかもしれない。

右側の壁を覆うスチールラックには、ガレージと同じく何だかわからない精密機器類や無数のフィギュアなど雑多なモノたちが所狭しと詰め込まれ、部屋の中央に置かれた長机の上に、こちらに背を向けたPCモニタが三台並んでいた。

うち二台の狭間《はざま》から、ふやけた白餅《しろもち》か巨大なホワイトマシュマロみたいな顔面がヒョイと覗いた。家主であるシステム屋のクリスだ。

「やぁ、みんな揃ったね」

彼の言葉どおり、部屋の中には先客がいた。ヒカルとアンナの女子コンビだ。

「早いな」

バンに乗り込んだときに新井が言ったセリフを、今度は冨賀が彼女たちに投げた。

「信濃町《しなのまち》からきたのか？」

「ううん。荒木町《あらきちよう》で飲んでたのよ、私たち。ヒカルがどうしても坊主バーにいきたいって言うから」

話を聞いていると、どうやら信濃町にはアンナの仕事場があるようだった。

そちらはJRの駅があるから見当がついたものの、荒木町がどこなのか中野にはわからなかった。

が——坊主バー？

しかし元カノを見た途端に目が合い、何よ！　と言わんばかりの視線が跳ね返ってきたから、それが何であれノーコメントを貫くことにした。触らぬ神に祟《たた》りなし……いや、この場合は神じゃなく仏と言うべきか？

冨賀のそばにいた新井が、チラリと後輩エージェントを一瞥《いちべつ》した。勤務時間外だからって、こんな夜中まで遊んでやがったのか——その目はそんなふうに見えたけど、当のヒカルは気づかないフリで明後日《あさって》の方向だ。

武器商人が右手を腰に当てて溜め息を吐いた。

「で、そのあと別のバーに移動して、素敵なオーナーを肴《さかな》にしっぽりやってたら呼び出しの電話じゃない？　ぶち壊しよ、全く」

「丑三《うしみ》つ時《どき》まで飲んでりゃ十分じゃねぇか。で、どうなったんだ？」

冨賀のセリフの後半は、バーについての質問ではなく部屋の主《あるじ》に向けたものだった。

すると早速、クリスから理解不能な報告が飛び出した。

「ついさっき、ダミアンがパーティに紛れ込んだところだよ」

中野が何気なく視線を巡らせると、最初に目が合った新井が説明してくれた。

「今夜、ミトロファノフ邸で正妻のヴェロニカがパーティを開催中なんだ。そこに、ダミアンが招待客として潜入したらしい」

「へぇ……」

壁のマルチディスプレイ全面を使って、ひとつの映像が拡大された。

高級ホテルのバンケットルームみたいに、だだっ広くて豪奢《ごうしゃ》なバロック様式の室内。正装した人々が無数に集うそこは、ヴェロニカの——つまり中野の父だった男の自宅だという。

「こんなときにパーティだなんて、ふざけてるわよね」

腹立たしげにヒカルが吐き捨て、壁際のパイプ椅子に座った冨賀が持参したノートパソコンを開きながら唇の端を曲げた。

「こんなときだから、なんじゃねぇか?」

「というと?」

「さっき入った情報によると、どうやらコイツは前祝いみたいだぜ」

「前祝い? って何? ミナトのお父さんの一周忌追悼集会じゃなかったの?」

「表向きはそういう触れ込みだったようだけどな。あの女、何を企《たくら》んでんだか知らねぇが既にコイツを──」

と、中野のほうへひとつ顎《あご》を振り、冨賀は続けた。

「始末して勝者になった気満々で、いきなり人を集めて祝杯を挙げることにしたって噂だそうだ」

「既に始末した気でいるって、どういうことよ。生きたミナトがここにいるじゃない」

「詳しいことはわかってねぇよ。けどまぁ何にせよ、この動きに乗じてKたちが急遽《きゅうきょ》計画変更。コイツの身にも何かが起こるのかもしんねぇし、とにかく今夜が正念場ってことだな」

「任せておいて」

アンナが自信たっぷりに請け合った。

彼女の足もとには、物騒なものが詰め込まれているに違いない黒のダッフルバッグが置かれていた。その脇に立つレースアップの黒革ロングブーツは今夜も恐ろしく高いピンヒールで、磨り減った床板を踏み抜かないかと中野は少し心配になる。

「ここなら安全だとは思うけど、クリスの護身用に置いといた武器がひととおり揃ってるわ」

それを聞いたクリスが、控えめな声音で戸惑いを表明した。

「でも僕は武器なんて使えないし、ここが壊れるのは困るよ……」

「だったら、その無駄に表面積が広い図体を盾に使いな、白豚。くたばっちまえばレンガのおうちが吹っ飛ばされたって気にならないし、一石二鳥だろ」

「えぇ、そんなぁアンナちゃん」

「気安く呼ぶな」

もちろん、彼女ひとりの武器や戦闘能力マイナスのシステム屋に頼らずとも、新井たちの勤務先のスタッフだって周辺を警戒しているはずだった。ただし申し訳ないことに中野の印象では、モブの彼らが束になるより、ここにいるアクション要員三名——エージェント二人と武器商人のほうが、よっぽど頼りになる気がしてしまう。

「急ごしらえのパーティにしては随分集まったもんだな」

マルチディスプレイを見上げたまま新井が言い、冨賀が鼻で嗤《わら》った。

「急な招待にもかかわらず、カネの匂いを嗅《か》ぎつけて駆けつけた客たちも全員、億万長者に群がる蠅《はえ》みたいなヤツらってことだな。まぁ、こっちが送り込んだネズミも同類の生きモンだし、似合いの役回りだろ」

壁一面の映像は、人間の視点に近い目線とゆったりした速度で室内を移動していた。映っているのはラグジュアリィなインテリアと、取り澄ました表情で談笑を交わす無数の男女。誰もが一様にシックな装いなのは、追悼パーティという名目のせいか。

「これは何の映像？　まるで現場を歩いてるみたいだね」

中野の問いにクリスが応じた。

「みたいじゃなくて歩いてるんだよ。これはダミアンのピアスに仕込んだカメラの映像で、そのデータを、通信衛星の電波を拝借して傍受してるってわけ」

「傍受？　共有してるんじゃなくて？」

「あぁ……うん、実はねぇ――」

システム屋の歯切れが悪くなった。

「彼らの映像も音声も、ほんとはこっちで受信することをKに禁じられてるんだ。日本を発《た》ってからずっとね。だから、こっそり覗《のぞ》き見してるんだよ。あ、これ、Kには内緒にしといてね中野くん、バレたら滅茶苦茶《めちゃくちゃ》怒られちゃうから！　ちなみに、このカメラの映像はね、ダミアンが構築してる通信システムにバックドアから侵入して――」

そこからよくわからない単語の羅列に突入しかけたところで、武器商人の冷えきった声が強制終了させた。

「余計な講釈垂れんな白豚」

「うん、ごめんねアンナちゃん」

美女の叱責《しっせき》がそれ以上続かないことを確認してから、中野はクリスに目を戻した。

「これ、音声は聞こえないの？」

「それがねぇ、今夜は彼ら、近距離の無線を使ってるから難しいんだよねぇ。電話だったら今日……あ、僕らにしてみれば昨日だけどね、とにかく使いはじめたばっかりの電話回線は、ダミアンのマシンを遠隔操作して全員分ペアリング――」

アンナが無言で腰から銀色の拳銃《けんじゅう》を抜き、クリスがつんのめるように言葉を飲み込んで結論へと飛んだ。

「つまり電話なら盗聴できるんだけど、今夜は緊急の場合を除いて無線しか使わないと思うから、事が片づくまでは拾えそうにないんだよ」

「おちおち電話もしてられねぇ世の中だよな、遠く離れた異国からあっさり盗聴されちまうんだから」

そんな世の中の裏情報を売買する男が、膝《ひざ》に載せたノートパソコン——正しくラップトップ《ひざのうえ》だ——を操作しながら皮肉っぽく嗤った。

何にせよ、ひとつわかったのは、ここにいる彼らは一行が日本を発ったあとも『K』の動向を見守ってきたということだ。この遠征については警備会社も嚙《か》んでいるようだし、新井やヒカルが既知の顔をしているところをみると、エージェントたちも傍受のデータを共有していた可能性が高い。

またしても中野ひとりが仲間外れだったことには、それなりの理由があるんだろう。だから別に構わない。自分の知らないところで、みんなして同居人たちの『遠足』を覗き見ていたなんて、この際どうだって……いや、腹立たしい。

中野の内心を見透かしたように、冨賀が唇の端をニヤつかせた。

「心配しなくても、シャワーシーンとかベッドルームまでは覗いてねぇよ。だからKが海外産のイケメン野郎とベッドでイチャついてたとしても、俺らは知らねぇぜ？」

揶揄《からか》い気味の目と声を無反応という名のリアクションでスルーし、中野はクリスに顔を向けた。

「で、ダミアンはパーティに潜入して何すんの？」

「えっとね、これからヴェロニカに近づいて誑《たぶら》かして、ベッドルームにしけ込むんだよ」

「――――」

幼児向けアニメのキャラみたいな無邪気さを数秒眺め、重ねて尋ねる。

「ベッドルームにしけ込むのは必要なプロセス？　それとも彼の趣味？」

「そりゃあ仕事だよぉ。さすがのダミアンも、いま趣味でそんなことやってたら中野くんのお母さんに殺されちゃうよ。何しろお母さん、三日前にはベラルーシで敵に買収されてチームを危険に晒《さら》した協力者をバスルームで溶かしちゃってたもんね！」

「バスルームで溶かしたってとこは『片づけた』くらいの表現にしといてくれたほうが良かったけど、彼女はピリピリしてなくてもやるんじゃないかな、必要とあらば」

中野は言いながら考えた。三日前なら、坂上が電話してきた夜の前日辺りということになる。何かあった？　という問いを素っ気なく否定したくせに、実情はトラブったりしていたらしい。

クリスが続けた。

「そうそう、ダミアンがベッドルームにいくのはね。ヴェロニカの隠し金庫の場所とか暗証番号とか、パソコンやスマホのパスワードとか、いろんなデータを盗むためのミッションなんだよ」

「金庫？　欲を掻《か》くといいことないのにな」

「狙いは金目のものじゃないんだよ、中野くん。いやそりゃ、あれば有り難いだろうけどさ、目的は彼女が持ってる情報なんだ。中野くんやお母さんに関することもいろいろ握ってるはずだし、一番重要なのは例の組織のデータにアクセスする手段だね。組織の上層部にはヴェロニカの愛人がいるんだ。それも、ひとりじゃなく何人もだよ？　つまり、ざっくり言うと、彼女から盗んだ情報を辿《たど》ってソイツらのアクセスキーを拝借して、組織のデータベースからKに関する記録を綺麗《きれい》さっぱり消そうってわけ」

「なるほど。じゃあダミアンには、何としてもベッドで上手《うま》いことやってもらわなきゃいけないわけだね」

そのミッションさえクリアすれば、あとは敵に正体がバレて消されようが個人的には一向に構わない。が、口には出さず、代わりにこう続けた。

「でもクリス、システム担当としてダミアンが連れてかれたけど、ほんとはKと一緒にいきたかったんじゃない？」

すると、色も性根も白いシステム屋は首をフルフルと横に振った。

「とんでもない。僕は現場向きじゃないし、あ……あんな役目もこなせないしさ」

純真無垢《むく》に口ごもりながら表現した「あんな役目」とは、ダミアンが担っているベッドルーム作戦のことだろう。そして彼はピュアな瞳《ひとみ》そのままに、中野ですら憚《はばか》った本音を高らかに言い放った。

「だからむしろ、使い捨てにちょうどいいサノバビッチがいてくれたことに感謝してるよ！」

この発言に、そばで聞いていたアンナとヒカルがドン引きの反応を示した。

「人畜無害そうな白豚のくせに結構な口を叩《たた》くわね、あんたって」

「いくらアイツがクソみたいにビッチなクズ野郎だからって、そこまで言っちゃうとかどうなの？」

汚物でも見るような彼女たちの目を見て中野は思った。——やっぱり、口に出さなくて良かった。

「えっと……ところで、こっちでの受信が禁じられてるのはどうして？」

システム屋の失言も女子コンビの顰蹙《ひんしゅく》も聞かなかったことにして軌道を逸《そ》らすと、クリスがホッとしたような顔で早口に答えた。

「どうしてって、そりゃまぁ、万一のときのためだろうね？」

「つまり？」

「だからぁ、そのぉ、もしもだよ？　Kがしくじっちゃった場合にさ。そのシーンが中野くんの目に触れるのを避けたいんだよ、多分」

しくじる、の意味は訊《き》き返さなくてもわかった。同時に、傍受データの共有から外されていた理由も理解できた。彼らはただ、愚直にKの望みに応《こた》えようとしただけだ。

中野はマルチディスプレイに目を投げて思案した。

もしもそのシーンを目撃することになったら、自分は後悔するだろうか？

逆に、見なかったとしたら？

「俺がここで覗き見てるかどうかが、彼の首尾に影響する？」

「それはないだろうね、バレない限りは」

「バレる可能性は？」

「当面はないと思うけど」

「じゃあ見てるよ」

もしも、しくじる場面とやらを中野に目撃されたと知ったら、坂上はデリカシーに欠ける同居人を呪うかもしれない。だけどそれは『知れば』の話だし、現実に万一のケースが訪れたなら彼が知ることは永久にない。

腕組みしたまま厳しい表情で壁の画面を睨《にら》んでいたヒカルが、抑えた声でアンナに囁《ささや》くのが聞こえた。

あそこにいる女のクソデカいダイヤ、本物だと思う――？

コーヒーでも淹《い》れるわ、と言ってアンナが部屋から出ていった。ヒカルも一緒にいくのかと思ったら、中野のいる場所が手薄にならないよう残ることにしたらしい。

所狭しとひしめく機器類を冷却するためか室内はやたら寒く、確かに熱いコーヒーなんかあると有り難い。そういえば女子コンビなんて上着も脱がず、まるで屋外にいるかのような完全防備のままだった。

「──あそこにいるな」

ディスプレイを見つめたまま新井が呟《つぶや》き、その場にいた全員が画面を見上げた。

誰が？　と尋ねる者はいなかった。ダミアンカメラが目指す人物と言えば、ひとりしかいない。

映像は一見、上品に談笑する招待客たちが溢《あふ》れているだけに見える。が、奥の一角に集う輪の中心に、ひときわ存在感を放つ女の気配がチラついていた。

露出度の高い、身体に貼りつくような黒のロングドレス。左の太腿《ふともも》まで切れ込んだスリットから覗《のぞ》く脚線美は、しかし武器商人のほうが若干上手だろうか。

中野が思ったとき、元カノが小さく鼻を鳴らした。

「なかなかの脚だけど、アンナには負けるわね」

「俺もいま、同じこと思ったよ。でもヒカルのそれは恋人自慢だよね？　本人が戻ってきたら言ったげなよ、絶対喜ぶから」

「は？　何言ってんの？　恋人なんかじゃないし、単に客観的な事実を言っただけじゃない」

デレたばかりのエージェント女子が『ツン』を発動する間にも、画面の中では女の姿が近づきつつあった。やがてダミアンの存在に気づいたらしく、招待客の狭間《はざま》からターゲットの目が真っ直ぐにこちらを射た。

四半世紀前に夫の愛人の命を狙い、今度はその息子を消そうとしている女。Kという殺し屋を生んだ組織と深い繋《つな》がりを持ち、彼の——ついでに中野の、父となるはずだった男を死に追い遣《や》った女。

その張本人がいま、取り囲む客たちに目配せして場を離れ、泳ぐような足取りでこちらに歩み寄ってくる。

足運びに合わせて深いスリットが優雅に閃《ひらめ》き、二歩ごとに左の太腿が露《あら》わになる。猫を連想させる眼差《まなざ》しとグレイの瞳。白い肌、緩いウェーブを描く赤毛のロングヘア。何の根拠もなく金髪碧眼《へきがん》をイメージしていたけど、どうやら想像とは違ったようだ。

目の前で足を止めた女が、鷹揚《おうよう》な笑みを浮かべて何かを言った。が、残念ながら音声は聞こえない。

中野の母と大きく変わらないはずの年齢は、外観を見る限り不詳。生まれ持った素材か、それともカネにものを言わせた結果か。少なくとも、大胆に開いたデコルテは二十代の息子を持つ母親らしからぬ滑らかさで、そこに煌《きら》めくネックレスは値段の見当もつかなかった。

「間違いない、ヴェロニカ・スルツカヤだ」

新井が言うのを聞いて、夫婦別姓なんだな、と頭の隅でどうでもいいことを考える間に、あちら側ではダミアンが無事に狙った魚を釣り上げていた。

差し伸べた浅黒い手に、細く白い指が重なる。ただしエスコートするのは女のほうだった。

華奢《きゃしゃ》な腕に誘《いざな》われて人々の間を縫い、数歩ごとに声をかけられて挨拶《あいさつ》を交わしながら――つまり、焦《じ》れったいほど時間をかけて、優美なアールを描く階段にようやく辿り着く。

白い大理石と深紅のカーペット。手摺《てすり》の黒いアイアンの、気が遠くなるほど精巧な装飾。塵《ちり》ひとつ見当たらないステップを踏んで上階に移動し、左に折れて、下階とは打って変わってひと気のない廊下を進む。

耳朶《みみたぶ》という、目の高さに近い位置にカメラがあるせいか、まるでFPS――プレイヤー視点で敵を仕留めていくシューティングゲームみたいだ、と感じた。が、一般的なイメージとして連想しただけで中野自身は一切ゲームはしない。

コーヒーを淹れて戻ってきたアンナが画面の女を一瞥《いちべつ》し、特にコメントすることもなくマグを配りはじめた。中野もひとつ受け取って、ひと口啜《すす》った。

熱い液体が臓腑《ぞうふ》を流れ落ちるリアルな感覚が、この空間も、画面の向こうの光景も、バーチャル・リアリティなんかじゃないことを強引に再認識させてくれる。

「いま、向こうは何時くらい？」

尋ねると、新井が手首のスマートウォッチをチラリと覗いた。

「時差はマイナス六時間だから……二十一時を回ったところだな」

「ふぅん。そもそも、あれって場所はどこ？」

次の瞬間、中野は全員の目を一身に浴びていた。

最初に口をひらいたのはヒカルだった。

「え――何言ってんの？　いまさら」

唖然《あぜん》とした声音にクリスが続く。

「サンクト・ペテルブルクだよ中野くん、いままでどこだと思ってたの？」

「どこってことはないけど、何となくモスクワ辺りかなってイメージしてた」

アンナが苦笑した。

「自分の生い立ちを聞いても、お父さんについて調べたりはしなかったわけね」

「まぁ、興味なかったからね」

言った途端、冨賀の糾弾が飛んできた。

「アイツがどこにいくのかも興味なかったってことかよ？」

「手の届かない場所ならどこにいようと同じだし、具体的なことを知っちゃうと余計に気になるからね。だったら、知らないほうが日常生活に支障が出なくていいよ」

それに気にしたところで、お宝映像を覗き見るお楽しみに参加できるわけでもないしね――とは口に出さない。

新井が何かに気づいたような顔を向けてきた。

「じゃあ中野お前、ヴェロニカを見るのも初めてだったのか？」

「まぁ、そうだね」

「のんきなもんだな」

呆《あき》れ声を吐いた冨賀が、続けて問いを寄越《よこ》した。

「で？　どうだよ、仇敵《きゅうてき》の姿を拝んだ感想は」

「特にどうってことはないけど、金髪碧眼かと思ってたら違ったな」

「自分や母親を殺そうと躍起になってきた女なのに、言うことは色だけかよ」

「だってまだ二人とも生きてるしね、一応。まぁ、うちの母親については、死んだって聞かされてもまたフリかもしれないって疑うとこだけど。ただ……」

ダミアンカメラを通じて遙《はる》かな異国からこちらを見つめる、妖艶《ようえん》な瞳《ひとみ》。ガラス玉みたいなグレイの虹彩《こうさい》は、百戦錬磨の悪女と言うにはあまりにも澄んでいる。

その眼差しを画面越しに真っ直ぐ受けとめて、中野はゆっくりと首を傾けた。

「うちの同居人に何かあったら別だよ？　そうなったら感想どころか、彼女には心の底から後悔してもらうことにするよ」

マグから立ち昇る湯気がふわりと鼻腔《びこう》を擽《くすぐ》り、ふと思った。坂上が頑《かたく》なにコーヒーを飲まないのは匂いがつくという理由だった。もしも生業《なりわい》のために避けていたのなら、何もかも片づいた暁には一緒にこの芳香を楽しめるようになるんだろうか。

皮肉げに片眉《かたまゆ》を上げた冨賀は何も言わず、チラリと新井を掠《かす》めた目を壁のディスプレイに戻した。

これまで、中野の裡《うち》にはこんなイメージが根づいていた。

海の向こうでは、応接室や個人のオフィス、あるいは寝室に客人を招き入れると、有無を言わさずアルコールを勧めるのが習わしである——

もちろん、そんなものは海外ドラマの世界だけだろうと心得てもいた。現実には、警察関係組織のトップクラスのオフィスを訪ねた途端に、真っ昼間からヴィンテージもののウイスキーで満たされたバカラのタンブラーをスマートな手つきで差し出されたりなんかしないだろう、と。

が、いま。

真っ昼間のオフィスならぬ夜の寝室で、リアル海ドラもどきのシーンが展開中だった。

まるで五つ星ホテルのスイートルームみたいに、エレガントでラグジュアリィなインテリア。奥のバーコーナーで二脚のグラスに赤ワインを注ぐ、黒いドレスの後ろ姿。

ボトルを置いて振り向いた女が、妖艶な微笑みとともにグラスを差し出して寄越す。ダミアンの指がソイツを受け取り、もう一方の指先が女の白い頬へと滑る。その手つきの、虫唾《むしず》が走るほど優しげな風情。

ピアスに仕込んだ小さなカメラとは言え、マルチディスプレイの大画面に映し出せばさすがの魔女も肌年齢を隠しきれない。

しかし、それを差し引いてもなお、見る者を引き摺《ず》り込むかのような瞳の色合いと、何割が自前なのか見当もつかないほど濃密な睫《まつ》毛のボリューム。優美に伸びてくるしなやかな手は、グラスを満たす液体と同じくらい真っ赤な血で染まってきたに違いない。獲物を前にした捕食者のように凄艶《せいえん》な表情が、ふとダミアンの元飼い主を彷彿《ほうふつ》させた。

趣味と実益を兼ねて他人の生命《いのち》を弄《もてあそ》び、犯した男の額を撃ち抜くことを至上の愉《たの》しみとした殺し屋。彼女と画面の女は、属するカテゴリが同じなんだろう。これはどうやら、適役すぎるドMな犬のモチベーションを必要以上に煽《あお》りそうだと中野は思った。

壁の映像は、そのドMの目線を忠実に追っていた。

大きく露出したデコルテの奥の豊満な谷間から、滴るように艶《なま》めく唇へ。深紅でもなく朱色でもない、くすんだ風合いの赤いリップカラーは女の瞳の色と絶妙にマッチしていたけど、その色を表現する語彙《ごい》は中野の辞書にはない。

ただ、カラーネームが何であれ、ソイツがスタンプみたいにグラスの縁に付着しているのは興醒《きょうざ》めだった。食器に口紅を残すような女は我慢ならないし、女以外の性別でも同じことだ。

「あ」

「おいおい」

突然、マルチディスプレイがブラックアウトして、新井と冨賀の声が重なった。クリスがキーボードを叩《たた》いて首を振る。

「ダミアンがカメラを切ったみたいだね。まぁほら……あれかな？　これからそのぉ、一戦交える予定なわけだから？」

口ぶりに未練を滲《にじ》ませながらも、彼は左上のひとつを除いて、ほかの全ての画面を個別の傍受映像に切り替えた。黒いまま残した一画面は、ダミアンカメラの復活に備えたものだろう。

ヒカルが忌々しげに舌打ちした。

「何よ、これからいいとこだってのにさ。殺し屋に飼われてた性奴隷の駄犬風情が、いまさら出し惜しみする必要なんてどこにあんのよ？」

「まぁいいじゃない」

アンナが目を細めて、不満げなエージェント女子をおっとりと宥《なだ》めた。

「見えたってどうせ、昼ドラのカメラワークみたいにドラマティックな濡《ぬ》れ場でもなければ、ダミアンご自慢の肉体美でもなくて、若い男に弄《まさぐ》られてヨガるオバサマの裸だけよ？　それとも、なぁに？　いつもヒカルにはもっといいものを見せてるつもりなのに、まだ足りないのかしら？」

クオリティ、メリハリともにド級な武器商人のセクシィな微笑み。対するエージェント女子の険は、引っ込むどころかますます尖《とが》る。

女子コンビのやり取りを聞いてシステム屋が物欲しげな顔を見せ、情報屋がニヤつき、先輩エージェントは我関せずの体を貫いて、中野はこう思った。――自信満々なアンナの言葉どおり、彼女の身体は鑑賞に値するだろう。

ただ、想像はできても性的興奮はともなわない。何しろ、視覚や妄想による性欲とは無縁な質《たち》だ。

幸い、股間《こかん》に生えているキーアイテムの機能には問題がないから、擦《こす》りさえすれば役に立つ。必要なときにスイッチをオンにすれば作動する電化製品と同じだ。電流ならぬ血流によって海綿体が膨張し、使用可能なスタンバイ状態になる。

セックスとはそういうものだと中野は長年認識してきた。なのにアラフォー領域に辿《たど》り着いたこの期に及んで、思わぬ方向から例外が登場した。

これといった理由も必要もなく抱いた、同性の居候。そう、当時はまだ同居人というよりも、たまに帰ってくるだけの居候に過ぎなかった。その彼相手に、らしくもない行動に出たのは何故なのか。

答えがあるとすれば脳味噌《のうみそ》の中だと思っていた。それが間違いだった。

坂上のことを考えると臓腑《ぞうふ》が疼《うず》く。

失うことを想像すると指先が冷たくなる。

つまり、探すべき場所は脳味噌じゃない。心臓だ。

自分の中には存在しないと思い続けてきた感情が、そこに迷い込んで隠れていたというわけだ。

坂上がいないとソイツがヘソを曲げて鳩尾《みぞおち》の奥で燻《くすぶ》り、ストライキのつもりで血を送らなくなって、末端から冷えてくる。だとすれば何もかも辻褄《つじつま》が合う――

　脳味噌の九割で埒《らち》もなく考える傍ら、ディスプレイを漫然と鑑賞していた残りの一割が目まぐるしく変化する衛星動画のひとつに反応し、考えるよりも先に中野は声を上げていた。

「その映像って戻せる？」

　どの画面？　と素早く表情を引き締めたクリスが、指定した映像を戻しはじめる。

「そこで止めて！」

「ここ？」

「いや、もうちょっと先の――そう、それ」

　指を突きつける中野の左右で、ほかのメンバーも身を乗り出すように目を凝らした。

　暗い木立越し、どこかの建物らしき壁際に潜む人影を、かろうじてカメラが捉《とら》えている。

「彼だよ」

　え？　と重なる異口同音。すぐに、システム屋の手によって画像が拡大された。

　粗くてちっとも明瞭《めいりょう》じゃないけど間違いない。灯《あか》りが乏しい夜の物陰でも、はっきり確信できる。鬼ヶ島に出向中の同居人だ。

「やだ、ほんと……確かにKね」

　アンナが呟《つぶや》き、感心を通り越した呆《あき》れ顔で新井が首を振った。

「よく見つけたな、あんなの。映ったの一瞬だったよな」

「専用アンテナでも内蔵されてんじゃねぇのか」

冨賀の揶揄《やゆ》を右から左に受け流して、中野は食い入るように人影を見つめた。

俯《うつむ》き加減に壁の向こうを窺《うかが》う輪郭。髪も服装も、黒っぽいということしかわからない。記憶にあるよりもやや髪が伸びたように思える人物は、スロー再生された画面の中で、するりと壁の向こうに姿を消した。

ほんの一、二分前、リアルタイムに生きて動いていた坂上の姿。

それ以上でも以下でもない現実を嚙《か》み締めていると、今度は冨賀が別の画面の映像を戻すようクリスに要求した。

光量の差か、こちらは比較的鮮明な画像だった。坂上が潜んでいた場所と似たり寄ったりの風景をバックに、見知らぬ男たち四人が額を突き合わせていた。彼らも全員が黒いファッションで、うち二人はニット帽、ひとりはパーカーのフードを目深に被《かぶ》り、残るひとりだけが頭を剝《む》き出しにしていた。

「――セルゲイだな」

冨賀が口にした名前が誰なのか、中野は咄嗟《とっさ》に思い出せなかった。が、訊《き》くまでもなく新井の問いで正体が知れた。

「ヴェロニカの息子か。どれだ？」

「右奥にいる、ひとりだけ何も被ってねぇヤツだ」

「よく知ってるねぇ冨賀くん」

クリスが感心したように声を上げた。

「セルゲイって、大富豪の御曹司のわりになかなか人前に出てこないって噂だよね？」

「滅多に露出しねぇったって幽閉されてるわけじゃあるまいし、情報屋がこの程度も知らねぇようじゃ食いっぱぐれちまうぜ」

「あら。トミカあんた、酒屋の稼ぎで食べてるんじゃなかったの？」

坂上三人衆の会話を横目に、中野は父の嫡子だという人物を眺めた。

画面越しに見る異母弟は、海ドラや洋画の登場人物で例を挙げるなら、スタイリッシュな諜報員《ちょうほういん》タイプの優男——もちろん、現実にそんなスパイはいないだろうけど——とでもいったところか。遠目にもシュッとした長身で、母親譲りか照明のせいか、明るい髪の色はやや赤みがかって見える。

「何となくミナトに似てない？　やっぱり、お父さんが同じだから？」

ヒカルが言い、アンナが顎《あご》に指を当てて首を傾けた。

「そうねぇ。そっくりってほどではなさそうだけど、雰囲気かしら？」

「俺あんな、優男のスパイみたいな感じ？」

以前、同居人にも同じことを訊いた気がするな……と思いながら中野が口を挟むと、彼女たちだけじゃなく全員が一斉にこちらを向いた。

彼らの目は例外なく、こんなふうに言いたげだった。——いまさら何言ってんだコイツ？

その思いを、冨賀が実際に口にした。

「テメェのナリも知らねぇのか？　まさか、鏡を見たことがないとか言わねぇよな」

「少なくとも平日は毎日、出勤前に見てるよ？」

「そんとき、鏡の向こうにはどんなヤツが見えてんだ？」

「鏡の向こう側は壁だけど、俺からは見えないな。鏡に阻まれてるからね」

「――――」

数秒沈黙した黒豹《くろひょう》みたいな情報屋は、草食動物然としたエージェントに目を投げた。

「何か言ってやれよガード。護《まも》ってほしけりゃ、猫を被る術《すべ》でもおぼえて可愛く擦り寄ってみせろ、とかな」

「可愛くなくても、俺は仕事だから護るよ」

新井は気のない声を冨賀に返して、中野に向き直った。

「お前はアジアの血が混ざってるから何とも言えないけど、ある程度は兄弟二人とも親父さんの系統なんじゃないか？」

「へぇ、そうなんだ」

「あぁ、そうか。中野お前、親父さんをググってないから顔も知らないんだな」

溜《た》め息《いき》を吐かれたって、どうしようもない。

実の父親なんて言ったところで、所詮《しょせん》は知らない異国のオッサンだ。それも、自分の人生とは全く無縁の億万長者とくれば親近感をおぼえようもなく、ビジネスで相手にしているクライアントたちと大差ない、リッチな赤の他人という以外の何者でもなかった。それくらいならまだ、競馬新聞片手に浅草《あさくさ》の場外馬券場辺りをウロつき、ホッピー通りで涙に暮れるようなロマンスグレイが「お父さんだよ」と現れるほうが、よっぽど実感が湧くというものだ。

だから、クリスのこんな申し出も中野はやんわり断った。

「中野くん、お父さんの画像出せるけど見る？」

「いや、もしも何かで必要になったらでいいよ。どんなルーツに実ったのかなんて、気にしなきゃならないとしたら食材くらいだからね」

「うん？　まぁ……そうだね？」

顔面に疑問符を貼りつけて首を捻《ひね》ったシステム屋は、気を取り直したようにセルフレームの眼鏡をクイッと上げると、停止していたセルゲイたちの画面をリアルタイムの映像に戻した。四人組は既に解散していて、さっきまで彼らがいた場所には暗い壁が映っているだけだった。

「それにしても、彼はあんなとこで何してたんだろうね？　お母さんがパーティやってるってのに、家の外で怪しげな男たちと密会なんかしちゃってさ」

「カーチャンのパーティに出たくないいんじゃねぇか？　息子は息子で、母親と折り合いが悪いって噂だからな」

冨賀が答えて、こう続けた。

「正しくは、ヴェロニカが息子を溺愛《できあい》するあまり干渉が過ぎて、セルゲイが母親を疎んじてるとか、そんな話だったな」

「息子に過干渉なお母さんって、どこの国にもいるものなんだねぇ」

クリスがしみじみと首を振った。ひょっとしたら、身につまされるものでもあるのかもしれない。

無機質な機器類と生命を持たないアメコミフィギュアがひしめく室内を、中野は見るともなく目で一巡した。室温管理のためなのか、それとも別の理由でもあるのか、ここも中野坂上の地下と同じように窓がなかった。

いずれにしても夜明けは数時間先だ。

いまはまだ、中野にも坂上にも等しく陽の光は届かない。

突然、マルチディスプレイの一画が慌ただしくなった。

ザワつきはじめた画面は全て、ミトロファノフ邸の内外を映した画面だった。さっきまで上品に群れていた招待客たちが何かに怯《おび》え、パニクった様子で四方八方に散らばって逃げ惑っている。

何が起こったのかと訝《いぶか》る間に、左上に確保していたダミアンカメラが復活した。

既に寝室は出ていたようだ。相変わらず音声は聞こえないものの、ブレながら廊下を進む視界が右往左往する人々を捉え、現場の混乱を存分に伝えてくる。付近にヴェロニカの姿はない。

最初に事態を摑《つか》んだのは冨賀だった。どこからか速報を仕入れたらしく、ラップトップの画面から顔を上げて全員を素早く見回し、こう告げた。

「どうやら、野郎が数人乱入してきて突然ぶっ放しやがったみてぇだな」

「どういうこと？　Kがそんな雑なプランを立てるとも思えないし、ダミアンヴィジョンの慌てっぷりからしても、うちの連中の仕業じゃないわよね。一体、どこの誰が何をやらかしたっての？」

武器商人が憤り、エージェント二人はどこかへ電話をかけはじめた。システム屋と情報屋は、それぞれ端末のキーボードを叩《たた》き続けている。

中野は、自分以外で唯一取り込み中じゃないアンナに訊いてみた。

「でもこういうのって、想定外の何かが起こること自体は想定内だよね？」

「それはそうなんだけど。だからサブのプランもいくつか用意してるはずだし、いまもきっと、そのどれかを――」

答える声が途切れたのは、彼女の目が壁のディスプレイに向いていたからだろう。

中野も同じものを見ていた。巨大なウォールミラーの前を通り過ぎた直後、速やかにUターンするダミアンカメラの映像を。

クラシカルな装飾に縁取られた鏡の中で、シャンパンゴールドのシルクのガウンに袖《そで》を通しただけのパンイチ野郎が、何を思ったか乱れた髪なんか整えはじめた。

浅黒い肌、エキゾチックな面構え、引き締まった長身の肉体美。

早稲田で会ったときは不健全に倦《う》んでいた頽廃《たいはい》の風情は、格段にマシになったように見えた。代わりに、彫りの深い物憂げな眼差《まなざ》しにチラつくのは、自信と自己陶酔の色合いだ。

鏡の前で悠長に身繕いをする姿からは、水面の己に恋をしたナルキッソスも顔負けの強烈な自己愛が伝わってくる。このまま背中から弾でも喰《く》らえば、自分にキスしようとして水死したという元ネタを現代風のアレンジで再現できるだろう。

剝《む》き出しのシックスパックと黒いビキニブリーフに目を据えたまま、中野は隣で腕組みして立つ武器商人に言ってみた。

「あくまで客観的なイメージだけど、きっと彼とのセックスは楽しいだろうね」

「あら。中野さん、試してみたら？」

「いや……」

「あんな男でも、肉と欲の権化みたいな女が手放さなかっただけあって相当な素質みたいよ？――っていうのは、調教を任せてる知人から聞いた話だけど。せっかくだし、中野さんも一度くらい抱かれるほうを体験してみてもいいんじゃないかしら」

「せっかくの意味がわかんないし、俺がそっちになるって話？」

不意にダミアンがパッと耳を押さえて肩を竦《すく》め、そそくさと鏡の前を離れた。大方、ヘッドセットに叱責《しっせき》でも飛び込んできたんだろう。

画面のナルキッソスには目もくれずキーボードに指を走らせていたクリスが、あっ！と叫んで顔を上げた。

「みんな！　さっきチラッと映ってた銃撃犯のひとりを顔認識システムにかけたら、なんと九十二パーセントの確率でマッチした人物がいたんだよ！」

興奮気味のセリフとともに、マルチディスプレイの一画面に目出し帽《バラクラバ》の拡大画像が映し出される。

既に電話を終えていたエージェントも含めて全員が無言で画面を眺め、代表してアンナが口をひらいた。

「覆面してるけど顔認識システムにかけたわけ？」

「覆面から出てる目の部分に加えて、隠れてる部分をアウトラインや陰影から予測するアルゴリズムを使ったんだ。誰だと思う？」

「もったいぶってないで、さっさと言いな」

武器商人が苛立《いらだ》ちという名の銃弾を放つや、弾《はじ》かれたようにシステム屋が答えた。

「セルゲイだよ！」

「セルゲイ？　って、さっき怪しげな男たちと一緒に映ってたヴェロニカの息子？」

「そう。その、さっきの映像と比較してみたんだ。この覆面の彼がちょうど同じような角度で映ったときにピンときて、試しにやってみたら予測部分のしきい値が――」

言いかけたクリスがアンナの目に気づいて、サッと軌道を戻す。

「とにかく銃撃犯のひとりは、ほぼセルゲイってことだよ！」

自信満々の宣告とともに彼が机上のマシンを操作すると、覆面男の隣にアングルが近いセルゲイの顔が並び、いくつもの点と線でトレースされた末に『92％』の文字が点滅をはじめた。

「じゃあ何だ、息子が母親のパーティで祝砲でもぶっ放したってのか？」

情報屋が腑《ふ》に落ちない口ぶりで首を捻る。

「それとも、不仲説を利用した親子の自作自演か？」

「何のために自作自演するんだ？」

「いや、狙いはわからねぇが」

新井の問いに冨賀が答えたとき、叩きつけるような複数のアラームが炸裂《さくれつ》した。

タイミングがタイミングだったから中野は一瞬、顔認識システムの無駄に派手な認証完了通知が遅れて鳴り出したのかと思った。が、そうじゃないことはすぐに知れた。

全員が動きを止めた一拍ののち、それぞれがスマホやパソコンに目を走らせ、机上のPCモニタにかぶりついたクリスが顔色を変えてキーボードを連打しながらヘッドセットに叫んだ。

「中野くん！　中野くーん!!」

「俺ならここにいるけど？」

「あれ!?　あっ、そうだった！」

直前までの得意げな余裕はどこへやら、相当混乱しているらしい。ほんの僅《わず》かに呆《ほう》けたシステム屋を尻目《しりめ》に、今度は情報屋がラップトップを片手で掴んだまま猛然と立ち上がった。

勢いで倒れた椅子が床のケーブルを引っかけて何かの機器を引きずり、ソイツが薙《な》いだアメコミフィギュアの林が床にばら撒《ま》かれてクリスの悲鳴が上がり、冨賀の叩きつけるような怒鳴り声がそれを掻《か》き消した。

「中野坂上が爆破された！」

「――え？」

空白が生まれた一瞬後、人間たちの隙を非難するブーイングのようにバイブの唸《うな》りが重なった。エージェント二人と武器商人への着電だった。

厳しい表情で電話に応じる彼らの緊迫感を眺めてから、中野はラップトップを睨《にら》んでいる情報屋に尋ねた。

「爆破されたって、中野坂上のどのへんが？　まさかエリア一帯？」

「お前んちだ」

素早いレスポンスでわかりやすい答えが跳ね返ってきた。彼が口走った「中野坂上」というのは、永田町《ながたちょう》や霞《かすみ》が関《せき》、赤坂《あかさか》といった隠語と同じニュアンスだったようだ。

「じゃあ中野坂上駅崩壊で山手通りや青梅街道が寸断、みたいな大惨事にはなってないってこと？」

「多分な」

「これが今夜のパーティの根拠？」

「そうかもな」

「爆破って爆弾で？　被害の規模は？」

「わかるまで大人しく待ってろ」

冨賀は苛《いら》ついた声を吐き、それきり喋《しゃべ》らなくなった。新井たちとアンナはまだ電話中で、クリスも机上のPCモニタに集中している。

壁のいくつかの画面には、依然としてミトロファノフ邸のパニックが映し出されていた。公道のライブカメラらしき映像をフルスピードで横切ったパトカーたちは、乱射事件の通報を受けて急行する車列だろうか。

一方の日本《こちら》では、中野たちが『木のおうち』に逃げ込んで一時間やそこらで、さっきまで惰眠を貪《むさぼ》っていた『レンガのおうち』が破壊された。

時差六時間の距離を感じさせない同時多発的なアクシデント。仕掛け人はそれぞれ別でも、同じ根っこに端を発した一連の出来事だ。

今夜カタをつけるつもりで正妻が開いた前祝いのパーティ。それに乗じて坂上たちがプランを立て、彼らの動きを傍受した協力者たちの手引きで中野たちが移動することとなり、彼女の計画を失敗に終わらせた。

そして不仲だという息子がここぞとばかりに、満を持した母のパーティを鉄砲持参でぶち壊した。さっき、冨賀は親子の自作自演という可能性を口にしていたけど、あの演出でヴェロニカの得になることは何もないように思える。

慢心が呼んだ皮肉かな――中野は思った。

あくまで個人的な見解を述べるなら、容姿と財力に恵まれた女ってのは往々にして自信に足を掬《すく》われがちなイメージがある。

そりゃあ男だって同じ失敗は犯すだろう。しかし男を滅ぼすものは思い上がりだの何だのより、ダントツで女に決まってる――

電話を終えた新井が中野のそばに立った。

「会社《うち》のスタッフが中野坂上に現着したらしい。詳細がわかり次第、連絡がくる」

相槌《あいづち》を返して見回すと、ヒカルやアンナも通話を終了していた。が、彼女たちもまだ共有すべき情報はないのか、これといった報告はない。

新井が息を吐いて小さく言った。

「脱出が間に合って良かった」

「新井が叩《たた》き起こしてくれたおかげだね。ありがとう」

「いや、完全に俺の手落ちだった。冨賀からの連絡がなかったら、いまごろ二人揃って建物ごと吹っ飛ばされてたかもしれない」

抑えた自省が聞こえたんだろう、冨賀がラップトップに目を据えたまま肩を竦めた。

「まぁ、クリスの盗み聴きもあってこその情報だったけどな」

すると今度は、クリスがハッと顔を上げて大袈裟《おおげさ》なくらい首と両手を振り回した。

「違うよう、冨賀くんは自分のルートで情報を仕入れたじゃない？　でもほんと良かったよね、中野くんにもしものことがあったら僕ら全員、Kに合わせる顔がないっていうか命がなかったよね！　あっ、もちろん中野くんだけじゃなくて新井くんが無事だったことも何よりだよ⁉」

パン！　と手を打つ音が男たちの馴《な》れ合いをぶった切った。

「ヘイ！　ボーイズ‼」

無駄に流暢《りゅうちょう》なイントネーションで喝を突っ込んだのは、眉間《みけん》に険を刻んだエージェント女子だった。

「現実逃避しないでよ男子たち！　全く男ってのはこれだから！」

途端に、つい今しがたテンションを跳ね上げたばかりのクリスが半ベソに一変した。

「だってヒカルちゃん……！　あ、あの物件、僕あんなに頑張って丸っとセキュリティ対策して、こないだ中野くんのお母さんに指摘された弱点も修正したつもりだったのに、ど……どこに穴があったのか全然わ、わかんな」

乾いた破裂音《サウンド》の連発がシステム屋の泣き言を遮った。

軽快なリズムが途切れると、全員の目が、コンパクトなサブマシンガンを腰だめに構える武器商人から部屋の一角へと一斉に流れた。

壁にデカデカと貼られたアメコミヒーローのポスター。ディスプレイの明滅がチラつく胡散臭《うさんくさ》い笑顔に、そばかすのような無数の黒点が散っていた。

「穴ならあそこにあるから落ち着きな」

減音器《サプレッサー》付きの短機関銃を天井に振り向けて、アンナが鬱陶《うっとう》しげな声音を放った。

「ったく、過ぎたことをグダグダ言ったってしょうがないだろ⁉ グズってる暇があったらさっさと自分の仕事をしろってんだよ男ども！ ついでに憶《おぼ》えときな白豚野郎、今度また馴れ馴れしくヒカルを呼んだら次に風穴があくのはあんたの顔だよっ」

最後の一句が終わるのを待たず、システム屋がケツを蹴《け》っ飛ばされた馬みたいに猛然とキーボードを叩きはじめた。平素のゆるキャラじみた顔面は見る影もなくキリッと引き締まり、いくらも経たないうちに上げた声までもが別人のように鋭利だった。

「──映像出たよ！」

マルチディスプレイの右半分、八画面をさらに上下四画面ずつに分割して、それぞれ異なるアングルの映像が現れる。上はカラー、下はモノクロ。どちらも見慣れた被写体でありながら、見たこともない光景がそこにあった。

激しい炎に包まれた中野坂上の玩具《がんぐ》箱。一階のいづみ食堂から三階の空き部屋まで、窓という窓から伸びる火の手が壁を這《は》いずり、舐《な》め回し、夜空に向かって湧き上がる黒煙を煌々《こうこう》と照らしている。

カラーのほうはネットニュースに上がっているという動画で、何かが爆《は》ぜる音や野次馬の悲鳴とざわめき、近づいてくる緊急車両のサイレンがカオスになってスピーカーから漏れてくる。

モノクロは斜向《はすむ》かいにある業者の倉庫の防カメ映像だった。その画角に半分吹っ飛んだ隣のアパートが見えたとき、冨賀が言った。

「いまのところ世間的には、定食屋の老朽化した設備が何らかの誘因でガス爆発を起こしたんじゃねぇかって見解みてぇだな。真相はどうだかわかんねぇし、実際その線で巧妙に工作されたのかもしんねぇし、何にしろ中間報告だ。あと、そこには映ってねぇけど、裏の家も屋根と壁の一部がぶっ壊れたってよ」

すかさずアンナが補足した。

「でも裏のお宅は一家総出でご主人の実家に帰省してて、全員無事よ」

途端に、情報屋が眉間に懐疑を刻んだ。

「なんで俺んとこにもきてねぇネタをお前が持ってんだ？」

「やぁね。テリトリーを荒らすつもりはないから安心してよ、トミカ。さっき、例のダミアンを預けてた神楽坂のシェフから連絡があったの。爆発の件を知って心配してくれてね。で、そのとき裏のお宅の話が出たのよ。彼、偶然にもそこんちの奥様と親密な交友関係で、帰省先からも毎日、熱烈な連絡がきてるから心配ない――ってね」

大半は不要な情報だったけど、とにかく裏の一家が無事だということはわかった。

「ちなみに余計な情報だけど」

まだ何か余計な情報があるらしい。

「その奥様、よく中野さんのことを噂してるそうよ。自分ちの裏のボロい賃貸物件に住んでる、長身でジェントルなイケメンリーマンとも一度寝てみたい、って」

「ジェントルって形容はどっから出てくんのよ？」

ヒカルが棘《とげ》のある声を挟み、中野はノーコメントで話の軌道を折り曲げた。

「裏のお宅の被害は一部って言ったっけ？　隣のアパートは半分ぐらいなくなってるみたいに見えるんだけど、あそこの人たちは大丈夫なのかな」

モノクロの画面を指すと全員が何気なくアンナに目を向け、彼女は首を振った。

「さすがにシェフも、隣のアパートまでは関係してないみたい」

そこに新井が続いた。

「警備会社《うち》もまだ、周辺の住人の状況はわからないみたいだな。ただ、アパートの住人までもがたまたま留守で無事だったとしたら、隣か裏か、もしくは両方の誰かが敵と繋《つな》がってる可能性はあるかもしれない」

「でも裏は例の奥様んちだから、怪しいとしたら隣かしら？」

アンナの言葉に冨賀が薄笑いを返した。

「裏んちも除外はできなくねぇか？　ビッチな嫁を娶《めと》っちまった哀れな被害者だと思ってたら、実はダンナのほうが組織の監視係《ウォッチャー》なのかもしんねぇし。大体そのビッチだって、この──」と中野を顎《あご》で示し、続ける。

「イケメンリーマンと寝てみてぇなんて日頃から口にしてる辺りが、いかにも怪しいぜ。「なぁ？」

同意を求められたエージェントが、中野を掠《かす》めた目を情報屋に戻した。

「別に、純粋に寝てみたいと思っても不自然ではないんじゃないか？」

「やっぱり、お前も寝てみてぇって思ってんのか？」

「俺は客観的な意見を言ったまでだし、その質問に答える筋合いもない」

彼らのやり取りは聞こえないフリで、中野はクリスに尋ねた。

「ところであそこ、瓦礫《がれき》の中から何かまずいものが見つかったりしないのかな」

「まずいって例えば？」

「だから、地下の射撃訓練部屋の残骸《ざんがい》とかだよ。収納庫の中にも絶対違法に違いない武器がいろいろ置きっぱなしだったし、むしろまずいものだらけだよね？　そもそも、あの地下室の存在自体、合法なのかどうかも怪しいし」

ところが彼は、何だそんなことかと言わんばかりの声音であっさり答えた。

「大丈夫だよ中野くん」

「どういう根拠で？」

「根拠は、うーん、いろいろあるけど、やたらと口にできないこともあるじゃない？

世の中には」

　さっぱりわからない。

「ただほら前に住んでたアパートでも、怪しい侵入者が二人もやってきて撃たれて死んじゃったのに、その後の処理が簡単に片づいたでしょ？　あれと同じって考えてもらったらいいんじゃないかなぁ」

「あぁ……なるほどねぇ」

　中野は頷《うなず》いて引き下がった。アパートの件を持ち出されたら納得するしかないし、あの出来事からの連想で別件にハッとしたからだ。

　つい先日、仕事用の靴を買ったばかりだった。

　デジャヴだ。前のアパートでも、おろしたてのビジネスシューズが闖入者《ちんにゅう》の死体に敷かれて駄目になった。しかも二度目の今回は、さらにワンランク高いヤツとくる。

　まだ一週間しか履いてなかったのにな――中野は胸の裡《うち》で溜《た》め息《いき》を吐いた。ひょっとしたら、いい靴を買うと災厄に見舞われるというのが中野的ジンクスなのかもしれない。

　クリスとの会話を聞いていたらしく、ヒカルと話し込んでいたアンナが安心材料をひとつ投げてきた。

「大丈夫よ中野さん、少なくとも収納庫の武器は発見されないわ。Kが出発前、私に預けてったのよ。置きっぱなしにしていくメリットとデメリットを計算した上でね」

「あぁ、そうなんだ？」

初耳だった。ここしばらく収納庫に用事がなかったから、なくなっていることに気づかなかった。もしも先日、打撲の手当てをしてもらう際に自分で工具箱を取りにいっていたら、もぬけの殻状態に啞然《あぜん》としただろう。

「それに、弾薬があったら爆発はあんなものじゃ済まないわよ」

「まぁ確かに、そうだろうね。でも、じゃあ……」

同僚を見ると目が合った。

「何かあったとき、あの武器たちを新井が使うんだと思ってたけど、そういうわけにはいかなかったのか」

「あぁ。その件なら聞いてたし、どうせ俺は原則、会社から支給された武器以外を使えないからな」

「どうせ違法なのに、何その公務員的なルール？」

中野が首を捻《ひね》ったとき、あっ！　とクリスが声を上げた。

「ヴェロニカがクルマでミトロファノフ邸を脱出したよ……！」

緊迫した報告と同時に、マルチディスプレイの左上四面を使って公道を捉《とら》えた俯瞰《ふかん》映像が拡大される。

「こっちサイドのクルマっぽいのも一台飛び出してって、追跡してるみたいだ」

解像度が上がっていく画面の中、周囲の車列を右へ左へと躱《かわ》しながら弾丸みたいに駆け抜ける二台のクルマがあった。前をいくのはシルバーのセダン、その尻《しり》を追うのは黒いSUVだ。

「後ろのSUVは、Kたちが現地調達したクルマのうちのひとつだね。ヴェロニカのは――」

俯瞰映像の下の四画面が、ライブカメラから切り取られたシルバーボディのズーム画像に変わる。おかげで、やたらデカいメッキグリルを引っ提げたフロントフェイスのいかつさを十二分に把握することができた。

「大統領御用達のロシア製高級車のセダンバージョンだよ！」

システム屋の実況が謎の興奮に弾んだ。

曰《いわ》く、排気量4・4リッターのエンジンは国外の某メーカーと共同開発したV8ツインターボのハイブリッドで――云々《うんぬん》。どうやら彼は、アメコミだけじゃなくクルマ好きでもあるらしい。まぁ確かに、アメコミも乗り物も『ホビー』のジャンルに属すると捉えれば不思議はない。

が、過熱しかけた蘊蓄《うんちく》に冨賀が冷ややかな声を浴びせた。

「お楽しみのところ悪《わり》ィけどよ、拡大するとこ間違ってんじゃねぇか？」

「あっ、ご、ごめんね冨賀くん」

システム屋の瞳《ひとみ》の輝きとともにセダンの画像が消え、ギリギリまでズームされた後方のSUVに代わる。その上の画面には上空からの俯瞰映像が流れ続け、右半分の八画面はいづみ食堂やミトロファノフ邸、周辺のライブカメラの様子を映し出していた。

「Kよ……！」

アンナが指を振り上げた。

左下で拡大されたSUVが像を結んだ瞬間、中野にも見えていた。フロントガラス越しに顔の一部が見える程度であっても間違いない。そこにあるのは、目に馴染《なじ》んだ没個性の造作《ぞうさく》だった。

「ひとりなのか？」

冨賀の声。

「ほかのヤツらは何やってんだ？」

「ヴェロニカんちの始末に追われてんのかなぁ」

クリスが不安げに答え、続けた。

「ミトロファノフ邸のほかの映像、出してみようか？」

「いい。メインキャラがいねぇ現場の状況を知りたいわけじゃねぇ」

珍しく冨賀と同意見だと中野は思った。坂上が離脱した以上、ミトロファノフ邸の映像に用はないし、無人のいづみ食堂もいまは重要じゃない。

隣に立つ新井が言った。

「良かったな、同居人が元気そうで」

「新井も同居人だよ」

「過去形だけどな」

壁の画面から同僚に目を移すと、草食系の面構えもこちらを向いた。

「どんな形であれ今夜ケリがつくはずだから、いよいよお役御免だ」

「そうなったら会社は？　本業じゃなくて、うちの会社のほう」

「訊《き》くまでもないだろ、退職するんだよ。俺も落合さんも」

「まぁ、だろうね」

その間に、ひたすら追いかけっこを捉えていた俯瞰映像に変化が訪れた。

シルバーのセダンに喰《く》らいつた黒いSUVが横っ腹を擦《こす》りつけ、押し遣《や》り、押し返され、二台のクルマは路上で取っ組み合いをはじめていた。

しかも、さっきまで市街地だった気がするのに、いつの間にか幅員の広い片側三車線道路に変わっている。周囲にはエンボス加工のような木々の陰影が広がり、時間のせいもあってか行き交うクルマはほとんどない。

有料の高速道路だとすれば、目を離している隙に料金所を通過したんだろう。ただ、追いかけっこをしながらも入口ゲートで停まるなり減速するなりしたのか？　という素朴な疑問を誰かに向ける暇《いとま》はなかった。

右手の合流車線に黒い影が現れたかと思うと、一台のセダンが飛び込んできた。

無関係のクルマか、それとも——なんて様子を窺《うかが》う必要もない。本線に合流するなりSUVの尻にピッタリ貼りついたソイツの助手席側から、黒ずくめの上半身が覗《のぞ》いた。良識ある一般車なら、走行中に大人が窓から身を乗り出すような真似はしないはずだ。

さらに、前方に向かって伸びた腕が銃みたいなものをぶっ放しはじめたとなれば、敵だってことを疑う余地はもう一ミリもなかった。

「どこのどいつなの⁉」

中野が口走りかけたセリフをアンナが掻《か》っ攫《さら》った。

坂上のSUV画像を拡大したままになっていた左下の四画面が、新参車両のナンバープレートに切り替わる。素早く拡大して解像度を上げながら、クリスが声を引っくり返した。

「ヤバい、やっぱり組織の助っ人《すけと》だよ！」

「こっちの陣営は何やってんのよ⁉」

「ごめん」

声を荒らげるアンナに中野が謝罪すると、彼女はサッとトーンを和らげた。

「あぁ、いいえ、お母さんは司令塔だもの。ミトロファノフ邸の方も監督しなきゃならないんだから」

「でも母親だけじゃなくて、叔父《おじ》さんもいるはずなんだよな」

正確には赤の他人だけど、もはや『叔父』はニックネームみたいなものだ。

「Kのクルマのドラレコの通信回線にやっと入れたよ……！」

クリスが言って右上の四画面が上下に分割され、それぞれにレースゲームのボンネット視点みたいな光景が登場した。上はフロントカメラ、下はリアカメラの映像だ。と同時に、左下で放置されていた敵の助っ人のナンバープレートが消え、二画面ずつに分かれてランダムな傍受データに切り替わる。

つまり壁面ディスプレイはいま、左上の四画面が俯瞰映像、その右隣で前後のドラレコ映像が横二画面ずつを使って上下に並び、下半分の八画面が個別に各所の様子を伝えていた。

「ドラレコは前後だけなの？」

ヒカルが尋ねた。

「そうなんだよ」

申し訳なさそうなクリスの答えに新井が続いた。

「急な展開で、調達できる機材が限られてたのかもしれないな。それに、仮にフル装備のクルマがあったとしても、飛び出していくときソイツに乗れるとは限らないだろ」

事情はどうあれ、ないよりは遥《はる》かにマシな前後カメラのディスプレイを、路面の白い波線が猛スピードで流れ去っていく。道路照明が規則的なスパンで側壁を照らし、左に並走するシルバーの高級セダンが視界の隅にチラついている。

リアカメラには、途中参加のセダンの黒いフロントフェイスが陣取っていた。

特徴的なグリルデザインとエンブレムから、日本でもメジャーなドイツメーカーだと知れたものの、ヴェロニカ車に興奮したことを反省したのか、あるいは有名ブランドには興味がないのか、クリスが蘊蓄を垂れなかったから車種は不明。坂上車の尻を嗅《か》ぐように煽《あお》ってくるボディの右側面に黒いスーツの上半身が生えていて、闇の中に断続的なマズルフラッシュが明滅する。

「彼のクルマは大丈夫なんだよね？」

中野が不安を口にすると、アンナが頷《うなず》いた。

「向こうで調達するクルマも基本的には装甲仕様だろうから、あの程度は平気だと思うけど……でも多分、万能ではないわ、残念ながら」

彼女が言うそばから、左を走るヴェロニカのロシア車がセダンとも思えない重量感で体当たりしてきて景色が一瞬ふわりと傾き、肝が冷えた。さらに、画面が水平に戻った次の瞬間には右の側壁に押しつけられて、今度は逆の角度にやや傾斜する。

「ちょっ、何なのあのクルマ……!? いくら見た目がゴツいからって、こっちは装甲仕様のSUVなんでしょっ？」

ヒカルが声を尖《とが》らせて、隣に立つアンナの服をギュッと摑《つか》んだ。これにすかさず反応したのは、言わずと知れたシステム屋だ。

「ところが見た目だけじゃないんだ。ノーマル車で比べた場合の重量で言えば、ヴェロニカのクルマのほうが上なんだよ！　KのSUVが2・5トン前後なのに、向こうは軽く3トン超えなんだよ……ノーマルのセダンがだよ!? しかも、馬力もトルクも倍近いんだ！」

ヒカルが鬱陶《うっとう》しげな皺《しわ》を眉間《みけん》に刻みながらも、こう訊き返した。

「よくわかんないけど要するに、その上あっちのクルマも武装してるとしたら、あぁなるのも当然ってこと？」

「数字の上ではね」

解説を聴く間にもフェンダーが激しく擦れ、フロントガラスの端に火花が飛び散る。銃弾にやられなくても、坂上が敗れる可能性は決して低くはない。そう思えば余計に、どうして援軍がいないのかという苛立《いらだ》ちが募る。

ようやく、彼のSUVが強引に圧迫から抜け出した。が、その勢いでヴェロニカの前に出て退路を塞《ふさ》ぐより早く、トルクが倍近いという高級車は滑るように加速して左へ逸《そ》れていった。ソイツを追った刹那《せつな》、今度は空いた右手にすかさず躍り出たドイツ車が横っ腹を叩《たた》きつけてきて、SUVは両脇からプレスされていた。

超広角の画面に並ぶ三台の鼻先《ノーズ》。振り切ろうと坂上車が藻掻《もが》き、右へ左へと視界が蛇行する。

「このドラレコも音声は拾えねぇのか？」

冨賀の舌打ちにクリスが首を振る。

「設定がオフになってるから、解除できないかやってみてるとこだよ……！」

システム屋が忙《せわ》しなく両手を動かしながら答える傍ら、新井が短く呟《つぶや》いた。

「前にデカいヤツがいる」

見ると、俯瞰《ふかん》映像の道路の先に、SUVや厳《いか》ついセダン程度じゃ太刀打ちできないような巨体が見えていた。馬鹿デカい牽引自動車《トレーラー》と思《おぼ》しきサイズだった。

ロシア車とドイツ車に挟まれたまま、あそこまで連れていかれたらヤバいんじゃないか。あのスピードで突っ込んでいって、寸前で敵の二台だけが左右に逃げる——中野が考えるくらいだから、当然アイツらだってそれくらいのことは企《たくら》んでいるだろう。

突如、大音量のメタルっぽい爆音が部屋いっぱいに炸裂した。

「は!? 何なの!?」

耳を塞いだヒカルの怒号も掻き消すバスドラムの振動と、ヘヴィな低音を刻むギターリフ。デカすぎる音にスピーカーが耐えきれず、何を言っているんだかさっぱり聴き取れないヴォーカルのデスボイス。

わわわ！ とクリスが慌ててボリュームを絞った。

「ごめん、ぼ、僕じゃないよ！ ドラレコの音声引っ張れたんだけど、えっと、Kの車内の音だよ!?」

「こんなときに、こんなうるさいBGM流してんの？」

そんなやり取りをよそに、フロントカメラの前方にはトレーラーの尻《しり》がみるみる迫りつつある。こちらの気も知らず、のんきに——では決してないだろうけど——ハードなロックなんか流している同居人は、どう切り抜けるつもりなのか。策はあるのか。

食い入るように画面を見つめて無意識に拳《こぶし》を握り締めたとき、不安を煽るようなギターの旋律に別のノイズが混ざるのを聴いた——気がした、一瞬後。

左斜め前方に黒い跳ね馬が躍り出た。

生き物じゃない。鉄の馬だ。

反対車線を走っていた車両運搬車《キャリアカー》の頭上を越えて飛び込んできたのは、暗黒の塊みたいなアドベンチャーカテゴリのバイクだった。

オフロードベースのボディは、エンジンまわりのメタルパーツ以外が全て黒い。マシンだけじゃなく、ライダー自身もフルフェイスのヘルメットからブーツの先まで、まるで復讐《ふくしゅう》系の洋画にでも登場しそうな黒一色だ。

荷台が空っぽのキャリアカーとすれ違ってから、斜めに下ろした二階フロアをジャンプ台に使ったらしいとわかった。が、都合良くそんなクルマがいるものか？　とか、何故反対車線から現れたんだ？　なんて引っかかる点は、もう一切合切端折《はしょ》る。

宙に舞った暗黒の塊が三つ巴《みつどもえ》のクルマたちに向かってベクトルを描き、せいぜい二、三秒。それが妙にスローモーションに見えたのは、ちょうどBGMの間奏のギターソロと調和していたせいか。

曲がAメロに戻る寸前、坂上のSUVをヴェロニカのクルマに押しつけていたドイツ車が素早く離れた。が、既に馬の背に跨《また》がる死に神が、腕に抱えた鎌ならぬ小ぶりの燃料タンクをソイツのボンネットに放っていた。

ぶち撒《ま》けられる液体と、それを追って落下する小さな炎。

黒いセダンの屋根で黒いバイクがワンバウンドするのを画角の隅に見た直後、炎の幕が滑らかに車体を包み込んだ。

ほぼ同時に、ドラレコの視界がつんのめるようにブレて全ての光景が一瞬遠退《とおの》き、大きく振れた。ほんの僅《わず》かな間、方向感覚が狂い、坂上が急ブレーキをかけたことに気づいたのは半回転したあとに斜め後ろを向いて停まったときだった。

リアカメラの画面に、炎上しながらトレーラーの尻めがけて吸い込まれる黒いセダン、それらの脇をすり抜けて消えるシルバーのテール、深いバンクでコーナリングしていく鉄馬の姿がある。

――誰？

バイクが現れてから室内に漂っていたそんな空気は、この頃にはもう、こんなふうに変わっていた。

――まぁ、誰でもいいや。

少なくともひとりは援軍が現れた。いまは、その事実だけあれば十分だった。

すぐに坂上のSUVも方向転換し、停車したトレーラーを迂回《うかい》した。デカい荷台車両の下に炎の塊が頭からめり込んでいる。乗っていたヤツらがどうなったのかは窺《うかが》えないけど、気にかけるべきは面倒に巻き込まれたトレーラーの運転手くらいだろう。

それにしても中野坂上といい、今夜は火難続きのようだ。

遠ざかる炎を眺めて中野が思ったとき、ドラレコが低い呟きを拾った。BGMのデスボイスとは無関係の音声だった。

滑らかなイントネーションの異国の言語。だけど存分に馴染《なじ》んだ懐かしい声。拉致《らち》された中野を追って現れた東新宿の地下室で、兄貴分との会話に使っていた言語——ロシア語だろう。

「いまの、Kの声じゃねぇか？　何か言ったよなアイツ」

思わず、といった風情で冨賀がパイプ椅子から腰を浮かし、クリスが俄然《がぜん》はりきってキーボードを叩きはじめる。

「抽出して翻訳するよ！」

彼らを一瞥《いちべつ》したヒカルが、ハッ、と鼻を鳴らした。

「男子たちったら、キャッキャしちゃってさ」

その間にSUVの車内ではBGMが変わっていた。ただし変わらなかったとも言える。今度も、同じバンドと思しき大差ないテイストの曲だったからだ。

「で、何？　このうるさいのはKの選曲なわけ？」

エージェント女子の問いに武器商人が軽く頷いた。

「多分ね。彼、たまにこういうときがあるから。余計な思考を遮断して集中するために、曲のウエイトで雑音を消すらしいわ」

「このBGMこそ雑音に聞こえるんだけど？」

「うちの客でも集中するために音楽を聴くって人、結構いるわよ？　クラシックとか昭和歌謡とか、ジャンルは人それぞれだけどね」

「昭和歌謡なんか聴きながら銃をぶっ放すのはどこのジジイなのよ」

「あら、案外若い人よ。ライフルのスコープを覗《のぞ》くときに最適なんですって」

「ド変態ね」

ちなみにね！　とクリスが女子トークに割り込んだ。

「Kがいま聴いてるのは、アメリカのヘヴィメタバンドの——あ」

情報が中度半端に引っ込んだのは、折しもドラレコ音声の抽出が終わったせいだった。

ワクワクを抑えきれない顔で彼がいそいそとキーを叩くと、取り澄ました女の合成ボイスが翻訳された坂上の呟きを読み上げた。

「くたばれ、《ピー》野郎」

——真ん中の《ピー》は、明らかに伏せるための自主規制音だった。

一拍置いて、何故か全員の視線が中野を掠《かす》めてディスプレイに戻った。

炎上したのは組織のクルマで、だから乗っていた人物たちが坂上と顔見知りでもおかしくはない。その上で規制がかかるような捨て台詞《ぜりふ》が飛び出したんだとしたら、翻訳システムが憚るほどのトラブルが過去にあったんじゃないのか。きっと彼らは、そんなふうに邪推したんだと思う。

その可能性は中野だって考えた。だけどバグってこともある。

だってそもそも、自主規制音で消さなきゃならない不適切用語に変換するだろうか？

最初からマイルドな表現に翻訳すれば済むことなんじゃないか？

ただまぁバグだろうと、捨て台詞の対象が真に放送禁止な野郎だろうと、中野には関係ない。万一、同居人との間に下半身絡みの因縁があったとしても百万歩譲って目を瞑《つぶ》ろう。それより、いま最も惜しむべきポイントは、やっと同居人の声を聴けたと思ったらピー音並みのディスリスペクトだったという悲報にほかならない――

が、すぐに放送禁止野郎はどうでも良くなった。

リアカメラと俯瞰映像のディスプレイに新たな客が登場したからだ。

今度は二台。地を這《は》うような足捌《あしさば》きで瞬く間に距離を詰めてきたヤツらは、やたら車高が低くて、やたら派手な色のコンビだった。

どちらもこれ以上はないほどヴィヴィッドなカラーリングで、一台は黄色、もう一台は赤。坂上車のBGMの叩《たた》きつけるような音圧に、夜間の走行には適さないマフラーサウンドが強引に割り込んでくる。

「やけに眩《まぶ》しいヤツらがきたな」

冨賀のコメントに新井が応じた。

「BGMには合ってんじゃないか？」

いずれも空気抵抗を考え抜かれたものに違いない二台のフォルムは、ひたすら低くて流線型で、標準的な車両よりもダクトが多い。多少のデザインの違いは大分類すれば相対化されて曖昧《あいまい》になり、限りなくゼロに近づくだろう。

それでも、ひとつだけ誰の目にも明らかな違いがあった。屋根まで同色の黄色に対して、赤いほうは車内が丸見えという点だ。つまり、赤は確実にコンバーチブル、黄色はハードトップを閉じたコンバーチブルでない限りクーペということだ。

しかし、時速何キロで走っているのかは知らないけど、相当なスピードだってことは間違いない。なのに屋根なんか開けていて大丈夫なのか。

それに、ざっくり言えばロシアだよな――？

十二月の夜なんて東京だって寒い。サンクト・ペテルブルクの気温がどれくらいにせよ、少なくとも真冬の夜の戸外が日本の関東以南より暖かいとは考えにくい。

にもかかわらず、凍《い》てつく風圧に晒《さら》されながら高速走行するような物好きがいるとすれば、理由はドMだからか、何かの修行の一環か、もしくは修行中のドMかの三択以外にあり得ない。

コンバーチブルのシートに並んで見える二つのスキンヘッドか坊主頭みたいなシルエットは、風で髪が乱れる心配はないだろう。が、ドンパチに参戦する気なら無防備どころの話じゃない。もはや生きたマンターゲットだ。

ただ、彼らが『客』じゃなくて単なるパリピだという可能性も、まだゼロではなかった。彩度の高い二台のクルマは、中央車線を走る坂上のSUVを右と左から颯爽《さっそう》と追い抜いたあと、アクションを起こすでもなく前方五十メートルほどで並走を続けている。

本当は無関係なのか、それともこちらの出方を窺っているのか。

坂上のほうも距離を保ったまま、無闇に近づこうとはしない。

彼らの動きがない間に、システム屋が二台についての蘊蓄《うんちく》を垂れはじめた。

あんなに似ているくせに、車種どころか生産国さえ違うらしい。黄色はイタリア、赤はアメリカ。ソ連崩壊後、ロシアの道路事情も随分と国際色豊かになったものだ。しかし説明を聞いても、生産国以上の差がちっともわからない。色と屋根のほかに違いを挙げるとすれば、せいぜい尻穴の数と形くらいか。マフラーの排気口《テール》は、黄色が円形の二口、赤はスクエアの四口だった。

ドラレコ越しに計六つの穴を眺めて、中野は誰にともなく尋ねた。

「クルマの素性はともかく、アイツらは何者？　あれも組織のヤツら？　それともうちの協力者？　じゃなきゃ、西側諸国にかぶれてるだけの善良な一般市民？」

「うちじゃねぇし、善良な市民でもねぇ」

情報屋が言ってラップトップから顔を上げ、早口でこう続けた。

「黄色についちゃまだわかんねぇけど、赤のハゲ二人はわかった。愛人のエレオノーラ親子を始末した実行グループのメンバーだ」

「カネを払ってもらえなかったってヤツら？」

「そうだ」

中野は溜《た》め息《いき》を吐いた。

ついさっき組織のクルマを排除したとは言え、一台で終わりとは思えない。あのドイツ車を燃やした鉄馬は、ヴェロニカを追って既に姿を消している。ほかの援軍が現れないまま賞金稼ぎまで登場するとは、厄介なことになった。

「彼に正体を知らせて警告したりはできないわけ？」ドラレコで通話するとかさ」

「残念ながら、双方向の機能はないタイプなんだよ」

まるで己の失態かのような風情でクリスが答えた。

「電話回線もまだ拾えない？　ドラレコの音声みたいに、そっちもどうにかなったりしないのかな」

「ドラレコはメーカーのクラウドをハッキングしてるけど、電話回線は中野くんのお母さんのスマホに入ってるダミアンお手製のコンパネで一括管理されてて──でも、Kがミトロファノフ邸から離脱して無線はもう使えないから、いい加減電話が復活してもいいと思うんだよな。ところでその黄色いクルマ、いまこっちで映像を解析したら」

クリスが机上のPCモニタを覗きながら何か言いかけたとき、リアカメラに突如、二対のハイビームが出現した。

これほど近づくまで気づかなかったのは、フロントカメラの派手さに気を取られていたせいだけじゃなく、ひょっとしたらライトを消したまま走ってきたのかもしれない。

眩しさの中にチラついて見える二台は、デザインは違えど双方とも黒いSUV。それぞれグリルのド真ん中で主張するエンブレムを見る限り、一台はフランス車、もう一台はスウェーデン車だった。

ナンバーをチェックしたクリスが、組織のクルマだと声を上げる。ついさっき中野も危惧《きぐ》したとおり、ヤツらの二番手が登場したというわけだ。

「またきやがったのか——」

冨賀が忌々しげに吐き捨てた。と同時に各車の右サイドにマズルフラッシュが閃《ひらめ》き、車内のBGMと前方から響いてくるマフラーノイズに軽快な連射音が乱入してきた。

坂上がアクセルを踏み込んだらしく、腹から突き上げるような内燃機関の咆哮《ほうこう》が生々しく伝わってくる。ドラレコの視界が前方の派手なコンビに肉薄する僅《わず》かな間に、彼らのスタンスにも変化が起こっていた。

赤いコンバーチブルのナビシートが身体ごと振り返りざま、長い銃身の鉄砲をこちらに向けた。すぐに黄色いクーペの右サイドにも人影が乗り出し、こちらは拳銃《けんじゅう》っぽいものをぶっ放しはじめる。

「四対一？　さすがにまずいわ」

アンナが眉《まゆ》を曇らせて呟《つぶや》いた。

——ところが、だ。

背後の新客の片割れが速やかに坂上車を抜き去っていき、標的を黄色いクーペにシフトした。すかさず黄色も応戦しはじめたところをみると、組織と賞金稼ぎは協力し合う気がないってことか。敵の敵は味方、というつもりがヤツらにないのなら、せめてもの救いというものだった。

不意に奔流のような騒々しさが雪崩れ込んできて、メタルの重低音を掻《か》き消した。マフラーサウンドとロードノイズ、連発する複数の銃声。坂上が窓を開けたんだろう。

そこから先は、三勢力が入り乱れてのインターナショナルなカオスとなった。

黄色いイタリアン・クーペとやり合っているのは、スウェディッシュ・SUV。

一方のフレンチ・SUVは、赤いアメリカン・コンバーチブル、坂上のジャパニーズ・SUVとともに三《み》つ巴《どもえ》を演じている。

入り乱れ、縺《もつ》れ合う五カ国車の一行は、インターチェンジの合流車線からノコノコと現れたコンパクトカーをギリギリで避《よ》けつつ駆け抜けた。弾みでフロントカメラの視界が左方向にブレて尻《しり》が流れ、見ているこっちが肝を冷やす間に体勢を立て直した坂上車は、アクセル全開でフランス車に喰《く》らいつき、横っ腹を押し遣《や》りながら赤いコンバーチブルとドンパチを繰り広げる。

とっくにくたばっていてもおかしくない剝《む》き出しのマンターゲットは、どういうわけか未《いま》だにしぶとく生き延びているどころか、妙にハイテンションな様子で交戦し続けている。ひょっとしてクスリでもキメているんだろうか？ 寒空の下で屋根を開けて疾走する理由は、ドMでも修行でもなく、単にトリップ中ってだけなのか？

いずれにせよ、ほどなく中野の憂慮が的中する事態となった。

ついに運転手が弾を浴びたのか、彼らの速度が前触れもなく緩んだ。四つの尻穴を引っ提げたテールがあっという間に目前に迫り、叩《たた》きつけるような衝撃にドラレコの画面が揺れた。次の瞬間。

屋根が開きっぱなしのアメリカン・コンバーチブルは、水平方向に一回転して防護柵《ぼうごさく》に横っ腹を弾《はじ》かれ、体操競技のH難度技のごとく捻《ひね》りを交えて数回転しながら車道の中央まで飛んでいった。

きっとシートベルトなんてしていなかったんだろう。アクロバティックなパフォーマンスを披露する間に、乗員二人はそれぞれ別の方向へ投げ出されていた。

坂上のSUVは一気に減速し、脇をすり抜けていった組織のフランス車が障害物《コンバーチブル》の手前で急ハンドルを切る。しかしブレーキのタイミングを逸したのか、まともに衝突して勢いよくスピンした。

そこへ、無関係の後続車が突っ込んできた。

コイツがまたお約束のように、目いっぱいクルマを背負《しょ》った大型のキャリアカーだ。さっき鉄馬がジャンプ台に使った対向車とは比べものにならないデカさだった。

事故車両たちを紙一重で回避した坂上車のリアカメラが、まるで映画のシーンのような光景を捉《とら》えていた。

固定が甘かったのか、想定以上の負荷がかかったのか。斜めに道を塞《ふさ》ぎながら横滑りする巨大な運搬車から、次々と崩れ落ちる積み荷《クルマ》たち。半ば空になった荷台《キャリア》の白い骨組みと、下段の連結部に巻き込まれたまま引き摺られる黒いフランス産SUV。それらの向こうに、落下したデカいワンボックスの下敷きとなった赤く平たいロングノーズが覗《のぞ》いていた。

だから言ったのに――中野は口の中で呟いた。

いや、言わなかったかもしれない。

だけど屋根なんか開けていないほうが良かったことは間違いない。寒いし、簡単に撃たれるし、クルマが降ってきたときに護《まも》ってくれる殻もない。メリットなんかひとつもなかったはずだ。かろうじて救いがあるとすれば、ワンボックスの下敷きになったときには中身は放り出されたあとで無人だったこと、屋根を閉めていても無事だったとは限らないことくらいだろうか。

癇癪《かんしゃく》を起こした子どもがトイカーを散らかしたような惨状がみるみる後方へと遠ざかり、カーブの向こうに消えていった。

事故が起こるまで前方にいた黄色いクーペと組織のスウェーデン車は、撃ち合いながらとっくに走り去ったらしい。フロントカメラの視界に不穏な気配は見当たらない。

三つ巴の相手二台がリタイアして束の間の小休止が訪れ、こちらの世界で息を潜めて見守っていた全員が、ほぼ同時に深呼吸した。

坂上が窓を閉めたのか、ドラレコの音声に混じるロードノイズが小さくなった。

BGMが変化してスローに滑り出し、やがて激しく暴れはじめ、同居人の操るSUVはテンポに見合った速度でひた走った。見失った先行車たちとの距離を詰めるべく、疎《まば》らに走行する無害なクルマたちを次々に追い抜いていく。

粛々と流れる道路の映像に目を据えたまま、中野は近くにいる同僚に尋ねた。

「あの赤と黄色の正体が賞金稼ぎなら、何しにきたんだろう？　まさか、うちの同居人も賞金首になったとか？」

新井が曖昧《あいまい》に首を捻った。

「そんな話は聞いてないし、だったら現れたときにすぐ攻撃してきたはずだろ。何しにきたのかは、いまのところ見当もつかないけど……」

彼は言いながら冨賀を見て、その目を受けとめた情報屋が肩を竦《すく》めた。

「残念ながら、答えになるような情報は持ってねぇよ。ただ俺的にはまぁ、アイツらはKの正体をわかってて、どうするか決めかねてるうちに組織サイドがやってきて、有耶無耶のうちにドンパチがはじまった――ってふうに見えたけどな。何しにきたんだって謎に関しちゃ、とりあえず前のヤツらに追いついたら何かわかるんじゃねぇか？」

のんきな口ぶりを聞いていたヒカルが、何かを思い出したような顔を部屋の主《あるじ》に向けた。

「そういえばクリス、さっき黄色いクルマがどうとか言いかけてなかった？」

問われたシステム屋が数秒、何だっけ……とでも言いたげな目を彷徨《さまよ》わせて、ハッとしたように声を上げた。

「そうだ、セルゲイだよ！」

「またセルゲイ？　今度は何なの？」

「だからぁ、黄色の運転手がセルゲイなんだ！　あのスーパーカーたちは彼の所有車で、赤いほうと合わせて計四人、全員がミトロファノフ邸の銃撃犯なんだよ！」

「銃撃犯が四人だったなんて、いつカウントしたっけ？」

「いや、えっと、カウントはしてないけどさ……銃撃犯のひとりがセルゲイで、彼は騒動が起こる前に怪しげな男たちと四人でコソコソ会ってたよね？　だったら、あの二台の四人組がそうだって考えるのが妥当じゃない？」

「まぁ理屈で言えばね。けど、あの二台が四人組ってのも、いつカウントしたの？　黄色いほうは後ろに誰か乗ってたかもしれないじゃない？」

「ヒカルちゃん……黄色いほうも二人乗りだよ。後部座席があるように見えた？」

「────」

ヒカルは数秒沈黙し、直前のやり取りはなかったかのような顔で口をひらいた。

「じゃあ何？　セルゲイが母親に恨みのあるグループと手を組んで自分ちを襲撃したってこと？　で、逃走したオカーチャンを追ってきたの？」

首を傾《かし》げる彼女の隣で、アンナが頰に手を当てて宙を見上げた。

「さっき、セルゲイがヴェロニカを嫌ってるって話が出たわよね。ひょっとして、それで賞金稼ぎと利害が一致して母親を消そうとしてるわけ？　だとしたら、よっぽど鬱憤《うっぷん》が溜《た》まってたってことなのかしらねぇ」

女子二人の呆《あき》れ声に冨賀が続いた。

「真相はどうあれ、銃撃犯たちがこっちにきたんなら家の騒ぎは収まってるはずだよな。

だったらなおさら、さっさと増援部隊がやってきてもいいんじゃねぇのか？」

それはそのとおりだ。が、焦《じ》れたところでどうにもならないことも事実だった。

だから中野は肚《はら》の底の苛立《いらだ》ちを抑えるために、別のことを考えようと努めた。

ミトロファノフ家ほどのカネ持ちが、大統領御用達メーカーの高級セダンとスポーツカー二台しか所有していなかったわけはない。ほかにも絶対、銃撃犯四人が同乗できて、屋根なんか開かない頑丈なクルマがあったはずだ。

仮に、逃げた母親を追いかけるためにスピード重視のチョイスをしたんだとしても、もっとマシな選択肢があったんじゃないのか——

気を紛らわせるためのどうでもいい思案が途切れかけたとき、折しもフロントカメラの視界に、夜目にも鮮やかなイエローカラーが出現した。

走行中のクルマじゃない。それどころか、仰向《あおむ》けになった亀みたいに腹を見せている事故車両だった。さらに少し先の側壁のそばでは、黒いSUVが横転している。黄色いクーペと撃ち合いながら姿を消した組織のスウェーデン車だろう。

現場には黒い鉄馬も停まっていた。フルフェイスのヘルメットがミラーに引っかけてある。ここまでに登場した車両のうち、ヴェロニカのクルマだけ行方が知れない。

坂上の車内のBGMが途切れた。ドラレコの映像がスローダウンして路肩に寄ると、クーペのそばに屈《かが》み込んでいたライダーが振り返り、立ち上がった。

近づいてくる男の顔——無精髭《ぶしょうひげ》がワイルドな面構えを仄暗《ほのぐら》い道路照明が舐《な》めた刹那《せつな》、

ヒカルとクリスのヒソヒソ声が交錯した。

「ヒュー・ジャックマン？」

「ヒュー・ジャックマンだね」

もちろんヒュー・ジャックマンのわけはないし、タイプの方向性が似ているというだけで画面の人物は東洋人だ。

次に、アンナと中野の声が重なった。

「まぁ、いい男」

「なんだ、叔父《おじ》さんか」

ヒカルが目を見ひらいてこちらを見た。

「叔父さん？　あのヒュー・ジャックマンじゃないけど、ヒュー・ジャックマンが？」

「ヒュー・ジャックマンじゃないけど、うちの母親が死んだフリしてる間に俺の面倒をみてくれた叔父さん、中野譲二《じょうじ》だよ」

「ジョージ・ナカノ？」

「いや……山本さんと同じ譲二」

「どこの山本さんよ」

八十年代の演歌界事情なんか知る由もない二十代のエージェント女子が、眉間《みけん》に疑問を刻む。

ヒュー・ジャックマンならぬジョージ・ナカノは、フロントカメラの左手――運転席側に回り込んで画角から消えた。代わりに、のんびりした口ぶりが聞こえてきた。

「やぁ、無事で何よりだよ」

久々に聞く声。離島暮らしをすると言って姿を消して以来、時々思い出したように電話をかけてくるだけだった叔父と、最後に話したのはいつだろう？

「さっきは助かりました。で、これはどういう状況ですか？」

坂上が言った。先日の電話越しの「もう切らねぇと」以来待ち侘《わ》びた、異国の言語でも自主規制音に消されるような悪態でもない、まともな彼の言葉だった。

「うん。僕がヴェロニカとやり合ってるところに、いまそこで引っくり返ってる二台が現れて、いろいろあった末にこうなってね。ところで、あの黄色の運転手はヴェロニカの息子だな」

「セルゲイ・ミトロファノフ？」

「そう」

「母親の加勢にきたんですか」

「それが、そうでもなかったんだよなぁ。すごい勢いで走ってきたと思ったら、僕なんか眼中にもない感じでヴェロニカのクルマに向かってぶっ放しはじめてさ」

「セルゲイが？」

「正確には助手席のヤツが、かな。で、あのSUVが組織だろ？　すぐにあのクルマとヴェロニカ対セルゲイっていう二対一の構図で撃ち合いになって、何だか知らないけど勝手に潰《つぶ》し合ってくれればいいやと思って見物してたら、まぁ、こんな結果になったってわけ。ちなみにヴェロニカは、セルゲイたちと組織のドンパチが白熱してる間にスタコラ逃げてったよ」

肩を竦める仕種が目に浮かぶような、叔父の口ぶり。

「けど、そのときにはもう、プランFをスタートするって連絡がきてたから追わなかったんだ。どうせなら、ここでケイを待とうと思ってね。ミトロファノフ邸でクルマに乗るとき、スマホを落としてっただろ？」

「あぁ……走りはじめてから、無線しかないことに気がつきました」

のんきだねぇ、と叔父が笑う。

「持ってきたよ。もう、回線もオンになってるからね」

「ありがとうございます。プランFの首尾は？」

「うん。ダミアンがゲットした情報を使ってヴェロニカのクルマをハッキングして、遠隔操作で誘導してるところだよ。まさか、この手を使うことになるとは思わなかったけどねぇ、いまのところ上手《うま》くいってるみたいだね」

遠隔操作だって、とヒカルが小声を弾ませてアンナに囁《ささや》く。

プランFとやらの内容はともかく、彼らのやり取りからわかったことが三つあった。

ひとつは、ダミアンがベッドルームのミッションに成功したらしいこと。まさか、クルマのコンピュータを乗っ取る情報は入手できても、坂上の過去を消すための手段は盗み出せなかった――なんてヘマはやらかしていないことを祈る。

もうひとつは、電話回線を拾えたとしても同居人に連絡はつかなかったこと。スマホを落としたというやり取りが聞こえたとき、室内では「なぁんだもう、そうだったのかぁ」といった空気が流れた。

そして三つ目は、今回の旅で初めて坂上と会ったはずの叔父までもが、同居人を「ケイ」と呼んでいることだった。

が、だから何だってわけじゃない。中野が「坂上」と呼ぶのは彼自身が望んだからだし、ソイツは中野にだけ許された唯一無二の記号だ。

画面の向こうでは彼らの会話が続いていた。

「じゃあ、予定のポイントを目指せばいいんですね」

「とりあえずね」

「それにしても、これは一体何事ですか？」

坂上の声が訝《いぶか》しげな色を孕《はら》んだ。

「あの引っくり返ってる二台にはそれぞれ連れがいて、ソイツらもさっき撃ち合った挙げ句に事故って自滅したところですよ。特に、その黄色いヤツと連れのクルマは現れたときから不可解な動きをしてたんですけど――運転手がセルゲイって、どういうことなんでしょうか」

「さぁねぇ。知りたければ本人に聞いてみるといい」

「というと、生きてる？」

「血だらけだけど、しぶとくね」

「ほかのヤツらは？」

「セルゲイの連れは、クルマが転がったときにフロントガラスを突き破ったらしくて向こうに転がってるよ。あれはもう駄目だろうな」

「誰なんですか」

「さぁ、僕は知らない顔だね。SUVのほうは二人とも弾を喰《く》らって、壁に突っ込む前にくたばってたんじゃないかな」

叔父の飄々《ひょうひょう》とした話しぶりのせいだろうか。会話を聞きながら中野はだんだん、不出来なリアリティ番組か動画共有サイトの投稿でも観ているような気分になってきた。

ドラレコのフロントカメラは黄色い高級スポーツカーの腹を延々と映し続け、時折通り過ぎるヘッドライトがリアカメラを舐めるのみ。走り去るクルマたちにも路肩の惨状は見えているはずだけど、面倒を避けたいのか、一台も停車しないどころかスピードを緩める気配すらない。

そんなふうに代わり映えのしない背景に緊迫感のない会話が被《かぶ》るだけの映像を、室内にいる誰もが、冷めかけのコーヒーを啜《すす》ったりしながら比較的リラックスした風情で見物している。壁面ディスプレイの下半分では、中野坂上の鎮火作業やミトロファノフ邸の実況も『放映』されているものの、もはや注意を向ける者はいない。

それにしても、現実の世界は映画やドラマと違って、必ずしも主役がいるところでアクションが演じられるとは限らないものだ——中野は思い、すぐに撤回した。

いや、そうじゃない。主役が誰かなんてのは、視点によって万華鏡のように変化する相対的な要素だ。

例えば中野にとっての主役は同居人で、だから彼のいないところでこんなふうに片づいてしまえば、肩すかしを喰らう一方で敵が減ったことに安堵《あんど》もする。しかしメインが叔父なら、この現場は主人公のもとで片づいたことになるし、もしも敵の誰かがドラマの軸だとしたら、主役級に悲劇が訪れたってことになる。

「——さて、セルゲイはどうする？　まだ死んでないけど、清掃班を呼んであるから一緒に片づけといてもらう？」

叔父の発言を聞いてヒカルが眉間に憂いを刷《は》いた。

「ヒュー・ジャックマンはあんなこと言わないわ」

「ヒュー・ジャックマンじゃないからね」

中野の合いの手に、同居人の答えが続く。

「いえ、生きたまま運んでください。俺は先にいくんで、清掃班がくるまでここをお願いできますか？」

「生かしとくのはいいとしても、見守ってやる必要なんてある？」

「見守るんじゃない、見張るだけです」

「だったら手錠でステアリングにでも繋《つな》いどけばいいんじゃない？　置いといて万一くたばったって僕たちは困らないし、それよりケイのほうに何か起こったらいけないから一緒にいくよ」

彼らのやり取りの途中で、片眉《かたまゆ》を上げた冨賀がチラリと目を寄越《よこ》した。

「あの叔父《おじ》さんとマジで血の繋がりはねぇのか？」

「そのはずだけどね」

中野は軽く肩を竦《すく》めた。が、血縁じゃなくたって思春期から成人するまでの年月をともに過ごしたわけだから、それなりに影響を受けていても不思議はない。

坂上の声がした。

「俺は大丈夫です。プランFのポイントへは、できるだけ敵が想定しないようなルートで向かいますよ。それより、セルゲイが単なる敵じゃなくて母親を殺《や》りにきたっていうなら、彼の扱いについて少し考えたいんです」

「優しいよねぇ。そう言うなら残るけどさ。僕は基本事務職だから、もしも追っ手が通りかかっても食い止められるとは限らないよ？」

鉄馬で跳躍してきて敵のクルマに火を放ったデスクワーカーに坂上がどう反応したのか、ドラレコ越しの音声では嗅《か》ぎ取れなかった。とにかく彼はこう答えた。

「念のため、ダミアンに情報撹乱《かくらん》を指示しといてください。既にやってるかもしれませんけど」

「この遠征中に何度も君を誘惑しかけたシステム屋をそんなに信用してるなんて、湊が知ったら何て言うだろうなぁ」

笑い混じりに叔父が言った途端、示し合わせたように室内の全員が中野を見た。

彼らの顔面にはもれなくこう書いてあった。──もう知っちゃったけどね？

「俺は別に、もう可南子さんが指示してるんじゃないかって思っただけですし。それに……」

反論しかけた坂上がどこか不自然に口ごもり、ひと呼吸挟んでポツリと続けた。

「そんなこと、アイツは気にしません」

音声が聞こえるようになってからずっと、平素と変わらず抑揚に欠けていた声音。そこに何か言いたげな色合いが滲《にじ》むのを聞いて、視線の束が再び中野に集中した。

可南子に連絡入れておきなよ、という叔父の声に送り出されてドラレコの景色が車線に戻るなり、外野が一斉に囀《さえず》りはじめた。

「なぁおい聞いたかよ、いまの」

「うふふ、恋の色に染まってたわねぇ」

「はわ、ふ、不意打ちでキュンとしちゃったなぁ僕」

「ちょっとミナトあんた、ちゃんと気にしてあげなさいよっ」

三人衆とヒカルのコメントを拝聴したあと、残る新井が何も言わないのを確認してから、中野は慎重に口をひらいた。

「あのね。ビッチな殺し屋に飼われてたドMの犬風情が彼にちょっかい出すなんて、もちろん気にするっていうか気に入らないよ？　それこそ、清掃班に片づけてもらえばいいと思うくらいにはね」

「やだ……彼氏にちょっかい出されただけで殺《や》っちゃおうなんて、とんだヤンデレじゃない」

たったいま、鬼瓦《おにがわら》みたいな顔で「気にしろ」と詰《なじ》ったエージェント女子が宇宙人でも見るような目を寄越したとき、スピーカーからドラレコの音声が漏れてきた。

「あぁ――俺です」

叔父に言われたとおり、中野の母へ連絡を入れたんだろう。電話回線への侵入がまだだったらしく、クリスが大慌てでキーボードを叩《たた》いた。ほどなく、ドラレコの音声とは別のスピーカーから飛び出してきた小言は、思ったとおり可南子の声だった。

「――よ、もう！　後先考えずに飛び出してくし、携帯は落としてくし、大事なときにケイらしくないんだから！」

「すみません……」

「まぁ、そんな失態もうちの愚息のためかと思ったら微笑ましくもあり、目を覚ましなさいって忠告したいとこでもあるけどね」

後半の余計なお世話はさておき、失態が中野のためだという指摘を、少なくとも坂上は否定しなかった。

「プランFのほうは、いまのところ順調に動いてるわ。あの女狐もジタバタしたって無駄だって悟ったのか、大人しくなってなりゆきを窺《うかが》ってるみたい。ま、ドアも窓も開かないんだから飛び降りるわけにもいかないしね。でも、クルマが言うことききかなくなったときの慌てっぷりったらなかったわぁ。アイツのドラレコの車内映像、ケイにも見せたかったわよ」

ご満悦な様子で可南子は言い、こう締め括《くく》った。

「とにかく私も向かってるから、くれぐれも無茶や油断はしないように」

「わかってます」

電話を切ったあと、彼はもうBGMを再生することもなくクルマを走らせた。

ぐるりとカーブして一般道に降りると、周辺はインターの高架と木立以外に何もない暗がりが広がっていた。

きっと昼間でも、空と草木のほかはコンクリートとアスファルトの色しかない風景に違いない。そんなふうに思わせるロケーションだった。

坂上が運転するSUVは、うらぶれた道路灯が照らす一方通行路から、照明すらない脇道へと逸《そ》れていった。左右を木々に囲まれた一本道は、舗装路か未舗装路かも曖昧《あいまい》な林道に変わり、みるみる文明社会から遠ざかっていく。

マルチディスプレイが上下八枚ずつの二画面に分割され、壁一面がドラレコの映像オンリーとなった。上がフロントカメラ、下がリアカメラの視界だ。もはや誰も見ていないミトロファノフ邸や中野坂上の実況はもとより、市街地や高速道路と違って森林に埋没したルートでは、俯瞰《ふかん》映像も意味がない。

寒冷地ならではだろう、ヘッドライトの中に浮かび上がる木立はほとんどが針葉樹だった。すらりとした高木がどこまでも連なる中、時折、忽然《こつぜん》と民家が現れる。木々に紛れて佇《たたず》む家屋は、どれもがこぢんまりとした木造の平屋で、敷地の入口に鼻先を突っ込んで停まっているクルマのテールは、まるで寝床に潜って眠る獣のように見えた。

そんな、お伽話《とぎばなし》の世界みたいな森を慎重な速度でどこまでも進み、このまま『お菓子の家』にでも到着するんじゃないか――？　と思いはじめた頃。いつしか高木が疎《まば》らになって路面状態も回復しつつあることに気づき、いきなりまともな道に出くわした。

広大な森を切り裂いて左右に伸びる片側一車線道路。しかし坂上は合流することなくソイツを横切り、前方へと真っ直ぐ続く脇道に進入した。

相変わらず辺りは木々ばかりとは言え、センターラインが引かれた道路の片側には等間隔に照明も立っている。それでも時刻のせいか、すれ違うクルマは一台もなく、いまのところ不穏な気配も感じられない。

――が。

森林の中の長閑《のどか》な道を、ただドライブするだけの映像を延々と眺めるうちに、中野は抗《あらが》いようのない眠気をおぼえはじめていた。

ヴェロニカ車をハッキングして誘導しているという話だから、猛スピードで追いかける必要がないのはわかる。それに叔父との会話によれば、情報や人力で敵を食い止めることもできているはずだ。そりゃあ、さっきまでの緊迫感とは段違いのゆとりがあるのも当然だろう。

もちろん、坂上が安全でいられるのは何よりも歓迎すべき事態で、しかしだからこそ、安堵感《あんどかん》にともなわれて忍び寄る睡魔を払うのが難しい。

何でもいいから、彼に危険が及ばないような出来事で、そろそろ少しくらい変化がないものか。

アンナが淹《い》れ直してくれたコーヒーを啜《すす》りつつ中野は思い、欠伸《あくび》を嚙《か》み殺した。

木々の狭間《はざま》に吸い込まれていくようなカーブを抜けると、道路の右側に斜め後方から伸びてくる脇道が見えた。行く手に鋭角のV字を描く合流地点があり、その向こうに佇むシルバーのテールをカメラがキャッチした。

次の瞬間。

轟音《ごうおん》とともに夜空めがけて火柱が走り、中野の眠気が吹っ飛んだ。

一瞬、室内の全員が硬直した。

が、ドラレコが捉《とら》えた映像だから爆発したのは坂上車じゃない。そう思い至って胸を撫《な》で下ろす隙もあらばこそ、白い閃光《せんこう》と目映《まばゆ》いオレンジ、焦げた漆黒、三つの色彩が入道雲のように膨張して厳《いか》ついセダンを包み、ふわりと浮かせて、寸前までクルマだったモノを四方に撒《ま》き散らしながら炎の塊をド派手に噴き上げていた。

「おっと」

情報屋の呟《つぶや》き。武器商人とエージェント二人が爆発物の種類と火薬の量と起爆の手段についてディスカッションをはじめ、システム屋は口を開けて壁の映像を見上げている。中野もコーヒーのマグを手に、大掛かりなキャンプファイアを眺めて思った。

確かに変化があってほしいとは願ったけど、極端だよな——

炎の中にチラつく残骸《ざんがい》の黒い影。夜空めがけて舞い昇る黒煙と火の粉。

道路沿いにぽっかりと拓《ひら》けた現場は、深夜に人目を忍んでクルマを燃やすにはうってつけの場所に見えた。が、もちろん、そんな目的で整備されているわけじゃないだろう。

画面の奥に目を凝らすと、ポツンとバスの待合所みたいな屋根とベンチがあった。こんな森の中にバス停が——？　という違和感は、しかし転回場だと考えれば腑《ふ》に落ちた。いま走っていた道は小型のバス程度なら通りそうな幅員だったし、ここは方向転換用のスペースなのかもしれない。

止まっていたドラレコの視界がゆるゆると動き出して路肩に寄り、炎上するクルマのほうへ鼻先を向けたまま停車した。

坂上が車外に出る気配からほどなく、キャンプファイアに歩み寄っていく後ろ姿が画角の中に現れた。

背格好、服装。黒いパーカーにスキニーという、同僚と似たり寄ったりのファッションであっても、個性を匂わせない歩き方や佇まいが確信させてくれる。炎に照らされている逆光のシルエットは、この一年、中野が生活をともにしてきた同居人だ。

爆発の衝撃からようやく覚めたらしいクリスが、ハッと我に返ってディスプレイ全面をフロントカメラの映像に切り替えた。

室内が暗いこともあり、いよいよシアタールームの様相を呈する大画面に、燃えるクルマと坂上の姿が映し出される。

「終わったの……？　ねぇ、終わったの？」

夢でも見ているかのようなヒカルの声。

傍らに立つアンナが無言で彼女の手を引き寄せた。爆発物のディスカッションはいつの間にか終了したらしく、いまは全員が壁のディスプレイを見つめていた。

車内に閉じ込められていたヴェロニカは、クルマが吹っ飛ぶ瞬間もあの中にいたはずだ。ＳＵＶよりも重く頑強な高級セダンが己の棺桶《かんおけ》になるなんて、彼女は考えもしなかったに違いない。しかし頑丈な上に装甲仕様だったとしても、防護しづらい車体底部で起爆されれば大抵は無力だろう。

深く息を吐いた新井が、素性を明かしてから滅多に見せることがなくなっていた笑顔を浮かべて、中野の背中を叩いた。

「おめでとう。お前も同居人も揃って生き残ったな」

「よし、とにかく祝杯でも挙げるか」

冨賀が言って、煙草を咥《くわ》えながら部屋を出ていった。

「良かったねぇ中野くん、良かったねぇ！」

やたら感極まった声でクリスが拍手する。

そう、良かった。坂上が生き延びてくれて。

自分が難を逃れたことへの安堵や感慨は、不思議なほど湧いてこなかった。それよりも、衛星動画を切り取った不鮮明な拡大画像や音声オンリーの会話なんかじゃなく、リアルタイムで生きて動いている坂上の姿を目にした瞬間の、腰が抜けんばかりの脱力感ときたら――

正直に言う。クルマを降りていった彼の姿が見えたとき、膝《ひざ》から崩れそうになるという滑稽《こっけい》極まりない感覚を中野は生まれて初めて体験した。

「ねぇ中野くん、十億ドルもらったら何に使うの？」

クリスが無邪気な瞳《ひとみ》と声を向けてきた。

「十億ドル？」

「ほら、お父さんの死後一年目の生存給付金的なお小遣いだよ。正確には命日まで数日あるけど、もう中野くんを狙う人はいないしね！」

「あぁ……」

すっかり忘れていた。父の死から一年経過したときに中野が生きていれば、馬鹿みたいな大金が転がり込んでくるとかいう話だ。

「まぁ、もし本当に入ってきたら、まずは新井たちの会社への成功報酬だよね。確か、一パーセントの成功報酬を払うんだっけ？　ところで、クルマが燃えてる音がやけにはっきり聞こえるけど、これってドラレコの音声なんだよね？」

「あっ、これはねぇ、スマホのマイクにアクセスしてるんだよ。さっきKの電話を盗聴したあと、もうドラレコの音声は切ってあったんだ」

へぇ、と漏らしかけた中野の相槌《あいづち》をアンナの鋭い声が掻《か》き消した。

「――見て！」

彼女は壁のディスプレイに指を突きつけていた。画面手前から現れた人影が、坂上のほうへフラリと近づいていくところだった。

咄嗟《とっさ》に、母の可南子が到着したんだと思った。SUVの後ろにでもクルマを停めて降りてきたんだろう、と。しかし可南子じゃないことはすぐに知れた。

緩いウェーブを描くロングヘア。燃えるように朱《あか》く見えるのは、炎に照らされているせいなのか。身体に張りつく黒のロングドレスは露出度が高く、右手に小ぶりの拳銃《けんじゅう》らしきものが見える。優雅な裾捌《すそさば》きで歩を進める足もとは、武器商人のブーツに匹敵するほどのピンヒールだ。が、その足取りは、やや引き摺《ず》るようにぎこちない。

あの靴は絶対脱いだほうがいい――中野は思った。

「ちょ、え？　ゾンビ……？」

ヒカルが戸惑いを漏らした。終わったと思った映画のエンドロールを流しっぱなしにしていたら、続きがあることに気づいた。そんな口ぶりだった。

ゾンビの気配を嗅《か》ぎ取ったのか、キャンプファイアを見つめていた主人公が振り返る。遠目ながらもようやく拝むことのできた顔には驚きの色もなく、いつもの風情とさほど変わらない。

彼の右手がチラリと動いた刹那《せつな》、銃を構えた女が鋭く何事か口走った。

同時通訳を起動するよ！　と、クリスが機敏にキーボードを叩《たた》きはじめた。さっきの放送禁止な翻訳とは別のシステムがあるらしい。その間にもヴェロニカがまた何か言って、坂上がゆっくりと挙げた両手を頭の後ろで組んだ。

部屋の外から戻ってきた冨賀が画面を見て事態を察し、険しい面構えで手近な机にドン！　とボトルビールのケースを置いた。

「どういうことだよ⁉」

詰問口調を投げつけられたって誰にもわからない。

その事実を告げる前に、同時通訳とやらが作動した。

「――大事な愛車を爆破しちゃうなんて、全くふざけたことをしてくれたものね。使い捨てのラジコン遊びにしては、高価すぎるオモチャなんじゃないかしら？」

やや鼻にかかったハスキーなロシア語が、良好なレスポンスで無機質な合成ボイスの日本語に変換されていく。

「この近くに私のお気に入りのビーチがあって、近くに別荘があることまでご存じなのかもしれないけど、どうせ連れてきてくれるのなら夏がいいわね。それに、ドアも窓も開かないクルマじゃ降りることもできなくて、せっかくのバカンスを楽しめないじゃない？」

このセリフから二つのことがわかった。

ひとつはビーチの近くらしいこと。森の中のバス停は海水浴客向けの路線か、リゾートホテルのシャトルバス用なのかもしれない。そんなエリアなら、真冬の夜更けに全くクルマが通らない静けさも頷《うなず》ける。

もうひとつは、やっぱりヴェロニカのセダンはドアや窓がロックされていたということだ。なのにクルマが爆破される前に、どうやって降りたんだろう？

思ったとき、坂上も同じことを口にした。

「どうやって出たんだ……？」

通訳システムを介した彼のセリフは、ヴェロニカとは異なる言葉遣いで、合成ボイスも男声に変換されていた。当人とかけ離れた爽《さわ》やかな声音に激しい違和感はおぼえるものの、同居人が女声や女言葉で喋《しゃべ》るのを聞かされるよりはマシだった。

「どうやってクルマを降りたのかって？　それは秘密よ。手品の種明かしをしてしまうなんて興醒《きょうざ》めでしょう？」

「――――」

「でも、代わりにいいことを教えてあげる。今夜、爆発したのは私の愛車だけじゃないわ、K。ノゥリも吹っ飛んだのよ。あなたがナカノサカウエに築いたお城ごとね」

　坂上は反応しなかった。

　代わりに、残念ね生きてるわよ！　とヒカルが画面に向かって中指を突き立てたけど、遠い異国までは届かない。

　通訳システムから、悦に入ったヴェロニカの語り口が流れ続ける。

「役立たずの殺し屋や賞金稼ぎたちに業を煮やした私が自ら手を下すことにして、夫の一周忌の催しを終えたら日本へ発《た》つ――っていう極秘情報を、うっかり知られてしまったのかしら？　だから、既に勝った気で浮かれてパーティなんて開催してる私を今夜のうちに始末すれば、ノゥリの身は安全だとでも思った？　見くびってもらっちゃ困るわね。私にだって、それくらいの工作をしてくれるお友だちはいるのよ」

　クソ、と冨賀が忌々しげに吐き捨てた。

「ヴェロニカが来日するなんて情報、こっちには漏れてこなかったぜ」

「けど、その情報を仕入れてたら逆に油断して、俺たちの移動は夜明け以降になってたかもしれない」

　新井が冷静な口を挟んだ。

「ソイツを拾わなかったからこそ今夜のうちに中野坂上を引き払ったって考えたら、その点は結果オーライなんじゃないか？」

　そのフォローはもっともで、冨賀の反論はなかった。

画面の女は無言の坂上に向かって滔々《とうとう》と続ける。

「顔色も変えないのは、ハッタリだと思ってるからなの？　疑いたいのも無理はないけど、残念ね。あなたたちが私に集中してる間に、ナカノサカウエのお城……イヅミショクドウだったかしら？　そこにノゥリとガードが入ったきり出てないって、ちゃあんと確認した上で木っ端微塵《みじん》にしてあげたわ」

合成ボイスとも思えない余裕たっぷりの口ぶりで、通訳システムが畳みかけてくる。

「もしかしたら、あなたの夢でも見てるところを邪魔してしまったかもしれないわね。だけど仕方ないわ、あんな廃墟《はいきょ》みたいなジャパニーズレストランをメンテナンスもせずに放置していたら、ガス爆発事故が起きたって不思議はないもの」

「――――」

「嘘だと思うなら、ノゥリに電話して確かめてごらんなさい？」

ごらんなさい？　とは、これまた随分と高性能なシステムにそぐわない時代錯誤なボキャブラリィだ。

中野が思った直後、元カノが野次を飛ばした。

「そうよ、電話させてごらんなさいよ！　そんで鳩の豆鉄砲を喰《く》らうがいいわ、このクソビッチ！」

豆鉄砲を喰らうのが鳩だ、ヒカル――

微動だにせず立っていた坂上が、緩慢な動作でパーカーのポケットに左手を突っ込んだ。

「そのまま、ゆっくり出して。携帯電話以外のものが見えたら命はないわよ。もちろん、右手が頭の後ろから離れてもね」

電話端末じゃないものが出てくるリスクを冒してまで架電を促すのは、始末する前に中野の死を確認させて絶望するさまを見物したいとか、その手の劇場型ドS根性丸出しの欲求なんだろう。

だとしたら、彼がその事実を悟るまでは撃たないはずだ。その間に母でも叔父《おじ》でもモブの協力者でも、誰でもいいから到着してくれれば勝機が訪れる。

なのに、こんなときに限ってギリギリの瀬戸際、下手すれば手遅れってタイミングまで登場を引っ張るのが、正義の味方の助っ人《すけと》ってヤツだとくる。

が、そうして焦れるそばから自問した。

――これは正義なのか？

改めて考えれば答えはノーだった。

敵味方を全て引っくるめて重箱にぶっ込んで隅々まで箸先《はしさき》でほじくり返したって、そんな概念は出てこない。

この騒動はただ、海を跨《また》いで生命を狩り合うだけの酔狂なゲームだ。

そんなもののために馬鹿みたいな大金が動き、殺し屋やエージェントなどという冗談みたいな駒が動き、罪の有無にかかわらず多数の死者を出してきた。正義なんてこれっぽっちも関係ない。

が、だからこそ、さっさと誰かが到着してもいいんじゃないのか。正義の味方の助っ人じゃないなら、ギリギリに登場するセオリーは無効だろう。

じりじりしながら見つめる画面の向こうで、坂上は引っ張り出したスマホに目を落としたまま動かない。

その姿に業を煮やしたらしい。見た目だけは草食系の同僚が、苛立《いらだ》ちを孕《はら》んで口をひらいた。

「アイツは何やってんだ？　中野から電話したほうが早いんじゃないのか。番号はわかってるんだよな、クリス。この際、覗《のぞ》き見がバレて怒られたってもういいだろ」

「え、あ、うんっ？」

名指しされたシステム屋が素早いレスポンスで机上のマシンを操作して、パッと顔を上げた。

「——中野くんにかけてるよ⁉」

「え？」

「Kがいま、中野くんに電話してるんだよ！」

「俺に？　でも鳴ってないよ」

電源が落ちていないかと同僚に言われてスマホを探した。しかし全てのポケットを探ってみてもどこにもない。クルマの中で落としたんじゃないかと冨賀がガレージに走り、その間に中野は今夜の行動を反芻《はんすう》した。

ベッドに入るとき、ヘッドボードの充電ケーブルに繋《つな》いだ。しかし、深夜に叩《たた》き起こされてから慌ただしく抜け出してくるまでの間に外した記憶がない。

つまり、こういうことだ。

中野のスマホは、いまごろ原形をとどめない姿で瓦礫《がれき》に埋もれている。

「多分、中野坂上だ――」

「はぁ!? 何やってんだよ!?」

ちょうど戻ってきた冨賀が聞き咎《とが》めて怒鳴り、新井が低く呟《つぶや》いた。

「俺の手落ちだ。確認しなかったから……」

「そうじゃねぇだろ! コイツは持ち物チェックしてやんなきゃなんねぇ幼児かよ!? いつまで経っても他人事《ひとごと》みてぇなツラして危機感の欠片《かけら》もねぇから、こんなことになるんだろうが!」

ひらいた手のひらを勢いよく画面に振り向けた情報屋の激昂《げきこう》に、弁解や反論を返す気はもちろんなかった。誰よりも中野自身が己の迂闊《うかつ》さを罵倒《ばとう》したいくらいだった。

よりにもよって、こんなときにスマホがない?

何なんだこの、いざってときに限ってわざとみたいにヘマをやらかす、海外ドラマのお約束みたいに陳腐な失態は――?

坂上はまだ動かない。

正しくは、ドラレコのカメラがキャッチできないほどの僅《わず》かな動きしかない、という事実が悲鳴のようなクリスの半ベソで判明した。

「リダイヤルしてる……何回も中野くんにかけ直してるよぉ！」

「いますぐ回線に割り込め白豚ぁ!!」

アンナが鬼気迫る形相でクリスに怒鳴り、元カノのビームみたいな眼差《まなざ》しが中野を貫いた。

「何なのよこんなときにミナトあんた、この役立たずっ！」

「クソ、K……！　いっぺん電話は諦《あきら》めて先にその女を殺《や》れって！」

冨賀がディスプレイに向かって歯ぎしりし、同僚が中野の顔を見て抑えた問いを寄越《よこ》した。

「大丈夫か、中野」

「大丈夫なように見える？」

中野は答え、ゆっくりとひとつ瞬いた。氷の塊でも押し込まれたみたいに腹の底が冷え切って、しんと静まり返っていた。

俺は何故、こんなところで馬鹿みたいに彼の窮地をただ眺めてるんだろう——？

「まだ割り込めないのクリス!?」

「や、やってるけど反応してくれないんだよぉ、Kが！」

こちら側の混沌《こんとん》など知る由もなく、画面越しの遠い異国では勝ち誇ったような角度に顎《あご》を上げた女が、もったいぶった仕種《しぐさ》で小ぶりの拳銃《けんじゅう》を構え直した。

「さぁ、気は済んだかしら？　そろそろ愛《いと》しいノゥリの後を追うといいわ」

「あぁ……」

スマホを見ながら坂上が零《こぼ》したのは、ロシア語ではなく日本語の呟きだった。

「そうだな、俺の居場所はアイツのとこにしかないから」

その言葉にか。

平素の抑揚のなさから、さらにバリ取りして研磨された声の静けさにか。

それとも、こんな大事なセリフにまで合成ボイスが被《かぶ》った腹立ちのせいか。

自分でもわからないまま中野の全身が総毛立った刹那《せつな》、坂上の右手が密《ひそ》やかなひと呼吸のようにするりと流れた。

個性や特徴を削《そ》ぎ落とした彼の、躊躇《ちゅうちょ》も気負いもない自然な動きは、周辺の木立が風にそよぐさまほども注意を惹《ひ》くことはなかった。銃声すら彼に寄り添い、炎の中でクルマが爆《は》ぜる音に密やかに紛れた。

後頭部を離れ、さりげなく腰の後ろを経由して前方へと伸ばされた右腕。その軌跡にギャラリーの意識が追いついたのは、女の身体がゆらりと傾《かし》いだあとだった。

「――けど、追うための手助けはいらねぇ」

そうつけ足した坂上の口ぶりや姿勢に変化はなかった。左手のスマホに落ちた顔の角度さえも。

全身のうち、ひとつのパーツ——右手だけが、本体の系統から切り離された生命体のごとく正確無比な働きを見せた。腰に差した鉄砲を抜き、トリガーを絞り、ソイツをもとの場所に収めて額に落ちかかる前髪を鬱陶《うっとう》しげに払い、何事もなかった風情で左手が持つスマホに添えられる。

崩れ落ちたヴェロニカには見向きもしない。たったいま、息をするように彼女を撃ったことにも、ひょっとしたら気づいていないんじゃないのか。そんなふうに思わせるほどの無関心の塊が、ひっそりとそこに佇《たたず》んでいた。


遠くにサイレンの音が聞こえはじめた。

鬱蒼《うっそう》とした木々とバス停しか見えないロケーションとは言え、別荘があるようなビーチリゾートエリアだ。真冬だからといって完全に無人とは限らないし、あれだけ派手な爆発が起これば、どこかで誰かが気づいて通報していてもおかしくはない。

「えっと……なんか静かに終了したけど、今度こそ終わったのよね？」

ヒカルが誰にともなく半信半疑の声を漏らした。

彼女だけじゃない。ヴェロニカが爆死したと思ったときは弛緩《しかん》した安堵感《あんどかん》が漂ったというのに、いまは誰もが慎重な目を交わし合っていた。

——が。

「ちょっと中野くん、Kがまだリダイヤルしてるよ⁉」

クリスの素《す》っ頓狂《とんきょう》な慌てっぷりが、室内に蔓延《まんえん》するモヤつきを破り去った。

画面の中の坂上は、未《いま》だ炎上を続けるクルマと女の死体の中間で相変わらず動かない。一見、ただ突っ立っているだけに見えるけど、手もとのスマホから発信を繰り返しているというのか。

「ったくアイツは、こんな大事なときにスマホを忘れるような間抜け野郎のどこがいいんだよ？」

冨賀が呆《あき》れ声を吐き、運んできたまま放置していたビールのケースを開けながらシステム屋に顔を向けた。

「どうにか回線に割り込んで、ソイツのスマホはないって教えてやれよ、クリス。サイレンも近づいてきてんだし、さっさとずらかったほうがいいだろ」

そこへ新井が口を挟んだ。

「Kの回線に割り込むより、いっそ中野のお母さんにかけたほうが早いんじゃないか？そろそろ着くだろうから、スマホの件を伝えてもらえば……」

言いかけた同僚は何気なくディスプレイに目を遣《や》り、凍りついた。

「おい！」

ただならぬ声音に全員が壁を見上げて空気が一変した。ドラレコの画角の隅で、地面に横たわる影が身動《みじろ》いでいた。

キャンプファイアの炎が明滅する中、くたばったはずの女がゆらりと腕をもたげる。

その先端から無防備な殺し屋を狙う、小ぶりな拳銃のシルエット――

「ちょ、ねぇ何なのゾンビなの⁉　ホントはマジでゾンビなの、あの女⁉」

ヒカルの悲鳴にアンナの怒号が被る。

「何チンタラしてんだぁクリス！　アイツがまだ生きてるっていますぐKに知らせなっ！」

「ま――待って待って……！」

室内の混乱をさらに掻《か》き乱すかのようにサイレンの音が近づいてくる。しかし消防車が到着しようがしまいが、彼の窮地には関係ない。

坂上がスマホに落としていた目を上げた。

その視線と女の銃口がピタリと直線で結ばれる。

殺気立ってすら聞こえるけたたましいBGM《サイレン》が間近に迫り、緊張感を極限まで増幅させる――

激しい雑音とともに右手の木立を蹴散《けち》らかして、真っ赤な巨体が飛び出してきた。

と同時に別の角度から黒馬が跳躍し、身を乗り出した騎手がいっぱいに伸ばした腕で坂上の身体を薙《な》いでいた。

何もかもが一瞬だった。

それでいて、全てがスローモーションみたいに見えた。

弾《はじ》き飛ばされた細身のパーカー姿がバス停脇の暗がりに消え、黒い鉄馬が横転スレスレのフルバンクで画面の死角に回り込んでいく。その手前を赤い筐体《きょうたい》が斜めに横切り、サスペンションがぶっ壊れそうなほど沈み込んで着地したあと、バウンドを繰り返しつつ耳障りなブレーキ音を響かせて減速した。

炎上《キャンプファイア》するクルマに突っ込む寸前で全身を軋《きし》ませて消防車が停止した場所は、ちょうどさっきまで同居人が立っていた辺りだった。ヴェロニカの姿はどこにもない。

ようやくサイレンが鳴り止んで静寂が訪れても、こちら側の面々は声もなく、全員が息を殺してディスプレイを見守っていた。

中野も沈黙したまま画面を見つめて思った。

――何だろうこの、コメディタッチのアクション系海外ドラマでしかお目にかからないような、力任せの荒唐無稽《こうとうむけい》っぷりは……？

赤い箱の運転台から飛び降りた人物が、バス停に向かってダッシュしながら叫んだ。

「ケイ！　無事なの⁉」

中野の母、可南子だった。どうやら司令塔自ら、何故か消防車で突っ込んできたというわけだ。

「ていうかちょっと譲二！　やることが雑なのよあんたは昔っからっ！」

まだ作動していた同時通訳の合成ボイスが、彼女のボリュームで完全に掻き消されていた。クリスが気づいてシステムをオフにする。

「いや、可南子お前こそ……」

反論しかけた叔父《おじ》の声が半端に途切れた。溜《た》め息《いき》にすり替わったその声音は、こう問いたかったのかもしれない。援護すべき相手めがけて重量級のクルマでダイブするのは、雑とは言わないのか？——と。

「まぁいいや。立てるか？　ケイ」

彼も可南子の隣で地面を覗《のぞ》き込んだ。ドラレコの映像が遠くてはっきりと見えないものの、差し出した手を摑《つか》んで起き上がる姿が暗がりの中に窺えた。ついでに、音声が拾えているということはスマホも無事なんだろう。

「頭打ったり、どっか折れたりとかしてない？」

心配げに尋ねる可南子の声。大丈夫です、とか何とか坂上がボソボソと答えると、途端に彼女の物言いが一変した。

「もう、心配させないで！　あんな女に鉄砲向けられてボケッと突っ立ってるなんて、一体何考えてんの⁉」

「だって可南子さん……」

低く漏れた声が、微《かす》かに震えるように聞こえたのは気のせいだろうか。

「あの女、いづみ食堂を爆破したって——繋《つな》がらないんだ、アイツの電話……」

「大丈夫、湊なら無事だよ」

叔父の譲二がやんわりと声を滑り込ませた。

「中野坂上の拠点《ベース》が爆破されたのは事実みたいだけど、湊はその前に脱出してたから安心していいよ。電話が繋がらないのは、まぁ何か理由があるんだろうね。アイツ、あれで結構おっちょこちょいだから、逃げるときに壊したとかさ」

ハッ、と冨賀が鼻を鳴らした。

一方で坂上の反応はなく、さらに叔父がこう畳みかけた。

「そんな顔しなくても、この状況でこんな嘘を言う必要ないだろ？　敵はもう片づいたんだから、湊が死んだって正直に言って慰める余裕もあるんだし」

「いちいち回りくどい言い方しなくても、湊はクリスんちにいて無事だって言えば済むことでしょ？　全く！　あとでクリスに連絡しなさいよ、ケイ。そんで電話に出やしない馬鹿息子の言い訳でも拝聴してやるといいわ」

可南子のぞんざいな口ぶりを聞いて、アンナが首を傾げた。

「中野さんがここにいるなんて情報、お母さんたちはどこから入手したのかしら？」

「それはねぇアンナちゃん！」

クリスがいそいそと手を挙げた。

「Kが中野くんのお母さんと電話したあと、いづみ食堂が爆破されたことと、中野くんたちはうちにいるってことを僕からお母さんにメッセージで知らせといたんだよ。ほかのとこから情報が回ったら、安否がわかるまで心配するだろうって思ってさ。だからって直接Kに連絡するとほら、怒られちゃうし」

「へぇ。コソコソとそんな小細工してたなんて、あんたもたまには気が回るじゃない。でも結局、ヴェロニカ《ほかのところ》から情報が回ってKが心配したけどね」

「いや僕、知らせたほうがいいと思ったらKにも伝えてって書いといたんだよ？　だけど言ってなかったみたいで、さっきほんともう、やっぱりKにも知らせとくべきだったって、人生最大の後悔をしてたんだからね……!?」

「その後悔を一生引き摺《ず》ることにならずに済んで良かったわねぇ」

「まぁけどアンナ、今夜クリスが大活躍したことは確かだぜ？」

情報屋が取りなすように割り込み、三度目の正直でケースからボトルビールを抜きはじめた。

「えぇ、腹立たしいことにね。幸か不幸か、アタシの子猫ちゃんたちの出番はなかったってのに」

武器商人はつまらなそうに言って、ダッフルバッグから覗いていたショットガンの銃身を愛《いと》おしげに指先で辿《たど》った。彼女としては、そりゃあ黒や銀色の子猫ちゃんたちが大暴れできなかったのは残念なことかもしれない。が、客観的には、ソイツは不幸じゃなくて幸だろう。

画面の中では、偽りの姉弟《きょうだい》が口論をはじめていた。

「だからケイにも先に教えとこうって言っただろ？　中野坂上が吹っ飛ばされたけど湊たちは無事だって」

「いまさら物わかりのいい大人ぶるのはやめなさいよ、譲二。全て終わるまでは気が散るような情報は排除しようって結論になったじゃないの。湊が無事だってのは動揺させないための方便じゃないかなんて、ケイが変に勘繰らないとも限らないからって」

「結論になったっていうか、押し切られたんだけどね」

「何よ、現にさっき無事だって言ったとき、勘繰るような顔したでしょ？　この子」

二人の前にいた『この子』が、さりげなく頬を逸《そ》らした。が、保護者たちの応酬はお構いなしに続く。

「いや——勘繰ったら勘繰ったで、さすがに電話でもして確かめるんじゃないか？　湊本人が出なけりゃ、ほかの誰かにでも……」

「結局、動揺して湊にしかかけなかったみたいじゃない、この様子じゃ。全く、うちの息子のことでケイがここまでポンコツになるとは思わなかったわ！」

「僕はそこそこ予想できたけどなぁ」

冨賀から回ってきたボトルビールをヒカルに回しながら、アンナが笑った。

「何だか、ヒカルと中野さんの会話を聞いてるような気がしてくるわね」

「えぇ？　どこらへんがぁ？」

顔を顰《しか》めたエージェント女子が、受け取ったボトルを数秒眺めて首を傾げ、慎重な口ぶりでこう言った。

「——ていうか今度こそ、本っ、当、に終わったのよね？」

疑心暗鬼の問いが一拍の静寂を呼び、すぐに全員がそれぞれの言葉で口々に肯定した。誰もが、ヒカルに答えるというよりも自身を納得させようとするかのような声音や身振りだった。

中野のもとにも、同僚経由でIPA《アイピーエー》のボトルがやってきた。

ラベルに描かれているヴィヴィッドな色合いのワニ──のように見えるイラストは、ネーミングからするとドラゴンなんだろう。銘柄にある『モンスター』の単語が一瞬、ようやくくたばった女を思わせたけど、彼女を重ねるには可愛すぎるファンシーなデザインだ。

それからふと、そうやってどうでもいいことを考えていられる自分に気づいて中野は笑いたくなった。ついさっきまで何度も訪れたヒリつくような緊張感が、まるで夢の中の出来事みたいに感じられた。

この感覚は、そう──照明が灯《とも》った映画館だ。

ここに集合したメンバーは、結局、ホームシアターで洋画か海外ドラマでも鑑賞していたようなものだった。

画面の向こうの展開にハラハラドキドキで手に汗握り、安堵《あんど》に胸を撫《な》で下ろし、途中でコーヒーブレイクを挟みつつ、ただの観客に過ぎないままエンドロールを迎えた。

ただまぁそもそも、こちら側では『何も起こるべきじゃない』ことが前提だし、必ずしも全てのスポットでアクシデントが発生するとは限らないのが現実《リアル》というものだ。

どんなに荒唐無稽な出来事が連発しようとも、中野が暮らす世界は海ドラの舞台じゃない。

一方、アクシデントが発生しまくった異国の地では、坂上と可南子がSUVに乗り込んで出発するところだった。叔父の鉄馬はひと足先に発《た》っていて、消防車にとどめを刺されたらしいヴェロニカの姿は、最後までカメラに映ることはなかった。

これがホラー映画なら、性懲りもなく死に損なった女が自分を轢《ひ》いた消防車で追いかけてくる……なんて展開もアリかもしれない。

しかし幸いにもそんなジャンルの転換はなく、ドラレコの映像は未《いま》だに燻《くすぶ》るキャンプファイアから無事に遠ざかっていった。

帰りのルートは、お伽話《とぎばなし》の世界みたいな獣道じゃなかった。

往路で坂上が横切った片側一車線道路まで戻ると、SUVは右に折れて、相変わらず両脇に森を見ながら真っ直ぐ伸びる道を走りはじめた。

運転しているのは、乗り込む前の映像から察するに可南子だった。クルマが巡航速度に乗った頃、助手席にいるはずの坂上からクリスのスマホにメッセージが届いた。

画面には、ごく短い言葉で四つの要素が並んでいた。

争続ゲームが終わったこと、遠征メンバーは全員無事だということ。電話回線の安全が確保できたら、改めて連絡すること。それから最後に、そっちはどうだ？　という問い。

クリスに任せると無駄に長くなりそうだからと、代理で冨賀が事務的な返信を送った。ただし短文の中にも、それとなく『間抜け野郎がスマホを失くしやがって』と加えることは忘れなかった。

スマホ紛失事件について坂上から特段の反応はなく、中野も何かひとこと送れとアンナやクリスに勧められたけど辞退した。同居人への言葉を他人の端末から告げるような真似は気乗りしなかったからだ。

そんなわけで、母曰《いわ》く『電話に出やしない馬鹿息子の言い訳』を直接聞いてもらうお楽しみは、しばし延期となった。が、いまは互いが無事だとわかっていればいい。

それでも中野がスマホを失くした件は、車内で同居人から母へと速やかに伝わった。

「あぁそう、全く――」

鼻で一笑したあと溜《た》め息《いき》を吐いた可南子は、ついでとばかりにこんな暴露ネタを披露した。

「あの子が幼児のとき、クルマで遊園地に連れてったらさ、到着してから靴を履いてないことに気がついたのよ。出かける前に庭で裸足《はだし》になって遊んでて、そのままクルマに乗ったらしくてね。いま、そのときのことを思い出したわ」

「はぁ……で、遊園地はどうしたんですか？」

「裸足で歩かせてたけど真夏で地面が熱いし、しょうがないから売店でサイズの合わないビーサンを買ったわよ。まぁ、出発前に確認しなかった私も悪いんだろうしね」

だろう、じゃないだろう。

中野は胸の裡《うち》で呟《つぶや》き、アンナやクリスのクスクス笑いや、ヒカルの「ミナトにもそんな頃があったのねぇ」というニヤつきを素知らぬ顔で受け流した。

その出来事は記憶になかったし、スピーカー越しの会話も幸い、すぐに別件へと移ってくれた。

「それはそうと、まさかプランFを使うことになるとは思わなかったわねぇ。あんなフザけた計画、成功するなんてこれっぽっちも思ってなかったわ。正直、また一からやり直しになるって覚悟してたのよ」

「あの――」

坂上が、宿題を忘れてきたことを教師に告白する生徒のような口ぶりを返した。

「成功したっていうか……実は、爆破はあんまり意味なかったんです」

「え？」

そこで彼が、ロックされていたはずのセダンからヴェロニカが脱出していたこと、撃たれても生き返ったことなどを手短に語ると、可南子が呆《あき》れ返った声を上げた。

「それでか。なんでクルマの外にいんのかしらとは、ちょっと思ったのよね。でもまぁ私が着いたときは地面に転がってたし、爆破されたクルマから這々《ほうほう》の体で逃げ出したのかしら、くらいな感じでさ……チラッとしか見なかったから、服が黒焦げかどうかもわかんないし。あぁいや、もともと黒い服だったっけ」
チラッと見えただけの女めがけて消防車で突っ込んだ運転手は、さらにこう続けた。
「ま、クルマから出た手品とかゴキブリ並みの生命力については、あの女のことだから
いちいち驚かないわ。でも手段がどうあれ、クルマのロックが解除されたのは事実なん
だから、ダミアンにはお仕置きが必要ね」
「アイツが裏切ったって考えてますか？」
「いいえ。そこまで馬鹿じゃないだろうし、ヴェロニカの魔術じゃなければ単純にバグ
なんじゃない？　ただ、脱出したなんて報告がこなかったところを見ると、ダミアンの
ヤツ……遠隔操作プログラム任せにして車内カメラの監視もそっちのけで、パーティ客
の女でもたらし込んでた可能性はあるわね」
可南子の声音が物騒な色合いを孕んだとき、対向車線を猛スピードで走ってきたパト
カーや消防車とすれ違った。キャンプファイアの現場に向かう車列だろう。あの赤い箱
車には、今度こそ本物の消防士たちが乗っているに違いない。
リアカメラの中で――いまは再び画面が上下に分割されて、前後カメラの映像に戻っ
ていた――あっという間に小さくなった回転灯の一団は、すぐにカーブの向こうへと消
えていった。
それらが完全に見えなくなった頃、坂上が尋ねた。
「そういえば、なんで消防車に乗ってきたんですか？」

「あぁ、それがねぇ。ミトロファノフ邸を出るとき、パーティ客のお高そうなSUVを借りてカッ飛ばしてきたら、高速を降りた辺りで急にエンジントラブル起こしやがってさ。全く、外観ばっかピカピカにするより中身をメンテしろっての。とにかく騙《だま》し騙し走ってたんだけど、いよいよウンともスンとも言わなくなったところに颯爽《さっそう》と現れたのがアレよ。王子様たちをワンサカ乗せた、白馬ならぬ赤馬が二台。火事だけにね」

おそらく、火事の隠語でもある『赤馬』と消防車のカラーリングを掛けたんだろう。が、残念ながら坂上の反応は嗅《か》ぎ取れなかった。構わず母が続ける。

「で、今度はソイツを拝借したってわけ。間に合って良かったわよ、ほんと。先に着いててもおかしくない譲二は清掃班の到着が遅れたとかで、私と一緒のタイミングになっちゃうしさ」

「あの、消防車は二台だったって言いましたよね。もう一台は？」

「タイヤを全部撃って置いてきたわ。でも消防士さんたちが暖をとれるように、ちゃんとエンジンは生かしといたわよ」

「はぁ、そうですか……」

それ以上のコメントに窮したのか、彼の声は曖昧《あいまい》な相槌《あいづち》から別件にすり替わった。

「そうだ、セルゲイのことも聞いてますよね？」

「ヴェロニカとドンパチやってクルマごと引っくり返った件ね。譲二から聞いたわ」

「母親を襲撃したって、どういうことでしょうか」

「さぁねぇ。でも、一緒にドライブしてたヤツらと四人揃ってパーティの銃撃犯だって情報もあるようだし。ケイのご要望どおりセルゲイは生体で回収したらしいから、落ち着いたら本人に訊《き》いてみましょ」

ボトルを呷《あお》りながら画面を眺めていた武器商人が、システム屋に顔を向けた。

「まさかクリス、銃撃犯の情報もあんたの仕業？」

「まぁ、うん。お母さんに連絡したとき、一緒に知らせておいたんだ」

「そんなにあれこれ情報流しちゃって、Kに覗き見がバレないといいわねぇ」

アンナがニヤつき、クリスがハッと顔を強張《こわば》らせたとき、何かに気づいたような可南子の呟きが聞こえた。

「――あら」

フロントカメラの視界の先で、複数の回転灯が派手に闇を彩っていた。近づくにつれて見えてきたのは、路肩に停まった数台のパトカーと消防車一台だった。

「もうこんなとこまで戻ってきたのか」

母の独白から察するに、彼女がジャックした二台の消防車のうち、タイヤを撃って残したという一台に違いなかった。現場検証でもしているらしく、立ち働く警察官たちのほかに消防隊や救助隊らしき服装がちらほらと見える。

こちらに気づいた警察官がひとり、道路の真ん中に出てきて両手を振った。不審なものを見なかったか尋ねるつもりなのかもしれない。しかし運転手の顔を消防士たちに見られでもしたら、ジャック犯だってことがバレるんじゃないのか——

中野の懸念をよそに、母は素直にクルマを寄せて停車した。

何か策でもあるのか……と思ったのも束の間。ビール片手に取り澄ましたロシア語のやり取りを聞いていたら、案の定だ。路肩のほうで何かに気づいたような誰かの声が上がるなり一気に辺りがザワつきはじめ、SUVはエンジンを吹き上げて弾丸のごとく飛び出した。

全く、コメディ映画かお茶の間コントばりのドタバタシーンだった。

ヘッドライト頼みの暗い景色がみるみる加速して、左右に続く木立と路面の白いラインがジェットコースターのように後方へ飛び去っていく。すぐに追ってきたパトカーのサイレンは、近づくどころか逆に遠ざかりつつあった。

どこの国でも、パトカーなんてのは恐ろしくスピードが出るものだと中野は思っていた。が、必ずしもそうだとは限らないのか、それとも装甲仕様車ってのは敵から逃げ延びるために、警察車両を凌ぐようなエンジン周りのカスタマイズでもしているのか。

いずれにせよ、母と同居人を乗せたSUVは難なくパトカーを振り切って速度を緩め、平穏なドライブに戻った。

——と、思ったら今度は突然、怒濤《どとう》のようなメタルの大音量が車内を襲った。

「ちょっ、何なのよこのデカい音は⁉」

可南子が喚《わめ》いた。追っ手を撒《ま》いてドライブ気分でオーディオをオンにしたら、坂上の戦闘モードBGMがボリュームそのままに再生されてしまったようだ。彼がボソボソと何か答えているけど、音圧に潰《つぶ》されて聞こえない。

ははは、と笑った冨賀が画面に向かってボトルを掲げ、そのまま隣にいた新井のボトルネックにぶつけた。いつもの皮肉げな色が薄れた、気安い上機嫌な表情だった。

潜入、銃撃、爆発、カーチェイス——たった一夜の出来事とは思えない盛り沢山のエンタテインメントが終わっても、騒々しさはまだ尽きない。

つんのめるような静寂が訪れたSUVの車内では、可南子が自分のプレイリストで走ると主張していた。

指示された坂上が彼女のスマホを弄《いじ》る気配のあと、妙に無邪気なイントロがスタートしたかと思うと、ドラムの軽いリズムが滑り込み、すぐに力強いヴォーカルが被《かぶ》さって、ヘヴィな弦楽器が加わった結果、最終的には大差ないBGMになっていた。ただ、ロックには違いなくとも同居人のセレクトほどハードじゃないし、常識的な巡航速度に見合ったテンポではあった。

どこかキャッチーなサウンドに乗って、ドラレコの映像は一直線に伸びる道の先目指してひた走る。

いまにも、ドローンの後進&上昇《バックショット》で壮大な森の俯瞰《ふかん》映像にフェイドアウトし、ド真ん中に『FIN』——なんて文字が浮かび上がりそうな画面を眺めていたら、同僚が思い出したように口をひらいた。

「そういえば中野、もし親父さんの事業の後継者に指名されたら、あっちにいく気はあるのか？」

「まさか。いまからロシア語の勉強なんかする気はないし、経営なんてものにも興味ないよ」

言ってから思った。事業承継はともかくロシア語については、単語くらいなら日常生活の中で同居人に教わるのも悪くない。共有できるものが増えるのはいいことだし、何より彼が育った土地の言語だ。

「せっかくセルゲイが生きてんだから、こんな馬鹿騒ぎの後始末も跡継ぎも、みんな彼が背負《しょ》ってくれたらいいと思うよ。ていうか、二人以上生き残ってた場合の遺言もあるんだっけ? ソイツの内容が何であれ、俺はかかわりたくないね」

「まぁ、ミナトにオリガルヒの後継者なんて務まるわけがないって、考えなくたって誰でもわかるわよねぇ」

二本目のビールを呷っていたヒカルが割り込んできて、唇をニヤつかせた。

「それよりセルゲイと言えばさぁ、腹違いの弟がちょっとミナトに似てるからって、向こうにいる間にKが心変わりしちゃったりしたらどうする？」

「ないね」

「やだ、何その自信ありげな即答」

「ヒカルったら、野暮なこと訊くもんじゃないわ」

アンナが目尻《めじり》を弛《ゆる》ませてエージェント女子をやんわりと窘《たしな》めた。

「中野さん以外の誰かに心を奪われるなんて、Kに限ってあるわけないでしょ？　そんなこと、天地が引っくり返ったって……」

声が途切れた瞬間、武器商人の顔つきが豹変《ひょうへん》した。と同時にダッフルバッグへ伸びた手が、さっき撫《な》で回していた子猫ちゃん――黒いショットガンの銃身《バレル》を引っ摑《つか》むが早いか、振り返りざま腰だめにトリガーを絞った。それからすかさず先台《フォアエンド》をスライドさせて、さらに一発。

彼女の隣では、エージェント女子の左手が同じくダッフルバッグからフルサイズのハンドガン一丁を抉《えぐ》り取り、右手がサイホルスターから愛用の銃を引き抜いていた。そのまま小型犬みたいな面構えに殺気を漲《みなぎ》らせ、流れるように二百七十度回転しながら真っ直ぐ伸ばした両腕で二丁の拳銃《けんじゅう》をぶっ放しはじめる。

男たちが手出しする間もなかった。

中野に至っては、侵入者の姿を視認する暇《いとま》すらなかった。

横殴りに交錯する弾丸の雨が壁を舐《な》め、棚の機器類を弾《はじ》き、アメコミフィギュアの林が射的の景品みたいに順序良く倒されていく狭間《はざま》を縫って、家主の悲鳴が迸《ほとばし》る。

一応フォローするなら、男子のうち唯一武器を持つ先輩エージェントも怠けていたわけじゃない。最初の一発が発射されたときにはラリアット的なモーションで中野の胸を薙《な》ぎ、もろとも机の陰に転がり込んでいた。

その腕の、外観に似合わぬ力強さときたら。だけど草食動物ってのは、実は結構な筋肉質らしいから、あながちイメージ違いでもないのかもしれない。

ただ残念なことに、彼が本領発揮の臨戦態勢にシフトして参戦する寸前、女子二人によるショットガンと二丁拳銃の乱舞は終演してしまった。

充満する硝煙臭さの中、長いバレルを肩に担いだアンナが、部屋の入口で倒れている男に歩み寄って屈《かが》み込んだ。

「いい身体してるわねぇ」

ご満悦な声音で敵の懐からスマホを抜き取り、本人の指でロックを解除して冨賀に放る。ソイツをキャッチした情報屋がビール片手に端末を弄って、数秒のうちにこう言った。

「セルビア人の殺し屋グループのメンバーだな。常に三人で動くヤツらのはずだけど、何人仕留めた？」

「二人かしら」

「二人ね」

女子コンビが口を揃えると、新井が拳銃を手に部屋から出ていった。すぐにヒカルもあとを追い、彼女を案じてアンナも加勢にいくのかと思ったら、こちらは部屋に残るようだった。

確かに武器商人までいなくなると、ここには闘えない男しかいなくなる。冨賀は素手の喧嘩《けんか》ならできるだろうけど、これは世知辛い現実の世界だ。武装した敵が現れた場合、男の矜持《きょうじ》をチラつかせてわざわざ武器を投げ捨て、肉体でぶつかり合うアクション映画みたいに譲歩してくれるとは思えない。

中野はビールを傾けつつ、室内の惨状を見るともなく眺めた。

大抵のものは割れるか転がるかのどちらかで、壁のディスプレイなんて大半の画面が派手にぶっ壊れてしまっている。こうなると、ロシアン・エピソードをエンディングまで視聴できたことに改めて感謝しなきゃならない。

「それにしても、ここが知れちゃうとはね」

海ドラ女優のような仕種《しぐさ》でアンナが肩を竦《すく》めた。

「ヴェロニカが死んだってのに襲ってきたところをみると、ゲームが終わったこともまだ知らなかったようだけど。情報ルートのスピード感はさておき、こんなところまで嗅《か》ぎつけた上にセキュリティも突破した点は評価してやるべきかしら」

「残念だったなクリス、次はどこに引っ越すんだ？」

冨賀の揶揄《やゆ》混じりの声に、クリスが心底無念そうに嘆いた。

「ここ気に入ってたのになぁ……」

そのとき、家主の未練を弾き飛ばすように屋内のどこかで銃声が入り乱れ、数秒で静かになった。

そういえば、これで一応、全てのスポットでアクシデントが発生したことになる。

鬼退治チームのいる現地。中野坂上のいづみ食堂。そして、このクリスの棲処《すみか》――ただ、異国のアクションがド派手すぎたせいか、この程度のドンパチくらいではどうにもインパクトに欠けてしまう。

部屋に残っていた四人は無言で目を交わしたあと、何事もなかったかのようにボトルを傾けながら、クリスの転居先について勝手なディスカッションをはじめた。

しばらくすると、エージェントの先輩後輩コンビが戻ってきた。

「家の中と周辺は確認したけど、念のためにさっさと移動したほうがいい」

新井は部屋に入るなりそう告げて、頬の赤い汚れを手の甲でグイッと拭《ぬぐ》った。

しかし周辺なら、彼らの会社のスタッフが目を光らせていたはずだ。なのに、やっぱりそうか——という思いだった。殺し屋グループは、まんまとモブの警戒要員たちを掻《か》い潜《くぐ》ってしまったらしい。

冨賀が尋ねた。

「俺のクルマは無事か？」

「いや。タイヤの空気を全部抜かれてるから、ガレージの外にあったヤツらのクルマをもらっていこう」

「マジかよ。クソ、先週タイヤ交換したばっかだってのに」

「クルマごと交換したらいいだろ？　ピックアップトラックだから酒屋の配達に使えるんじゃないのか」

新井が口にしたアメリカの老舗《しにせ》メーカーの車種を聞いて、酒屋が投げ遣《や》りな即答を返した。

「ふざけてんのか？　酒の配達にゃ、リアシートも6リッター超のエンジンも無用の長物でしかねぇ」

「あらトミカ。それ言ったら、あんたのデカいバンだって酒屋にも情報屋にも必要ないんじゃない？　ラゲッジスペースにクリスのシステムを積むとかならともかく——あ、そうよクリス、次の家なんか探さなくても、トミカのバンをもらってキャンピング仕様にしちゃえばいいじゃない。タイヤも交換してさ。で、所持品積んで流浪の生活ってのはどう？　文字どおりのフリーアドレスよ」

「えぇ？　やだよそんなのぉ！」

「何言ってんだ？　バンは酒屋で使ってんだよ」

システム屋と情報屋が口々に反論した直後、武器商人がすうっと真顔になった。

「ていうかクリスあんた、さっきから何やってんの？」

「え」

散乱したアメコミフィギュアを掻《か》き集めていたクリスの手が、ピタリと止まった。

「や、だって、みんな連れてかなきゃなんないから……」

「オモチャを擬人化表現すんな白豚、何ならソイツらと一緒に置いてってやろうか？」

「だってアンナちゃん、マシンは替わりがあっても、この子たちは二度と巡り逢《あ》えないかもしれないんだよ!?」

「はっ、クソの役にも立ちゃしねぇ」

――こんなタイムロスはあったものの、どうにかチョイスさせた最低限の『クリス物資』を、男手四人で敵のクルマまで運んだ。

惜しくも残していく家財道具のうち、機器類は全て女子二人の手で破壊された。まるでストレス発散アクティビティのように彼女たちがモノをぶっ壊して回る間、中野は響き渡る物音が気になって家主に尋ねてみた。

「ご近所さんが怒鳴り込んできたりしない？　ていうか、さっきの銃撃戦も通報されたりしないのかな」

「大丈夫大丈夫！　うちの周りはみんな、ちょっとやそっとの物音なんて気にしないお年寄りばっかりだし、いつも僕がわけわかんないことしてるのを温かく見守ってくれる人たちだから！」

ニコニコと答えたクリスはサッと表情を曇らせて、でもここ好きだったのになぁ、離れるの寂しいなぁ……と、セルフレームの奥の瞳《ひとみ》を切なげに細めた。

全ての荷物をデッキスペースに積み終えると、定員オーバーのピックアップトラックはクリス宅をあとにした。

五人乗りの車内は運転席に冨賀、助手席にクリス、リアシートは女子二人と新井、中野という顔ぶれだった。が、同僚は細身とは言え草食動物ばりの隠れマッチョだ。密着した二の腕の硬質な筋肉が、厚手のアノラックを通しても伝わってくる。

その感触からさりげなく離れるように中野はドアに凭《もた》れ、夜明けが近い窓越しの空を見上げた。

「今日、仕事いけるかなぁ」

ポツリと漏らした呟《つぶや》きに、隣の新井から呆《あき》れ声が返った。

「まさか出勤する気でいたのか？」

「だって大事な打ち合わせがあるし……そういえば今日のアポ、新井も一緒にいく予定だったよね。仮の身分終了で退職するなら、あの案件はどうすんの？」

「今日のアポは延期してもらうよう、こっちで手配する。残ってる仕事についても調整する。とにかく今日は休んでくれ」

「延期の連絡は俺がするよ。家が爆発したって言えば文句も言われないだろうし」

「中野——」

「冗談だって」

「いいから、全部任せて大人しくしてろ」

圧を込めて乞《こ》われてまで逆らう理由もないから、大人しく従うことにした。

リーマンたちのやり取りが終了すると車内に静寂が訪れた。疲労を孕《はら》んだ、しかし安《あん》堵《ど》の色合いに満ちた静けさだった。

クルマがどこへ向かっているのか中野は知らない。それでも、閑散とした都内の道路を走る間に、窓の向こうの世界は確実に白みはじめていた。

六時間の時差なら、同居人がいる場所はこれから深夜に差しかかる時刻だ。だけど彼のもとにも、遠からず朝が訪れるだろう。

中野はふと、同僚の向こうにいる元カノを覗《のぞ》き込んだ。

「そうだ、ヒカル」

「何？」

「今夜、ずっと気になってたことがあるんだよね」

「――――」

ヒカルが探るように目を眇《すが》めた。

「いいわ、言ってみなさいよ」

謎の警戒心剝《む》き出しの眼差《まなざ》しを数秒見返してから、中野はゆっくり首を傾け、こう尋ねた。

「坊主バーって何？」

終章

1

盆を過ぎたとは言え、まだまだ陽射しが容赦ない八月後半の日曜。中野が同居人とともに訪れたのは、久しくご無沙汰《ぶさた》していた土地だった。

中野坂上を起点とするなら、緩やかなベクトルを描いて都心を横切った東側。全線の約半分が地上を走るという地下鉄で荒川《あらかわ》を越え、旧江戸川《きゅうえどがわ》を越え、ついでに都県境も跨《また》いだ千葉県、行徳《ぎょうとく》駅。

長閑《のどか》な住宅地に程良い利便性が融合するベッドタウンは、各駅しか停まらないとは言え、中野の勤務先までなら三十分の好立地でもある。

「そういえば、トイレットペーパーを買って帰んないとだね」

駅前広場越しにドラッグストアの看板をチラ見して言うと、隣を歩く同居人から素っ気ない声が返ってきた。

「ここで？」

「もちろん、戻ってからでいいよ。あぁでも、いかにも同居してますって顔でトイレットペーパーぶらさげて電車に乗るのもアリだよね。何なら、ファンシーなパッケージに入ったピンクのロールのヤツとか買ってさ」

坂上の眉間《みけん》に不可解な色が浮かんだ。

「トイレットペーパーなんか電車に乗って買いにいくヤツいるのか？」

「あんまりいないかもね」

「ファンシーなパッケージは何のためなんだ？」

「パッケージだけじゃなくて、ロールにも可愛いキャラとかプリントされてるほうがいい？」

「尻《しり》が拭《ふ》けねぇだろ」

同居人の即答に中野は笑った。

「でもキャラじゃないにしても、色とか柄がついたロールでもいいと思わない？　あそこのトイレってさ、ほら……オシャレを通り越してシンプルすぎるし」

彼らはいま、叔父《おじ》の会社が所有する雑司が谷のセーフハウスで仮住まい中だった。坂上の元兄貴分に拉致《らち》された日、コウセイが運転する英国車で連れていかれたマンションだ。つまり二人は現在、中野坂上に住む中野と坂上じゃなかった。

が、だからって中野が中野じゃなくなるわけじゃないし、同居人は坂上以外の何者でもない。初めにバーのカウンターで名乗った瞬間、その名前は駅名とは関係なく彼のものになった。

そもそも、中野だって人のことは言えない。中学のときから名乗ってきた叔父の姓なんて、坂上以上にルーツが怪しい。それに苗字《みようじ》というのは、地名やロケーションに由来するものが多いはずだ。だったら坂上のネーミングは、むしろ由緒正しいとも言える。

いずれにせよ、彼の名前を正当化するために御託を並べる必要はもうなかった。

何故なら同居人は、坂上恵《さかがみけい》という名を正式に得たからだ。


いづみ食堂が爆破されてから、およそ八ヵ月。

事故の真相は、当初の見解やヴェロニカの目論見《もくろみ》どおり、設備の老朽化が引き起こしたガス爆発ということで処理されていた。

もちろん、真っ当に調査すればそんな結果が出るわけはないし、瓦礫《がれき》の下からも怪しげな痕跡《こんせき》が山ほど出てきただろう。なのに全てが闇に葬られた上、唯一の住人だった中野の扱いが『事故で住まいが吹っ飛んだ不運な賃借人』で済んだことには、前のアパート以上の不自然さを禁じ得ない。それでも面倒は回避できたほうが有り難いし、揉《も》み消し工作のカラクリにも興味はなかった。

半壊した隣のアパートは、幸いにも被害を免れた二部屋にしか入居者がいなかったとのことで、どちらも無事で事件とは無関係。

一方、裏のお宅は、神楽坂のシェフと親密な交友関係があったという奥様――ではなく、夫のほうが行方をくらました。新井やヒカルが所属する警備会社の仕業らしいけど、これも詳細は聞いていない。

とにかく中野坂上の事故は片づいたも同然で、瓦礫もすっかり撤去された現地では上物の建設が進行中だった。廃業した定食屋の煤《すす》けたビルから一転、新たな箱は——まぁ、ソイツはいま関係ない。

ミトロファノフ家の事業は、異母弟のセルゲイが継ぐことで決着した。

最初からそうしてくれれば事は単純だったのに、ロシアの酔狂な億万長者がアメリカの荒唐無稽《こうとうむけい》な連ドラ並みのレクリエーションをお膳立《ぜんだ》てしてくれたおかげで、大勢の人間が迷惑を被って多くの命が奪われた。欲を掻《か》いた大人たちは自業自得だとしても、愛人の幼い息子が巻き添えを喰《く》らったことだけは中野も残念に思う。

生存者が二名いた場合の遺言書とやらも、一応開封された。ところが、コイツがなんと何も書かれていない白紙だった。

二人以上生き残るなんてあり得ない、という意思表示なのか。勝手にしろとでもいうメッセージなのか。はたまた紙を入れ間違えたのか。三名全員が残っていた場合の指示《カード》は開けられることなく破棄されたけど、そちらも白紙だったんじゃないかと中野は睨《にら》んでいる。

セルゲイが母親主催のパーティをぶち壊してヴェロニカを襲撃した理由は、大方の憶測どおり過干渉が原因だった。それも、密《ひそ》かにつき合っていた恋人が謎の死を遂げ、彼は母の仕業だと確信した——というのが引き金らしいから、過干渉という控えめな表現が妥当なのかはわからない。

ただ、今回の騒動は怪物《モンスター》に身震いするばかりじゃなく、禍《わざわい》から転じた福が少なくとも三つあった。

ひとつ目は、中野を消すために坂上が派遣されて二人が再会できたこと。

二つ目は、坂上の正式なIDを手に入れたこと。

実際に手配したのは自称デスクワーカーの叔父で、何をどうしたのか中野は知らない。とにかく、いまじゃ役所にいけば彼の戸籍謄本だって取得できる。

坂上の各種身分証類が何故かルクセンブルクからの国際便で届いたとき、二人は半信半疑で区役所を訪れた。不慣れな正規の手続きを踏んで、窓口で受け取った一枚の紙切れ——職員のお姉さんから笑顔とともに渡された住民票をしばらく眺めていた同居人は、やがてぎこちなく顔を上げて中野を見た。

胸の裡《うち》に渦巻く感情を、どう表現したらいいのかわからない。頼りなく揺らいだ面構えには、そんな戸惑いがありありと浮かんで見えた。

ちなみに印字されていた生年月日によれば、誕生日は十二月十五日。組織の敷地内でミハイル・レフチェンコに拾われた日だというその日付は、サンクト・ペテルブルクでの決戦の翌日で、彼は勝利を手にした直後に三十一歳を迎えていた。

そして禍が生んだ福の三つ目は、ダミアンが盗んだ情報を駆使してロシアの組織を壊滅させ、坂上が晴れて自由になったことだ。

決して簡単なミッションじゃなかったと思う。ヴェロニカを消してから悪の巣窟《そうくつ》を叩《たた》き潰《つぶ》すまでの数ヵ月間に、母の可南子なんか三度も死にかけたらしい。でも現在はピンピンしているし本題には関係ないから、その件は割愛する。

こうして、殺し屋として名を馳《は》せた『K』は過去の存在となり、クリスとダミアンの最強タッグによる情報操作で彼の身の安全も確保された。

おかげで、セキュリティ上の都合からクルマ移動をメインにしていた坂上が積極的に公共の交通機関を使いたがるようになり、今日もクソ暑い中、電車と徒歩によるブラ散歩につき合わされているというわけだった。

白いTシャツの上に羽織った、赤とグレイが交ざり合うチェックシャツの背中。やや色褪《いろあ》せた綿素材の裾《すそ》が、ふわりと風に煽《あお》られて戻る。

つい先日さっぱりと髪を切った同居人は、真夏の気温もどこ吹く風といった風情で中野の前を歩いていく。

寒い国で育ったくせに、剝《む》き出しの項《うなじ》はやけに涼しげだ。

駅から目的地までは、のんびり歩いて十分程度だった。

朝晩は多少過ごしやすくなった気がするものの、依然として猛暑日連続記録チャレンジの真っ最中。仕事の客先訪問ですら意外に歩くことが少ないインドア派にとって、灼《や》けつくような陽射しの下の徒歩十分というのは、ちょっとした苦行とも言えた。

「やっぱりさ、もうちょっと涼しくなるまではクルマにしない?」

中野の提案を聞いて坂上が振り返った。

「自分が運転するつもりで言ってんだよな？　ペーパードライバー」

「あんたが持ってる軽バンくらいなら動かせるんじゃないかな」

「AT限定免許じゃ一ミリも動かねぇだろ」

放るように言った彼の耳たぶには、春頃から三つのピアスが戻っていた。右にひとつ、左に二つ。

それぞれ三ミリ程度のごく小さな丸い石は、右が黒で左が茶色と白。一度、何か意味があるのかと尋ねてみたけど、素っ気なく「別に」と一蹴《いっしゅう》されて終わった。

坂上が再びチラリと目を寄越《よこ》した。

「あんた、口で言うほど暑そうに見えねぇよ」

「それはさ、メラニン色素の濃度による視覚効果じゃないかな。ひたすら心頭滅却しながら歩いてた俺の奮闘、伝わってなかった？」

「模型屋とか八百屋の店先を興味津々で眺めながらか？」

「気を紛らわせるっていう行為、いままでにしたことある？　坂上くん」

しかし目指すエリアに辿《たど》り着き、旧江戸川堤防の歩道に上がってしばらくブラブラと歩いたところで、不意に暑さが遠《とお》退《の》くような感覚をおぼえて中野は無意識に足を止めていた。

川面《かわも》が運んできた風のせいじゃない。家並みの向こうに現れた風景のせいだ。

まずはじめに、小ぢんまりとした白っぽいマンションが目に入った。かつて、その敷地の一角には、温和な父と無口な男児がひっそりと暮らす小さな借家が建っていた。

マンションの向こう隣には古びたコンクリートのブロック塀が連なり、等間隔で並ぶ庭木越しにスレート葺《ぶ》きの赤い屋根が覗《のぞ》いている。

近づくにつれて、黒い門扉越しに見えてくる芝生の緑。白い壁。

昔ながらの、二階建ての一軒家――

「随分前に売ったのに……」

知らず呟《つぶや》きが漏れた。

母と暮らし、坂上と初めて出会った家。

子ども時代を過ごした家屋は、売却したとき既に、お世辞にも浅いとは言えない築年数だった。だからとっくに建て替えられたか、隣家のようにマンションにでも変わっただろうと思っていた。なのに目の前にある佇《たたず》まいは、あまりにも当時のままだ。

「――ロシアから戻ったあと、ここを買い戻してリフォームしてたんだ。できるだけ昔と同じ状態になるように」

立ち尽くす中野の隣で、熱のない声が淡々と白状した。

「記憶を頼りにやってみて、なんか違うなって思ったらやり直して……」

インディゴデニムのポケットに両手を突っ込んで、坂上はボソボソと漏らす。足もとのアスファルトと白いスニーカーに、色濃く影が落ちていた。

「ていうか、あんた来週、誕生日だろ？　それまでに間に合わせたかったんだ」

俯《うつむ》き加減の横顔を、中野は無言で数秒眺めた。

胸の裡《うち》に確かに存在する感情を、どう表現したらいいのかわからない。——同居人が常日頃見せるそのもどかしさを、ようやく理解できた気がした。

午前中、中野が作ってやったワンプレートのブランチを無心につついていた坂上は、スクランブルエッグの最後の一片を食い終えるなり外出のリクエストを投げてきた。

——子どもの頃に住んでいた辺りを見にいきたい。

そのとき、いつもどおりの声音や無表情にサプライズの影は一切なかった。なのにまさか、こんな大がかりなバースデイ・プレゼントを隠していたなんて、ポーカーフェイスにも程があるだろう。

「幸い、あんたたちのあとに住んでた夫婦が、この外観を気に入って買ったらしくて。おかげでエクステリアにはほとんど手を入れてなかったから、外側は多少メンテする程度で済んだ」

「外側は、ってことは、中は？」

「一階《した》はダイニングとリビングと和室をぶち抜いた上にアイランド型の土間キッチンにリノベーションされて、二階《うえ》は納戸がユニットバスに変わっちまってたけど、ほぼもとに戻せたと思う」

二階のユニットバスは残しても良かったんじゃないか……？　中野は思ったが口には

出さなかった。コイツは多分、不便だからって歴史的建造物にエレベータなんか設置するべきじゃないのと同じタイプの事案に違いない。

だから代わりにこうコメントした。

「幼児の頃に見たきりなのに、人んちの間取りなんかよく憶《おぼ》えてたね。納戸のことなんて、俺ですらもう忘れてたよ」

そう言って笑うと、坂上が小さな声を地面に落とした。

「あの納戸は可南子さんと、その……かくれんぼするときに、俺がいつも隠れてた場所なんだ」

「――――」

ユニットバスを戻せなんて、本当に冗談でも口を滑らせなくて良かった。

自分が憶えていないような収納ひとつも、彼にとっては幼い頃に過ごした平穏な日々の思い出というわけだ。

迂闊《うかつ》な失言を回避したことに胸を撫《な》で下ろす一方で、同居人の口から「かくれんぼ」なんて言葉が出てきたことにニヤつきかけた中野は、頰を引き締めてやんわりと軌道を逸《そ》らした。

「ところで今回の工事も、地下室の修繕を任せてた例の業者？」

「まぁな」

「そこの人って、酒屋みたいな下心があったりしない？」

「あったらどうするんだ？」

「殺し屋でも雇おうかな」

「俺以外のか」

「あんたはもう殺し屋じゃない」

「――――」

数秒沈黙した坂上は、どこか面映《おもは》ゆさを孕《はら》む面構えでこう投げ返してきた。

「大体あんた、冨賀に下心なんかあるって本気で思ってんのか？」

「さぁどうだろう、五分五分ってとこかな」

最初は百パーセント本気だった。が、中野のガードをしていた元同僚と情報屋が親しくなった辺りから、その勘繰りは半信半疑に目減りした。

別に、彼らの仲を妙な方向に怪しんでいるわけじゃない。単純に波長が合うってだけだろうと思っている。ただ、坂上に集中していた冨賀の興味が、新井の登場によって分散されたことは間違いないと感じていた。

――という持論を、そのうちヒカルに語ってもいいかなと考えているうちに、彼女は次の任務でコロンビアへと旅立ってしまった。

つい先日、アンナが仕事がてら親戚《しんせき》を訪ねるためにベネズエラへ飛び、その足でヒカルを訪ねたはずだから、いまごろは二人でカリブ海のバカンスでも楽しんでいる最中かもしれない。何か突発的なトラブル――女子二人乗りのオフロードバイクがカルタヘナ辺りのカラフルな家並みを縫って、麻薬カルテル相手に鬼ごっこを繰り広げるような非常事態でも勃発《ぼっぱつ》していない限り。

余談ながら、先輩エージェントのほうは警備会社を辞めて転職する予定になっているけど、それはまた別の話。

中野は傍らの家を見上げて、同居人に目を戻した。

「この家、どんな人たちが住んでたんだろう？　ご夫婦って言ったっけ」

「元地方公務員と専業主婦の二人暮らしだった。四年前に夫がリタイアしたあと、共通の趣味である釣り三昧《ざんまい》の生活を送りたくて、ちょうど瀬戸内海《せとないかい》の島への移住を考えてたらしい」

「お手本みたいな理想の熟年夫婦像だね。釣りならこの辺りでもできるけど、そりゃあ断然、瀬戸内海のほうがいいに決まってるよね」

そのとき、隣のマンションのエントランスから、綿菓子みたいにふわふわの小型犬を連れた女が出てきた。年の頃は三十前後、魅惑的なプロポーションで露出度が高い。通り過ぎざま、艶《あで》やかな笑みで挨拶《あいさつ》を寄越した彼女に、中野が代表してビジネスモードの笑顔で応じた。隣の連れが人見知り全開で沈黙しているから仕方なく、だ。

色気たっぷりの流し目とともに去っていく後ろ姿と綿菓子の尻《しり》を何気なく見送っていたら、不意にシャツの裾《すそ》を引かれた。

「――暑《あち》ィし、入んねぇ？」

坂上は斜めに視線を俯けたまま、低くそう漏らした。

「そうだね。でも大丈夫だよ？　あの色っぽいお姉さんより、あんたのほうが百倍そそるから。いや、彼女はゼロだから言い方を変えたほうがいいのかな。ゼロは百倍にしたってゼロだもんね」

「どうでもいい」

ますます声が硬くなる。物騒な同居人がこれ以上ヘソを曲げないうちに、中野は一歩踏み出してコンクリートのブロック塀に触れた。規則的に配された『みやま』デザインの透かしブロックも、黒い縦格子の門扉も、遠い記憶と変わらない。

「それにしても懐かしいな、これらも昔のまま？」

「あぁ……ただ、コイツは白に塗り直されてたから、また黒に――」

門扉の合掌框《がっしょうかまち》を摑《つか》んで言いかけた坂上が、何故か動きを止めて黙り込んだ。

「どうかした？」

「いや」

「もしかして、中に誰か潜んでる可能性がある？」

「その心配はない」

「じゃあ何？」

「別に何でもねぇよ。昔、ここであんたたちを見たときのことを思い出しただけだ」

「あぁ、俺と叔父《おじ》さん？　ここを売りに出した頃だよね。前にも言った気がするけど、見かけたんなら声かけてくれれば良かったのに」

「―――」

「過ぎたことをどうこう言うのは趣味じゃないけど、そしたら遙《はる》かに安全で効率良く再会できて、もっと有効に時間を使えたはずだと思わない？」

「しょうがねぇだろ」

「一体、どんな障害があったんだよ？」

「そんな気分になれなかった」

坂上は投げ出すように言って、今度こそ門扉を押し開けた。

足もとから玄関まで続く石畳のアプローチ。南西側に位置する庭の芝生の、艶めく緑色。敷地を縁取るように並んだ庭木の向こう隣は、いまは空き地になっている。数年前から放置されていたというその土地も、実は整備して駐車場に使う目的で坂上が購入したらしい。

彼とミハイル・レフチェンコが暮らしていた北東側は、隣にマンションが建ったとは言え低層の建物だし、目隠しの植栽もあるからプライバシーは問題なさそうだ。

玄関ポーチに立った坂上が、尻ポケットから銀色の鍵《かぎ》を取り出した。

「意外に普通の鍵なんだね」

「コイツはカムフラージュ用だ」

テロ多発国メーカーの製品だという高性能ディンプルキーは、あくまで一般的な住宅を装うために設置しただけだという。メインの玄関セキュリティは色褪《いろあ》せた旧型のドアホンと無愛想な宅配ボックスだったけど、解説すると冗長になるから端折《はしょ》る。システムに反して昭和の香りが漂う木製のドアを開けると、蝶番《ちょうつがい》の微《かす》かな軋《きし》みとともにタイル張りの三和土《たたき》がお目見えした。

バリアフリーなんて単語とは無縁の上がり框《かまち》。取次から奥へと伸びる廊下の飴色《あめいろ》。左手前に、やや急勾配《きゅうこうばい》な階段。住んでいた頃の匂いまで嗅《か》ぎ取れそうなノスタルジアを中野は深く吸い込み、ゆっくりと吐き出した。

これといった思い出があるわけでもない。少なくとも自分ではそう思ってきた。なのに懐かしさがじわりと全身に広がる、この感覚は何だろう――？

ふと、先に上がった坂上が奇妙な表情で見下ろしてくることに気づいた。

「うん？　何その、ひた隠しにしてた恋人をいよいよ紹介するときみたいな顔？」

「そんなんじゃない」

「ならいいけど、何？」

「その……スリッパとかねぇんだ」

「え？」

中野は取次の板材に載っている彼の足を数秒眺めた。無地のスニーカーソックスは、小学生の絵の具箱から出てきたビリジアンみたいな緑色だ。個人的には嫌いじゃないけど、彼が緑色の靴下を持っていたなんて初めて知った。

「念のため訊《き》くけど、スリッパ履いてないと危ないトラップなんかがあったりはしないよね？」

「スリッパじゃ防御できないトラップならあるけど、あんたが引っかかる心配はない」

「ほんとに大丈夫？　神に誓う？」

「見たことないものには誓えねぇし、あんたが神なんか信じてるとも思ってない」

「まぁ否定はしないけどさ」

神だけじゃなく仏も信じていない中野は、同居人を信じて廊下を歩きはじめた。

――が、数歩もいかないうちに掃き出し窓から見える庭に気を取られて、知らず立ち止まっていた。

木枠にガラスが嵌《は》まった古めかしい建具は、あとで聞いたところによると、これまた見た目に反して特殊な構造だった。レトロな柄の型板ガラスも、一部だけ使われている透明ガラスも、ともに防弾仕様。一見ただの木材に見える窓框《まどかまち》や桟には、防弾と遮炎の性能を兼ね備えた芯材《しんざい》が仕込まれているらしい。セキュリティ面に不安をおぼえる真鍮《しんちゅう》製の捻締り錠《ねじしまりじょう》までもが、ツマミ部分に指紋センサーが仕込まれた認証ツールで、当然のごとく中野の指紋も登録されていた。

おかげでトラップが作動することもなく、ガラス戸は思いのほかスムーズな所作でスライドした。

途端に、蟬時雨《せみしぐれ》のノイズが飛び込んできた。

どこか湿り気を帯びた土の匂い。足もとに置かれた無骨な沓脱石《くつぬぎいし》も昔と変わらず、そこに並んだ二足の黒いサンダルだけが真新しい。

英国のブーツブランドのロゴが刻まれたソイッに足を突っ込むと同時に、ザァッと梢《こずえ》を鳴らして数羽の鳥が庭木から飛び立った。

鋭くけたたましい囀《さえず》りが尾を引いて遠ざかる。BGMのようにさんざめいていた蝉たちが一瞬静まり、すぐに何事もなかったかのような素振りで鳴きはじめる。

中野は庭の真ん中に歩み出て、ぐるりと全体を見回した。

子どもの頃、この庭はもっと広いと感じていた。なのに、こうして大人の目線になるとそれほどでもない。だけど物件の規模としては妥当な面積だし、敷地や家屋が無駄に広ければ最低でも二つのデメリットが発生してしまう。

ひとつは手入れの手間が増えること。

もうひとつは、敵襲のリスクが高まること。

殺し屋を送り込まれるような女が子どもと二人で暮らしていたんだから、程良くコンパクトで目立たない棲処《すみか》が理想だっただろう。

敷地をぐるりと囲う植栽も、外部の目を避けるための重要なセキュリティというわけだ。青々とした葉が密に繁《しげ》る庭木は全てが冬でも落葉しない常緑樹で、秋には沢山のドングリが落ちていたことを憶《おぼ》えている。

そしてあの夏、密集する梢に誘われて野鳥がやってきて、何らかの理由で死を迎え、幼い坂上が亡骸《なきがら》を発見して二人で庭の片隅に埋めた。

今日と同じくらい暑かった遠い夏の日。

あの小さな墓は、あれからどうなったんだろう？

中野は廊下に立つ坂上を見て、庭の一角を指差した。

「あそこらへんだっけ？　鳥のお墓作ったところって」

「あぁ……」

「目印に石を置いた気がするんだけど、まだ残ってたりしないのかな」

「ある」

予想外に即答が返った。

「ほんとに？」

「こんな嘘吐いてどうすんだ？」

「まぁそうだよね、あるなら見たいな」

坂上は無言でサンダルを突っかけて庭に降りてきて、さっき中野が指した方向にブラブラと歩いていった。

照りつける陽射しの中、少し褪《あ》せたようなシャツの色が白っぽく霞《かす》んで見える。木立を縫って流れる風がさわさわと葉擦れを起こし、芝生の上で木漏れ日が絶え間なく形を変えていく。

「ここに――」

片隅にしゃがみ込んで振り返った坂上が、近づく中野を見上げて沈黙した。

つられて周りを見ても、これといって不審なものはない。

目を戻した。彼の姿勢も目線も変わらない。ただ、途方に暮れた子どもみたいな面構えを見る限り、侵入者の気配を察知したとかいう物騒な事態ではなさそうだった。

「あ、俺の肩に憑《つ》いてる霊が見えてんのかな？」

声をかけると、坂上は夢から覚めたような顔をぎこちなく逸《そ》らした。

「いるわけねぇ」

「じゃあ、惚《ほ》れ直して見蕩《みと》れてた？」

答えはなく、結局何だったのかわからないまま中野は隣に屈《かが》み込んだ。

「あぁ、それだね」

彼の足もとに、半ば土に埋まった石の一部が見えていた。

チャコールグレイに白い斑《まだら》模様が入った握り拳《こぶし》大のそれは、掘り出してみれば丸っこいハート形をしているはずだった。見ようによっては小鳥を模したような形でもあったから、埋葬してもなお地面を見つめ続ける幼児の気が済むようにと、少年時代の中野がこう提案した。

形も鳥っぽいし、模様が羽根みたいだと思わない？

これを置いておけば、きっと仲間と一緒にいるみたいで寂しくないよ——

心にもないことをしゃあしゃあと口にした。暑いのは苦手なのに、炎天下の庭でしゃがみ込んだ幼児がいつまで経っても動かないからだ。

あの日と同じ、うだるような暑さ。

あの日の幼児と同じく、同居人は膝《ひざ》を抱えて沈黙したまま動かない。

「ここで眠ってる子、何の鳥だったのかなぁ」

半ば独り言のような中野の声に、一拍置いて答えが返った。

「昔、調べてみたことがある。強いて言うならツグミに似てたけど、夏の日本にはいないらしいな」

「ロシアのほうからやってくる冬鳥なんだっけ？　もしかしたら帰りそびれて、高温多湿の日本で夏を越せなかったって可能性もあるかもね」

「──俺も、もう帰ってくることはないって思ってた」

抑えた呟《つぶや》きが鳥の話じゃないことは訊くまでもなかった。

ツグミと同じくロシアからやってきた男児は、無事に夏を越しながらも日本から連れ去られ、北の大陸で成長し、十年の歳月を経て再び東洋の島国へと舞い戻った。

「あれ……でも、もともと日本に戻される予定だったって言ってなかったっけ？」

そのために不自由しない教育を受けていた、と聞いた気がする。

「よく憶えてるな」

「一応ね」

「確かに日本には戻る予定だったけど、そうじゃなくて、ここに──またこの庭に立つ日がくるとは思ってなかった」

「あぁ、なるほど。でもほら、渡り鳥って毎年同じ場所に飛来するって言うしさ」

「俺は鳥じゃない」

「ついさっき自ら鳥にシンクロしたのに？」

「――」

どこか、すぐ近くで蟬が鳴き出した。

ゴリ押しで夏を意識させるそのサウンドに、温度感覚伝達の神経メカニズムが触発でもされたのか。やや薄れかけていた暑さが、急に戻ってきたように感じられた。庭木の緑に囲まれ、グラウンドカバーの芝生で地表が覆われていたって、実際には大して涼しくなるわけでもない。

「何にせよ、あんたはこうして同じ場所に戻ってきて、高温多湿の夏も元気に越せてる。俺なんかよりよっぽどね」

「体温のコントロールも生命維持活動の一環だからな」

「それって、もっと原始的な生理機能を指す気がするけど、まぁいいや。さて――」

家に入らない？

そう続けるつもりだった提案は、一瞬早く坂上に遮られていた。

「ここで」

素早いひとことのあと、数秒の空白を挟んで静かな声が続いた。

「ここで俺、あんたと会って……」

中野の視線から隠すかのように、俯《うつむ》いた横顔を覆う五本の指。その隙間に覗《のぞ》く頬がほんのりと色づいて見えるのは、暑さのせいか、ほかの理由によるものか。それとも単なる錯覚か。

考えるともなく思う間に、坂上が呟いた。

「多分、初恋——だったんだ」

およそ四半世紀前の夏の日。

初めて言葉を交わして、この庭で一緒に鳥を埋めた隣家の子ども。

いま中野の隣にいるのは、世界中で暗躍した殺し屋なんかじゃない。

死んだ鳥を、小さな墓を、一心に見つめていた無口な幼児だ。

2

「そういえば、ここって誰が買い戻したことになってんの？」

冷蔵庫からボトルビールを二本取り出しながら中野は尋ねた。

工事中の食事のために調達したものか、庫内は意外なほど充実している。それどころか、すぐ脇には上開きの冷凍庫まであって、あらゆる冷凍食材が詰め込まれていた。

中には何の肉だかわからない塊もあるけど、始末した敵を手頃なサイズにカットした究極の保存食なんかじゃないことを願いたい。

「いまの所有者は、俺が使ってた十一番目の偽名になってる」

ダイニングの椅子から坂上の答えが返った。

「でも、あんたが望むならいつでも変更する」

「変更って、俺の名義にするってこと？」

「それ以外に誰がいるんだ？」

ボトルの一本を差し出すと、彼はテーブルの上に投げ出していた両脚を下ろして受け取った。いまはデニムに白いTシャツだけという姿で、羽織ってきたチェックシャツは隣の椅子の背に無造作に引っかけてある。

「家の名義なんていらないよ」

中野は笑って対岸の椅子に陣取った。何の変哲もないナチュラルな色合いのテーブルセットは、これも記憶を頼りに探してきたのか、それともわざわざオーダーしたのか、昔ここにあった食卓に似ている気がする。

この上で、ついさっき坂上を抱いたばかりだった。

庭から屋内に戻ってリビングに入ると、まるで別世界みたいに涼しかった。駅から歩いてくる間に、彼がリモートでエアコンをオンにしておいてくれたらしい。おかげで、暑さに耐えながら汗だくのセックスに励むか、快適な室温になるまでビールを飲みながら待つうちに気が済んでしまうか、の二択を迫られずに済んだ。

ただし、リビングに置かれた黒いフェイクレザーのソファはベタつきそうだし、大の男が取っ組み合うには少々狭い。そして涼しいのは一階のリビングとキッチンだけ——となれば、残る選択肢は床かダイニングテーブルの二つしかなかった。何しろソファの前のローテーブルじゃ、広さも高さも半端すぎる。

ところが、天板の上でシャツを剝《は》ぎ取るのももどかしくデニムを抜き去った途端、坂上はシャワーを浴びたいなんて言い出した。炎天下で汗ばんだ肌が気になったようだけど、いまさらだ。構わずそのまま行為に及ぶと、もう抵抗はなく、平素の抑揚のなさは速やかに別人のような色合いにすり替わった。

その姿をほんの少し反芻してから、中野はボトルを傾けた。

小洒落《こじゃれ》たカラーリングのラベルには、グラスを掲げる猿のイラストが描かれている。冷蔵庫でキンキンに冷えていたのは珍しく国産のクラフトビールで、酒屋の大阪土産ということだった。先週、元同僚も出張とやらで関西方面にいってきたようだけど、偶然なんだろうか？

「——けど、なんで十一番目の偽名を家の所有者にしたわけ？」

「この物件を購入するのに一番向いてる人物設定だったから」

「どんなキャラ？」

「江東区《こうとう》に勤務する高校教師」

「へぇ……」

気になる点がいくつか浮かび上がった。

何の教科担当なのか。実際に教壇に立ったことはあるのか。あるなら共学か女子校か、男子校か。居酒屋での注文もままならない人見知りなのに、どんな先生を演じたっていうのか。

ついでに、ほかの偽名はどういうプロフィールなのか。そもそも偽造IDのキャラ設定なんて誰が創作しているのか。家を買えるような偽名があるのに、正式なIDなんて必要なのか。

脳裏を掠《かす》めたそれらの疑問は、しかしどれも口に出すことはしなかった。ただ、最後のひとつについては中野なりの解釈がないわけじゃない。きっと一年前の自分なら理解できなかっただろうけど、いまならわかる。

彼にとっての正式なIDは、アイデンティティという名のギフトラッピングだ。たとえ体裁を整えるための非生産的な包装に過ぎなくても、リボンの付いたシールを一枚貼るだけで、たちまち中身の存在感は絶対的なものとなり、特別なオンリーワンに変身する――

「なぁ、あんた」

坂上の声が他愛のない思考を遮断した。

「あのとき、なんで俺を抱いたんだ？」

「え？」

高校教諭とIDに占領されていた脳味噌《のうみそ》が質問を理解するまで、約五秒。中野は慎重に同居人を眺め、やや戸惑い気味に訊《き》き返した。

「えっと、最初にセックスしたとき？」

無言の頷《うなず》きが返る。

「またどうしていまごろ、突然？」

「いつどんなタイミングで訊こうが俺の勝手だろ」

「そりゃそうだけど……」

語尾を濁しながら思った。これは困ったことになった。

どうして抱いたのかなんて、自分のほうこそ教えてほしいくらいだった。が、そんな回答が不正解だってことは中野でもわかる。

「ていうか、それってまさか、例の訊きたいことと言いたいことっていうあれ？」

鬼退治へ発《た》つ前に彼が残していったセリフだ。

ロシアから戻ったら、訊きたいことと言いたいことがある。そのために自分は戻ってくる。——チームの遠征中に中野を護《まも》る役目が新井に決まった日の夜、同居人はベッドの中でそう言った。

「もしかして、いまのが訊きたいことで、庭での告白が言いたいことだったりする？」

「だったら何だ？」

「それ本気？　お互い生きて再会できるって保証もなかったのに、そんな大事なことを棚上げしたまま去ったわけ？」

「だから、そのために戻ってくるって言っただろ？」

「だよね、言ったよね。なのに帰ってきてから何度訊いてもはぐらかしといて、半年以上も経って急にどうしたんだよ」

「帰ってきて半年以内に言うなんて、別に言ってねぇよな」

らしくもない屁理屈《へりくつ》を寄越《よこ》した坂上は、グッとボトルを呷《あお》ったきり頰を逸《そ》らして黙り込んでしまった。

このまま急《せ》かすことなく続きを待つか、それとも彼の質問に答えるのが先か。

どう出るべきかを思案しながら同居人の沈黙につき合う間、中野は見るともなく室内を眺めた。

天井をはじめ、柱や長押《なげし》、回り縁や桟などの、年月が染み込んだ木材の風合い。仄《ほの》かに日焼けした淡い壁紙。シンク前の窓のレトロな磨《す》りガラス。まるで時間が戻ったような、あるいは止まったままの時間に迷い込んだような感覚に、ほんの刹那《せつな》、現実感が遠《とお》退《の》きかける。

「さっき、庭で――」

ボソボソと低い声が漏れてきた。

「うん？」

「鳥の墓の前で振り向いたら、あんたがいつの間にかすぐ後ろに立ってて……」

坂上は片脚を椅子に上げて膝《ひざ》を抱え、手の中のボトルに目を落とした。

「同じだったんだ。あそこで初めて、あんたに声をかけられたときと」

「あぁ、あのとき変な顔してたのは、俺の肩に憑《つ》いてる霊を見てたわけじゃないのか」

「いるわけねぇって言ったよな」

素っ気ない即答が跳ね返ってくる。だけどある意味、彼が見たのは霊みたいなものかもしれない。四歳の坂上の前に現れて、彼の頭の隅に居座り続けた亡霊だ。

四半世紀前の夏の日、庭の片隅に蹲《うずくま》っていた小さな背中。

振り向いた幼児の頑《かたく》なな無表情が蘇る。

「じゃあつまり、鳥の墓の前で恋に落ちた瞬間の甘酸っぱいデジャヴが訪れて、はぐらかし続けた秘密をついに明かしちゃうほど動揺したってこと？」

「そんなんじゃねぇし、ここにきたら言うつもりだった」

坂上の硬い上目遣いに、中野は弛《ゆる》めた眼差《まなざ》しを投げ返した。

「ごめん、揶揄《からか》ったわけじゃない。あんたの告白も、この家も、最高のバースデープレゼントだよ。さっきのあんたの言葉じゃないけど、またここに戻るなんて俺だって思ってもみなかった」

「――本当は、ここに連れてきてもあんたは何とも感じないんじゃないかって思ってたんだ。この家に、特に思い入れみたいなものもなさそうだったし、あんたのことだから礼を言われても口先だけかもしれないって」

「もしかして俺、前にも同じようなこと言われた？」

いつも口先だけで本音がわからない。そんな感じのことを、以前もどこかで彼に言われた気がする。

が、坂上はそれには答えず、熱のない口ぶりのままこう続けた。

「でも家が見えたときとか、玄関を開けたときとか、庭とか……あんたいちいち、いままで見たことない顔で呆《ほう》けてたから良かった」

「そんなに馬鹿面してた？　せめて放心って言ってほしいな」

「同じだろ」

「そうかなぁ。ていうか俺、あまりに放心しててお礼を言いそびれてたよね？　ありがとう。本当に嬉《うれ》しいし、ビックリしたよ。口先だけじゃなくてね」

そう、口先だけじゃない。庭の告白はもちろん、彼が言うように特段の思い入れなんてないつもりだった家にこうして戻ってきたことも、ちゃんと嬉しいと思っている自分を実感できる。

中野は手の中のボトルに目を落とし、表面に浮いた結露を指で拭《ぬぐ》ってから、さて――と切り出した。

「脇道に逸《そ》れちゃったけど、質問の答えに戻ろうか。あんたを抱いた理由だよね」

結局、寄り道して時間を稼いでも上手《うま》い答えは見つからなかった。だけど、どうせ場当たり的に捻《ひね》り出したものに誠意や価値はない。

「正直に言うよ。これといった理由は何もなかった」

「――――」

「あのとき、テレビを観てたよね？」

梅雨どきの少し蒸し暑い夜。明度の低いシーンが多かったから、映り込みを避けるために灯《あか》りを消していた。

「ネガティヴな主人公の退屈な映画を観ながら、あんたが珍しく長いセリフを喋《しゃべ》りはじめてさ。その会話の内容について考えてたら、目が合って……気がついたら身体が動いてたんだ、自然にね。自分でも呆《あき》れるほど月並みだけど、ほかに表現がないからしょうがない」

聞いているのか、聞き流しているのか、坂上は無反応のまま大阪土産を傾けている。

「けど、これだけは主張させてほしい。テストステロンの分泌が絶頂期に達した男子高校生みたいに、突然制御不能の性欲に衝《つ》き動かされたとかじゃない。むしろ変な話、心身ともに性欲とはかけ離れてた気がするよ。ただ何ていうか、強いて言うなら――」

言葉を選ぶために一旦《いったん》沈黙してから、中野は続けた。

「あんたの目を見て、そうしようって思ったんだ。思ったっていうより、決めたっていうほうが近いかもしれない」

気持ちでも身体でもなく、脳味噌か心臓に棲《す》む何者かがそう決めた。その感覚を言葉にするのはひどく難しい。

「ごめん。やっぱり、こんな説明じゃ納得しないよね？」

息を吐いて言うと、どこかを彷徨《さまよ》っていた坂上の視線が戻ってきた。

「あぁ……？　何がだ？」

「あんたが聞きたかった答えだよ」

「別に、納得するために訊いたわけじゃない。俺は理由を訊いて、あんたは答えた。そこに嘘がなけりゃ内容は何だっていい」

「じゃあ、事実でさえあれば、青臭いDKみたいな性衝動に駆られただけって理由でも構わないってこと？」

「事実ならな」

「偽IDで高校の先生をやってるとき、男子生徒に言い寄られたりしなかった？」

「いきなり何なんだ？」

「青臭い性衝動に駆られたDKに迫られたときはどうしてたんだよ？」

「迫られてねぇ」

「じゃあ、同僚の男性教師には？」

「なんで相手が野郎ばっかりなんだ」

「まぁとりあえず、あんたの『訊きたいこと』が解消されたんならいいよ」

中野は笑って、アイスグレイのリネンシャツの胸ポケットを指先で探った。

そこに仕舞っておいた紙片を抜き取り、皺《しわ》になっていないことを確認する。さっき、うっかりソイツの存在を忘れたままセックスに及んでしまったけど、早々にシャツを脱いだおかげで無事だった。

「これ、うちの母親から預かったんだ」

手を伸ばして彼の前に置いたものは、色褪《いろあ》せた一葉の写真だった。

昔は何かのケースにでも入れていたんだろう。フリーハンドでトリミングされた印画紙の切り口は、直線ではなく微妙に歪《ゆが》んでいる。

ボトルに口を付けながら何気なく目を落とした坂上が、数秒静止してから吸い寄せられるような手つきで拾い上げた。言葉はない。

「預かったっていうか正しくは、俺の子ども時代のアルバムのどこかに挟まってるはずだからあんたに渡せって、中東のどっかの国から命じられたんだけどね」

母の可南子と叔父《おじ》の譲二は、ロシアの組織を壊滅させたあとも世界中を飛び回っていた。何をしているのかは知らないし、特に四半世紀も死んだフリをしていた母については、いまさら心配なんかしていない。彼女は人類が滅亡したって単身生き残るだろう。

ただし、そんな母でも当分は無茶を控えてほしい要素がひとつだけあった。坂上お抱えのシステム屋、クリスが同行していることだ。

四谷の棲処《すみか》を捨てたあと、仮住まいを転々としていた彼が、どうせ次の箱も決まっていないし——と自ら志願して飛び出していったのが、およそひと月前。いま思えば、この家のセキュリティを構築し終えたタイミングだったのかもしれない。

その少し前まで、可南子はシステム担当としてダミアンを連れ回していた。それが何らかの理由で帰国させることになり、事情を知ったクリスが当面の代理を買って出たというわけだ。が、彼に万一のことがあると坂上の不利益になるから、何が起ころうと無事に帰してほしい。

——閑話休題。

とにかく数日前、母が写真を探せと中野に連絡してきた。

「でも俺はアルバムなんて持ってないし、あったとしても中野坂上で丸焦げになってる。そう言ったら、錦糸町《きんしちょう》の倉庫にあるって言うんだよ」

そこで昨日の土曜、同居人がひとりで出かけてしまったこともあって、中野は指示された場所を訪れた。

果たして、倉庫というヤツの正体は、蔦《つた》に覆われた廃ビルの一階に鎮座する馬鹿デカいキャンピングトレーラーだった。

いまにも朽ち果てそうな『建屋』のセキュリティは、静脈認証と虹彩《こうさい》認識システム。トレーラーの解錠は指紋認証と顔認証。なのに中野は何故か、いずれも難なくクリアすることができた。全く、同居人といい母といい、知らない間に人の生体情報を採取しているから油断ならない。

シェルの内部は二人くらいなら余裕で生活できそうな広さにもかかわらず、所狭しと詰め込まれたガラクタの山が台無しにしていた。しかも、そのほとんどは誰がどう見たって違法としか思えないアイテムだ。おまけに、アルバムを仕舞い込んだのがどの辺りだか記憶にないと母は言う。

おかげで簡単に見つかるわけもなく、孤軍奮闘の大捜索に丸一日。四苦八苦の末に目的のものを発見して持ち帰ったら、肝心の同居人はまだ外出中。ようやく戻ってきたのは、中野がベッドに入ってウトウトしかけた頃だった。

あとで知ったところによると、彼は中野を連れてくるための最終チェック目的で昨日もここにきていたらしい。

「——で、今日見せるつもりだったんだけど、こっちにくるって話になったから持ってきたんだよ。どうせなら現地で渡したほうが感動的かなって思ってさ。まさか、ここまでピンポイントな現地だとは思わなかったけどね」

坂上は沈黙したまま、手にした写真を食い入るように見つめている。

古びた印画紙の中にいるのは、まだ若い可南子と仲睦《なかむつ》まじげに寄り添う同年代の男、それから彼の膝《ひざ》にちょこんと抱かれた幼児の三人だった。

まるで家族写真のようなスナップの背景はこの家の庭で、母の髪は長く、一見東洋人ふうのミハイル・レフチェンコは穏やかな笑みを浮かべ、幼い坂上はいまと変わらない風情で俯《うつむ》き加減の上目遣いを寄越《よこ》していた。

服装からして季節は春頃か、よく晴れて明るい庭の隅に無数の白い花が咲いている。中野自身はこんな団らんに立ち会った記憶がないから、シャッターを切ったのはセルフタイマーだろう。

坂上の唇が小さく動いた。

何と言ったのかはわからなかったけど、ひょっとしたらミハイルに向かって呟《つぶや》いたのかもしれない。当時、父親として呼んでいた名で。

彼は指先でそっと写真を撫《な》でて、ポツリとこう漏らした。

「あんたも写ってたら良かったのにな」

「そうだね、俺も残念だよ。だけど、その写真が存在した価値のほうが大きいだろ?」

一緒に写ってなくても、俺はここにいるしね——中野は言って笑い、テーブルの上のビールを引き寄せた。

「それ、一枚しかないらしいから大事にするといいよ」

坂上が小さく頷《うなず》く。

複製なんて朝飯前の時代だからこそ、当時の素材や銀塩の薬剤、褪色《たいしょく》がもたらす時空の匂いは、どんなに精巧なコピーでも真似のできない唯一無二のリアルタイムだ。

ボトルが空になり、中野は次のビールを取りに立った。

今度はオレンジ色のラベルのペールエールを二本出して開栓し、うち一本を同居人の前に置いて椅子に戻る。

「ところで、ここはどんなふうに使おうって考えてんの？　俺の通勤にも案外便利な場所ではあるけど、中野坂上に建てちゃってるしねぇ」

いづみ食堂跡に組み立て中の新たな玩具《がんぐ》箱は、二ヵ月後の竣工《しゅんこう》予定となっていた。坂上だって、そこに住まないという選択肢は念頭にないだろう。

「とりあえず、セーフハウスのひとつにでもしようかと思ってる」

「なるほどね。けど建物ってのは使ってないと傷んでくるし、ここだと庭の手入れなんかも必要だよね。何なら週末移住でもする？　土日は旧江戸川でシーバスでも釣って過ごすってのはどう？」

「俺はいいけど、あんたは休みの日まで仕事してるときあるし、そんな頻繁にこられないだろ。クリスが戻ってきたら使わせてもいいし、それまで留守を任せられるヤツにも心当たりがある」

「あんたと俺の原点なのに、人に任せんの？」

「――――」

「まぁでもそうだね、ちょっと考えようか。ここは大事な場所には違いないけど、きちんと管理してくれる人がいるならそれもアリだと思うし、強いて言うなら引っかかる点が全くないわけじゃない」

ペールエールを呷《あお》っていた坂上が、ボトルから唇を離して探るような目を寄越した。

「……なんだ？」

「俺とあんたが、中野坂上に住む中野と坂上じゃなくなるってところだよ」

「どこに住もうが、あんたは中野で俺は坂上だろ」

跳ね返ってきた即答は素っ気なかったけど、そのとおりではある。彼はもう、誰憚《はばか》ることなく振り翳《かざ》せる『坂上』という名を手にした。

——中野区に住んでる中野だよ。

再会した夜、名前を訊《き》かれてそう答えたと思う。

あんたは？　と尋ねると、少し放心したような沈黙のあと、彼は短くサカガミと名乗った。あのときバーのカウンターで生まれた姓は、この先どこにいようと、ずっと彼のものであり続ける。

正面に座る同居人を眺めて記憶を辿《たど》りながら、少しぼんやりしていたらしい。ふと、無言で見返してくる坂上と目が合った。

特徴のない造作《ぞうさく》、起伏に欠ける表情、印象に残りづらい外観。それでいて配置の整った顔立ちが孕《はら》む独特の色合いや、眼差《まなざ》しの不思議な透明感。

テーブルに置かれた印画紙の男児と目の前の元殺し屋には大きな隔たりがあるというのに、こうして比べてみれば印象はちっとも変わらない。

坂上が低く呟いた。

「あんたの目が俺を見てる……」

窓から降り注ぐ午後の陽射しが、やや逆光気味に翳《かげ》る彼のアウトラインを柔らかに包み込んでいた。

細かな粒子によって散乱し、黒髪の一本一本にまとわりつく無数の輝き。

暗がりに潜んで気配を殺してきた生も、これからは青空の下で目映《まばゆ》い光に照らされてほしい。不意にそんな思いが塊となって臓腑《ぞうふ》の底に生まれ、膨張して、息苦しささえおぼえた。

中野は静かにひとつ深呼吸して、ゆっくりと首を傾けた。

「だって、あんたがそこにいるのに、ほかのものを見る理由がないよ」

それから、こう続けた。

「ところで、おなか空《す》いてない？　冷蔵庫に材料がありそうだったし、オムライス食べるなら作ったげるよ」

その直後に同居人が見せた、ひどく頼りない表情ときたら――

やがて彼はぎこちなく、だけどひっそりと花が開くように笑って小さく頷いた。

中野の胸裡《へや》には、一年半と少し前から居候が棲《す》みついている。

名を坂上恵《さかがみけい》という。

本書はWeb小説サイト「カクヨム」に掲載された「中野くんと坂上くん」を加筆修正の上、上・下巻に分けて文庫化したものです。

この物語はフィクションであり、実在の人物・地名・団体等とは一切関係ありません。

中《なか》野《の》くんと坂《さか》上《がみ》くん（下）

エムロク

令和6年 2月25日　初版発行

発行者●山下直久

発行●株式会社KADOKAWA
〒102-8177　東京都千代田区富士見2-13-3
電話　0570-002-301（ナビダイヤル）

角川文庫 24035

印刷所●株式会社暁印刷
製本所●本間製本株式会社

表紙画●和田三造

●お問い合わせ
https://www.kadokawa.co.jp/（「お問い合わせ」へお進みください）
※内容によっては、お答えできない場合があります。
※サポートは日本国内のみとさせていただきます。
※Japanese text only

ISBN 978-4-04-114295-0　C0193

◇◇◇

角川文庫発刊に際して

角川源義

第二次世界大戦の敗北は、軍事力の敗北であった以上に、私たちの若い文化力の敗退であった。私たちの文化が戦争に対して如何に無力であり、単なるあだ花に過ぎなかったかを、私たちは身を以て体験し痛感した。西洋近代文化の摂取にとって、明治以後八十年の歳月は決して短かすぎたとは言えない。にもかかわらず、近代文化の伝統を確立し、自由な批判と柔軟な良識に富む文化層として自らを形成することに私たちは失敗して来た。そしてこれは、各層への文化の普及滲透を任務とする出版人の責任でもあった。

一九四五年以来、私たちは再び振出しに戻り、第一歩から踏み出すことを余儀なくされた。これは大きな不幸ではあるが、反面、これまでの混沌・未熟・歪曲の中にあった我が国の文化に秩序と確たる基礎を齎らすためには絶好の機会でもある。角川書店は、このような祖国の文化的危機にあたり、微力をも顧みず再建の礎石たるべき抱負と決意とをもって出発したが、ここに創立以来の念願を果すべく角川文庫を発刊する。これまで刊行されたあらゆる全集叢書文庫類の長所と短所とを検討し、古今東西の不朽の典籍を、良心的編集のもとに、廉価に、そして書架にふさわしい美本として、多くのひとびとに提供しようとする。しかし私たちは徒らに百科全書的な知識のジレッタントを作ることを目的とせず、あくまで祖国の文化に秩序と再建への道を示し、この文庫を角川書店の栄ある事業として、今後永久に継続発展せしめ、学芸と教養との殿堂として大成せんことを期したい。多くの読書子の愛情ある忠言と支持とによって、この希望と抱負とを完遂せしめられんことを願う。

一九四九年五月三日

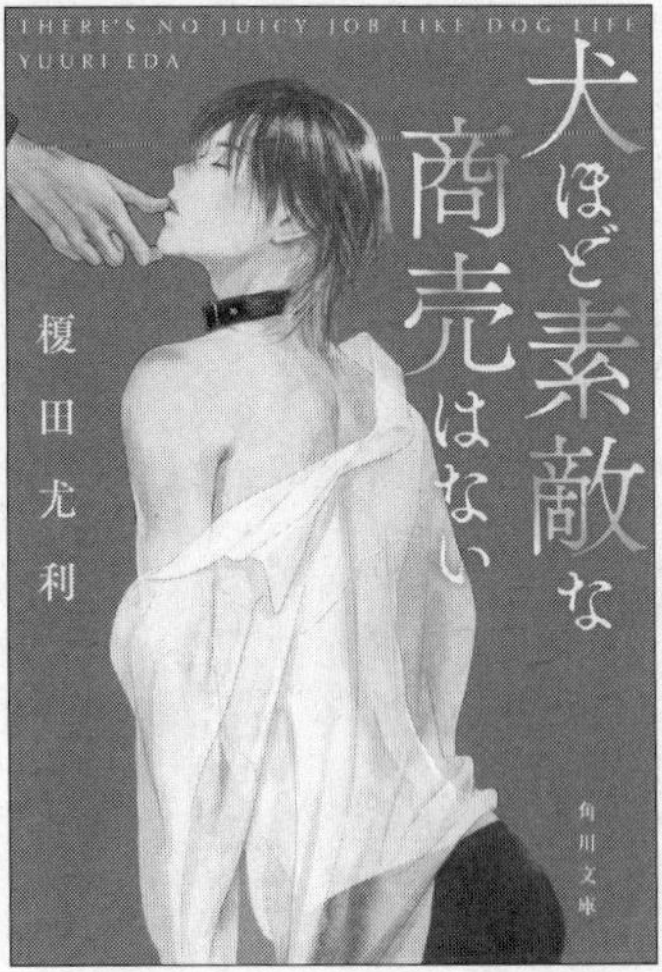

犬ほど素敵な商売はない

榎田尤利

犬にね、なるんだよ。「本物の犬」に。

美貌だが虚ろな人生を送ってきた倖生《ゆきお》は、知り合いから「割のいい仕事」に誘われる。それは「犬」として顧客に派遣されるサービスだった。性的なものだろうと思い込んでいたが、顧客の轡田《くつわだ》は、倖生に本物の犬として振る舞うことを要求する。初めのうちは屈辱的な命令に従えなかったものの、忍耐強く躾けられ、いつしか轡田の犬でいることに奇妙な充足感を得るようになる倖生——。歪んだ純愛の行きつく先は……。刺激的ＢＬ。

角川文庫のキャラクター文芸

ISBN 978-4-04-111968-6

モンスターと食卓を

椹野道流

うちに帰って、毎日一緒にごはんを食べよう。

神戸の医大に法医学者として勤める杉石《すぎいし》有《なお》には、消えない心の傷がある。ある日、物騒な事件の遺体が運び込まれる。その担当刑事は、有の過去を知る人物だった。落ち込む有に、かつての恩師から連絡が。彼女は有に託したいものがあるという。その「もの」とは、謎めいた美青年のシリカ。無邪気だが時に残酷な顔を見せる彼に、振り回される有だけど……。法医学者と不思議な美青年の、事件と謎に満ちた共同生活、開始！

角川文庫のキャラクター文芸

ISBN 978-4-04-107321-6